痛快!
マジック同盟ミスフィッツ

2

リーラとリゾートホテルの幽霊

作
ニール・パトリック・ハリス
& アレック・アザム
訳
松山美保

静山社

THE MAGIC MISFITS
THE SECOND STORY
BY NEIL PATRICK HARRIS

ハーパーとギデオンへ

前の本でギデオンの名前を先にあげたら、

ハーパーがちっともよろこばなかったので

CONTENTS 目次

おかえり！

そう、きみだ……髪型のバッチリ決まった、この本を手にしてるきみさ！

ぼくがほかのだれと話すっていうんだい？

やあ、もどってきたね！　また会えてうれしいよ！　ほんと久しぶりだ。ぼくがきみを知っているなら、きみが日常からぬけ出して、冒険やなぞや、〈ま行の最初、は行の最後、あ行の真ん中〉をもっともっとさがしたいと思っているって賭けてもいい。だったら、これ。べつの物語があるんだ……これまでにないおはなしだよ！

前回の本のなかで話したことを全部おぼえてくれているといいなあ。それなら、物語に入りやすくなるからね……

ちょっとおさらいする？　もちろん、いいとも！

じゃあ、ゆかいな登場人物たちから始めよう。手先の器用な男の子のことは思い出せる？　孤児のカーター・ロックは、カードマジックの達人だ。ものを消せるし、また出現させることもできる！　ただ、正直にいうと、カーターはほんものの魔法があるって信じていなかった。けれど、汽車にとび乗り、ミネラルウェルズの町にやってくると、驚くことが町のあちこち――人でにぎわう移動遊園地のサーカステントから、丘の上のグランドオークリゾートのりっぱな劇場にいたるまで――で起こったよね。

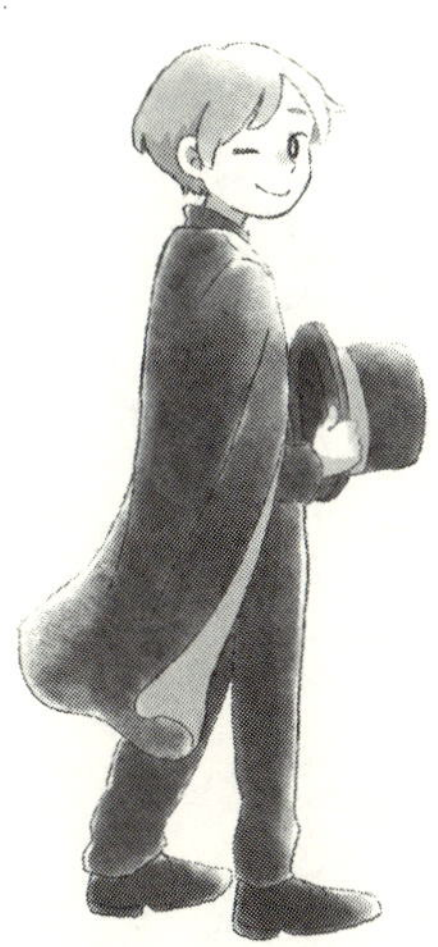

カーターの友だちのリーラ・ヴァーノンは、元気いっぱいの少女で、たぐいまれな脱出の名人。手錠や拘束衣から、いともかんたんに脱出する。まるで、赤ん坊のころ、ゆりかごのなかでそれをおもちゃにして遊んでたんじゃないかっていうくらい。もちろん、ふたりの父親からもらった幸運の鍵あけは関係ないよ。リーラはその父親たちと

表通りのマジックショップの上で暮らしている。

シオ・スタインマイヤーも忘れないで。多才な天才バイオリニストで、バイオリンの弓を使って、ものを宙にうかすことができるんだ。そう、音楽は魂に、心に安らぎをあたえてくれる。魔法がともなうときは特にね。シオはおなじみの大好きなタキシード姿でなければ、ミネラルウェルズの町なかに、りりしく奥ゆかしい顔を見せることはまずない。

そして、われらのガミガミ娘、リドリー・ラーセン。SF小説に登場する、頭のおかしな天才科学者みたいな赤毛のせいか、見た目も行動に負けずおとらず荒々しい。リドリーはあるものをべつのものに変えたり、また元にもどしたりできる。しかも、その全部をきみが「アブラカダブラ！」とい

う間もなくやってのけるよ。それと、なぞを解いたり、友だちとやりとりする秘密の暗号を作ったりするために、いつも車いすのひじかけの下の物入れに手帳をかくしている。きみが人一倍やさしければ、そのうちきみにも暗号を教えてくれるかもしれない（いや、ひょっとするともう教えてくれているかも）。

　最後は（忘れちゃいけない！）、陽気な双子のコメディダンサー、イジーとオリーのゴールデンきょうだい。グランドオークリゾートで人々を楽しませている。ふたりはタップダンスも演技も、じつにすばらしく、笑いをとるなら、このふたりがまさにうってつけだ。

　前回のおはなしでは（こないだだったっけ？　いや、だいぶ前だったかな？　思い出せない）、カーター、リーラ、シオ、リドリー、イジーとオリーは自分たちのステージマジックのわざを使って、立てつづけに起こっていた窃盗を止め、

最後は世界最大のダイヤモンドが盗まれるのを防いだ。そして、六人で力を合わせてひれつな男BBボッソと戦いながら、きずなを深め、〈マジック同盟ミスフィッツ〉という、とびきりのマジッククラブを作ったんだ。

全部思い出せたかな？

すばらしい！

じゃあ、もうひとつ思い出してほしいことは……

HOW TO…

この本の読み方について

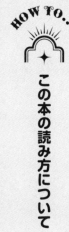

きみが今、手にしている二巻目には、はみだし者マジシャンたちの冒険物語の次なる章が語られている。前回と同じように、この本にもマジックのレッスンがたくさんのっている。きみが自分の部屋とか、地下室とか、学校の体育館とかで練習できるマジックだ。

おはなしもマジックのレッスンも全部読むと、たぶんきみなりのわざが身につくだろうから、それを使って友だちをあっといわせたり、息をのませたり、楽しそうに笑いながら感謝されたりもできる。ひょっとすると、爆笑や拍手だってもらえちゃうかもしれない。だって、それがねらいでしょ？　きみの友だちを笑顔にして、ありふれた日常からぬけ出させてあげることこそが、マジックをひろうする目的だよね？

ここでもう一度、きみにお願いしたいのは、この本に書かれたマジックのレッスンはきみだけの秘密にしておいてほしいってこと。たとえば、真夜中に道路のわきに行って、ここで学んだことを排水口にむかってつぶやいたりしないでくれ。それと、観客の前でマジックをひろうする前や後に、そのマジックの種明かしをしないでほしい。奇術をだいなしにしてしまうし、そうなればもう、同じような称賛はもらえなくなってしまうよ。もちろん、マジックのレッスンのページを学校のおしゃべりな子がいるところで朗読するのもひかえてほしい。いつライバルのマジシャンがあらわれて、きみのせっかくの努力をふいにしてしまうかわからないからね。それくらい、ライバルのマジシャンってきわどい存在になりうるんだ。

もし、どうしてもマジックのレッスンをだれかといっしょにやりたいなら、必ずきみとなかよしの、秘密を守ると約束した友だちのグループでやること——ま、いうなればマジッククラブだね。まさに、この本のマジック同盟ミスフィッツみたいなものだ。なんだかんだいっても秘密組織ってめちゃめちゃおもしろいから、だれだってその一員になりたいと思うよね？

ほかのマジック好きの人といっしょにできる最高の楽しみは、ショーをみせることだ。この本のなかでマジックのレッスンのページに行き当たったら、このことを心にとめて読んでみてほしい。どんな舞台づくりをすれば観客に印象づけられるか？　大きな赤いカーテンを使う？　それとも最初は真っ暗にして、なぞめいたふんいきと緊張感を作ってみる？　友だちのひとりをアナウンサー役にする？　それとも、しーんとしたなかでマジックを始めてみる？

この〈観客に印象づける舞台づくり〉を考えることは、ステージでマジックをひろうする際にためになるだけじゃないよ。これからぼくが始めるおはなしを語るうえでも役に立つんだ。個人的には、次にあげる要素を組み合わせた演出が、かなり効果的だと感じている——カーテン、せり（ステージの床の一部が床下に下がったり上がったりする装置）、影、鏡、音楽、効果音、ステージの外から流すナレーション、そしてスモーク。あと、新たな旅のワクワク感も忘れちゃいけない。

さあ、準備はいい？　ぼくが今あげたうちのどれを選んでショーを始めるか、みつけてみて。

ショーとは物語のことさ。

よし、じゃあ、ページをめくって！

1

ONE

リーラ・ヴァーノンはずっとミネラルウェルズで暮らしていたわけじゃない。じつは、名前も以前はリーラ・ヴァーノンじゃなかった。マザー・マーガレット児童養護施設にいたころ、リーラの名字はドウといった。

ドウは本名じゃなくて、リーラの家族がだれなのか知ってる人がいなかったため、つけられた仮の名だ。マザー・マーガレットが初めてリーラをみつけたとき、おおい付きの携帯ベビーベッドのなかにあった二つ折りのカードには、リーラという名前と誕生日だけが記されていた。それでもリーラは決してくじけなかった。それどころか、施設のほかの女の子よりも前向きでいよう

1

とがんばった。ほかの子からろくでなし同然のあつかいを受けたときでも、それは変わらなかった。

　だから、ある日の午後、施設の女の子何人かにむりやり引っぱられてマザー・マーガレットの事務室に連れていかれたときも、リーラは「アハハハ！」とはしゃいだ笑い声をあげ、腕をつねられても「くすぐったい！」ってさけんだんだ。

　もちろん、リーラはいじわるな女の子たちが自分にしてくることを、内心ではよろこんでなどいなかった。ただ、大人のだれかが自分のさけび声を聞きつけて、取りなしに来てくれるんじゃないかって考えたんだ。女の子たちがたくらんでいることなど、霊能者でなくたってわかると、リーラは思っていた。なにしろ、週に一度は施設で一番暗い収納部屋に閉じこめられていたからね。きっかけは、いじめっ子グループの一番背の高い女の子が、リーラのつねに笑顔で明るく元気な態度が気にくわないと思ったからだった。

　のっぽの女の子はリーラが自分と同じくらいみじめな気持ちになってほしいと思った。だから、ことあるごとに友だちといっしょにリーラをしつこいくらいにいじめた。リーラはそのたびに、どれだけ女の子たちから傷つけられても、顔に出すまいとがんばった。特に、その日の午後は、ミネラルウェルズの町からほんもののマジシャンのグループがやってきて、施設の子どもたちにマジックをひろうしてくれることになっていたから、なおのことふんばった。リーラは何週間も前からそのショーを楽しみにしてたんだ。

「ねえ、早く！」リーラはむりやり笑顔を作った。「いっしょに下の娯楽室に行こうよ。きっと、みんながあたしたちを待ってる。クッキーだってあるかも！」

返ってきたのはリーラの最後のひとことをいやみっぽくくり返す声だった。「クッキーだってあるかも」のっぽの女の子がバカにしたようにいうと、ほかの子はいじわるそうにケラケラ笑った。

リーラはいじめっ子たちに引きずられてマザー・マーガレットの事務室にむかうあいだも、リノリウムの床にかかとをおしつけて抵抗した。けれど、集団の力にはかなわず、靴底がグレーの床に黒い筋を残していく。のっぽの女の子が勢いよく事務室のドアを開けると、ほかの子がリーラを引っぱってなかに入り、いつもの収納部屋にむかった。部屋にほうりこまれ、バタンとドアが閉まると、とたんにリーラの視界は暗闇に包まれた。ドアのむこうでカチリと鍵のかかる音がする。

「ねえ、もう冗談は終わりにして、あたしをここから出して！」リーラはドアをたたきながら必死にたのんだ。「マジシャンたちをみたくないの？」

「みたいに決まってるでしょ！」女の子のひとりがあつい木のドア板ごしに大声で返してきた。「あたしたちはこれからみにいくもん」

「いっしょに来れば？……来れるもんなら！」べつの子の声がして、笑い声がひびいた。外の遊び場でよく耳にするカラスの鳴き声みたいだ。足音が遠ざかり、女の子たちは走り去った。

ドアノブを回したところでむだだとわかっていたけれど、つねに希望をすてないリーラは、いちおうためしてみた。

やっぱり鍵がかかってる。それにひとりぼっちだ。今回もまた。

リーラは頭をしきりにふり回した。けれど、暗闇が深すぎてどんな動きも目でとらえられない。心臓がどきどきする。いじめっ子たちにここにおしこめられるといつもそうだ。しめっぽい木の壁からただようつんとするにおいが鼻をつく。

これまで、大人のだれかが収納部屋のすみにうずくまるリーラをみつけるのに、一時間はゆうにかかった。おまけに、大人たちは毎回、みつけたリーラをしかった。まるで、リーラが自分で施設長の収納部屋に閉じこもったとでもいうように。

リーラは気持ちを落ちつけるため、自分は今、階下でやってるマジックショーに出演中

1

の美少女なんだと想像した。あたしはステージにおかれたキャビネットのなかにわざと閉じこめられてる。ここで、あとかたもなく姿を消して観客をあっといわせるんだ。またたく間に、はなばなしく、ヒュッて消える！

くやしくて体がこわばった。マジックショーは何日も前から心待ちにしていた唯一の楽しみだったのに。マジシャンの着ているタキシードから白いハトが飛び立つところや、ふってわいたように花束があらわれるところや、トランプがうきあがって、カードの山から次々に離れていくところをみたかったのに……。

ついにリーラは決心した。あんないじめっ子たちに、この大切な機会をだいなしにされてたまるもんか。初めてリーラはあらがおうと決めた。本気でいじめっ子たちに立ち向かうんだ。その前に、なんとかしてここから脱出しなくちゃ。

リーラは暗闇のなかで手さぐりしながら、指で鍵穴をおした。ひょっとすると、内側から鍵を開ける方法があるかもしれない。鍵をこじ開けたことは一度もないけれど、物語か何かで主人公が鍵をこじ開けるシーンは読んだことがある。とりあえず道具になるものが必要だ。リーラは髪をとめているピンを頭から引きぬくと、ドアの鍵穴にさしこんだ。ピンをあちこちに動かしてみると、穴のなかの金具にふれた。かたい金属の音はするものの、もう一本ピンがないと、金具をとらえて施錠装置を回すことができない。ヘアピンは一本しかなかった。でも、ここはマザー・マーガレットの事務室の収納部屋のなかだ。リーラはしゃがんで、手で床をふくように動かしてみた。ひとつだけ落ちていた紙クリップに手がふれ、心臓の鼓動が速まる。やった！　運が味方してくれてる！

　リーラは紙クリップをまっすぐにのばすと、針金の先を鍵穴にさしこんで手さぐりし、プラグを引っぱってどれくらいの力加減が必要かをたしかめた。二本のピンが回転金具に当たる音はするものの、すべってしまって思いどおりにいかない。

　床下からこもった歓声が聞こえてくる。どうやらショーが始まっているらしい。

「そんな、だめ、だめ！」リーラは自分にささやいた。マジシャンの一団がステージに勢ぞろいしているところが目にうかぶ。シルクハットからウサギを出したり、ビー玉を真珠に変えたり、いすを宙にうかせたりしながら、黒いシルクのマントを肩ごしにひるがえすマジシャンたち。そんな夢のような思い出があれば、これから数か月は笑顔で毎日をやり過ごせるって思ってたのに。

　あせればあせるほど、鍵穴のなかでピンとクリップをうまくあやつれなくなっていく。時間はどんどんすぎていき、しまいには二度とここから出られない気がしてきた。これ

1

じゃ、脱出する前にショーが終わっちゃう。いらだつあまり、ピンとクリップを投げすてようとしたとき、カチッというたしかな感触があった。ドアがちょっと開く。リーラは興奮のあまり、足で床をふみ鳴らして、こおどりした。

　階段の上まで来たとき、下から声がした。「さて、最後にひろうするのは……」拍手の音がどんどん大きくなる。リーラはあわてて何段かかけおり、階段のなかほどでちょっと立ちどまった。娯楽室では演壇のまわりをいすが何列も取りかこんでいる。壇上には、黒いスーツにシルクハット姿の、パッと目を引く男の人が座っていた。両肩から黒いマントがたれ、その人が腕を動かすと、赤いシルクの裏地がリーラにウィンクする。髪は真っ白な巻き毛なのに、くちびるの上からぴんとのびた黒い口ひげが得意げに笑みをうかべている。リーラは階段に座りこむと、ぐらぐらする木の手すりごしに白い巻き毛の男の人をみつめた。

　この男の人がだれか、きみはもう知ってるよね……だけど、リーラはまだ知らなかった。リーラがヴァーノン氏に会ったのはこのときが初めてで、ヴァーノン氏をみたとたん、息をのんだ。カーターが初めてヴァーノン氏に会ったときのことはおぼえてる？　カーターがミネラルウェルズの町にたどり着いた夜、鉄道操車場からおりてきて、ボッソの移動遊園地で人ごみにまぎれようとしていたときだ。ヴァーノン氏のたくみなわざ――コイン二枚を指のつけ根の関節のあいだで何度もひっくり返すわざ――にカーターは目をうばわれたんだったよね？

　このときリーラは、ふたりのアシスタントがヴァーノン氏を金属のいすにしっかりしばりつけるのをみつめながら、カーターより深い感情を抱いた。自分が二階の収納部屋からぬけ出せたのは、運命がこの男の人に会えるようにしてくれたからだ。そう確信した。

　のびちぢみする薄手の黒い布で顔をおおったアシスタントが、最初に男の人の足首をいすの脚に手錠でつなぐと、次にその人の胴体といすの背もたれを長い鎖でぐるぐる巻きにした。男の人の両腕はわきにぴったりおしつけられている。孤児たちが息をのんでみまもるなか、アシスタントはがんじょうな南京錠を鎖のはしに取りつけた。南京錠は男の人の胸の真ん中でぶらぶらしている。アシスタントが防水布の袋を男の人の頭にすっぽりかぶせると、何人か、こわがって悲鳴をあげる子どもがいた。

　マザー・マーガレットが立ちあがって両腕をふった。「ヴァーノンさんはプロのマジシャンですよ！　心配しないで！」

　すると、袋の下から男の人の声がした。「いやいや、ぜひ心配してください！　一分以

1

内にぬけ出せなければ、わたしは酸欠になってしまいます」マザー・マーガレットはきまり悪そうに腰をおろした。自分の失言のせいで、子どもたちの目の前でマジシャンを死なせてしまうかもしれないと恐れているみたいに。

リーラは手すりにしがみつきながら、檻の鉄格子のあいだからのぞくように、すきまからみつめた。アシスタントがふたりで大きな白いシーツを広げ、高くかかげてから、ヴァーノン氏の体にかけて、頭から足の先まですっぽりおおう。それから、アシスタントのひとりが大きな砂時計を取り出し、全員にみえるように床においた。砂がどんどんすべり落ちていく。

リーラは息をのんでみつめた。シーツをかぶった人物は体をくねらせたり、よじったりしている。しっかり留められた鎖のぶつかりあう音が部屋じゅうにひびきわたる。リーラはついさっきまで自分が上の階の収納部屋に閉じこめられていたことを思わずにはいられなかった。

残りわずかな砂粒が砂時計の下の器に流れ落ちていくにしたがい、子どもたちが大声でカウントダウンを始めた。「ご！　よん！　さん！　に！　いち！」シーツの下の人物の動きが止まった。何秒かがすぎる。観客が数人ずつ立ちあがり、口をぽかんと開けている。

これも全部トリックなんだろうかと考えているらしい。

リーラは思わずさけんだ。「シーツをはずして！　だれか、あの人を助けて！」

ふたりのアシスタントは大あわてで壇上にかけもどると、シーツの両はしを持ちあげ、いすに座る人物の手前に広げてから、シーツの背後をおそるおそるのぞいた。ふたりは観客のほうをむいて、もう手おくれだといわんばかりに布でかくした顔を横にふる。子どもたちが騒ぎだし、悲鳴をあげる子も出てきたところで、シーツが床に落とされた。

ヴァーノン氏が座っていたはずのいすが空っぽだ！

たちまち、部屋じゅうが驚きに息をのんだ。そのとき、アシスタントのひとりが観客のほうをむいて、顔をおおっている黒い布をはずした。下から真っ白な巻き毛があらわれた瞬間、リーラは自分たちが全員だまされていたんだと気づいた。マジシャンはちゃんと脱出した——しかも、まったく思いがけない方法で。みんなが歓声をあげた。まるでだれかが「今日、子どもたち全員に養子縁組が決まりました」と発表したみたいなよろこびようだ。

白い巻き毛の男の人が舞台の前に歩み出て、にっこり笑ってから長々とおじぎをした。

リーラはあまりの驚きにぼうっとして、階段をすべり落ちそうになった。なんとかこらえ

1

て立ちあがり、だれよりも熱心にいつまでも拍手をつづけた。

拍手がやむと、リーラは人ごみをかき分け、のっぽの女の子やとりまきの乱暴な女の子たちをひじでおしのけながら、白髪の男の人に近づいていった。「ヴァーノンさん、いったいどうやったんですか？」

ヴァーノン氏はリーラの顔をみて、ぱっと目を輝かせると、ちょっとのあいだ放心したように動きが止まり、それから静かに答えた。「きみなら、それを明かせない理由がわかるだろう？」

リーラは一心に考えた。「マジシャンはぜったいに秘密をもらさないってこと？」

男の人はうれしそうに笑うと、リーラのおでこを軽くたたいた。「きみはなかなか勘がするどいね」

「自分ではそうは思わないですけど」リーラはヴァーノン氏の指がふれた場所をこすった。後ろからほかの子が割りこもうとしているのを感じて、必死でその子たちを頭からしめだす。「ほんとうに危険な状況だったんですか？」

「そうだよ。もっとも、わたしはつねに危険な状況にいるがね」ヴァーノン氏はそういってウィンクした。

リーラは声をあげて笑った。「あたしもヴァーノンさんみたいに脱出できるようになりたいです」

「そうか」ヴァーノン氏は目を細めた。「それには何年も練習をつづける必要がある。きみにそのかくごはあるかい？」

「はい、あります！　ヴァーノンさんみたいに毎日ひたすら練習にはげみます！」

「まあ、熱意は悪いことじゃない」ヴァーノン氏は考えこんでいる。「お嬢さん、お名前は？」

「リーラです」リーラはひかえめにこたえた。

「リーラ」ヴァーノン氏がくりかえす。「じつにチャーミングな名前だ！　ここでマザー・マーガレットと何年いっしょに暮らしているんだい？」

「生まれたときからずっとです」

ヴァーノン氏はちょっとだまった。「またきみに会いに来よう。それでいいかな？」

リーラは真っ赤になった。「すごくうれしいです！」元気よくこたえた。「手品を何か教えてもらえますか？」

「そうだね……」ヴァーノン氏はまたにっこりした。目じりに楽しそうなしわがよる。そ

1

れから、両手の指先どうしをつまんで、左右にゆっくり離していった。白いやわらかなロープが一本、両手のあいだにわたされている。ヴァーノン氏はロープの片側をたらし、リーラのさしだす手のひらにおろしていった。「これをきみに。これで何ができるかやってみて。さまざまな結び方を身につけるのはどうかな？　そうすれば、いろんな場面で役に立つ」

リーラの顔がさらに赤くそまった。今すぐヴァーノン氏の首に両腕をまわして抱きつき、ありがとうといいたかったけれど、そんなことをして変な子だと思われたくはない。

そのとき、ほかの子がどっとおしよせた。ヴァーノン氏にサインをねだりながら、リーラをじょじょに遠ざけていく。それでも、リーラは気にしなかった。ヴァーノン氏はまた会いにきてくれる。そして、わざを教えてくれる……かもしれない。

準備をしておこう、とリーラは思った。ロープをもらったお返しに、ヴァーノン氏に何か新しい結び方をひろうしよう。

そのあと、リーラは寝室でほかの五人の子にその話をした。ベッドのわきにレンガの壁があり、なかにかくしてあるブリキの箱を取り出す。ふたを開けると、きらりと光る鍵が数個ばらばらに出てきた。

なかのひとつはリーラにとって特別な鍵だ。まだ赤ん坊だったリーラをだれかがマザー・マーガレットの児童養護施設の玄関先におきざりにしたとき、毛布にくるんだリーラの首にひもをつけ、そこにペンダントみたいにくくりつけたものだ。もちろん、リーラは何もおぼえていない。マザー・マーガレットが聞かせてくれた話を知っているだけだ。ただ、この鍵をきっかけに、リーラは迷子の鍵をさがし始めた。いつか、形も大きさもさまざまなおもしろい鍵のコレクションができたらいいなと思っている。

箱のなかの鍵をみつめながら、リーラはマジックショーでヴァーノン氏が脱出不可能な鎖からどうやってぬけ出したのかをあれこれ考えた。そのとき初めて、心のどこかの鍵がカチリと開いた気がした。ぬけ出したい。ほんとうにここから脱出したい。

白い巻き毛の男の人がその週のうちに、連れ合いといっしょにふたたび施設をおとずれ、リーラを養女にしたいと申し出ると、リーラの望みはかなった——魔法みたいに。

2

TWO

数年後のある夜のこと。ヴァーノンのマジックショップの上の住まいで、リーラは大きな自分のベッドに手足をのばして横たわったまま、眠れずにいた。目をつぶるたびに、暗い収納部屋の記憶がくり返しよみがえる。細くてじょうぶなリーラの体を、うすいパッチワークのキルトが包んでいるけれど、寝室の開けはなたれた窓から入るひんやりした空気からは守ってくれない。

　窓の外は、表通りと緑の公園が左右に遠くまでのびている。部屋にさしこむ街灯のオレンジ色の明かりが、壁や天井でゆれている。葉をしげらす枝の影がゆれているせいだ。近くの木々が、ミネラルウェルズのまわりにひっそりたたずむ丘から聞こえる、仲間を呼びあうコオロギや、アマガエルの鳴き声に合わせておどっているんだ。

寝る前にふたりの父親がリーラを毛布にくるんで、おやすみのキスをし、いい夢をみるよう願ってくれる。けれど、どんな願いも、かつての日々の記憶を消すことはできないとリーラにはわかっていた。真夜中になるといつも、その記憶がよみがえる。めいわくな訪問客みたいに、そろそろ帰ってほしいと合図を送っても、いすわりつづけることもあるし、鍵のかかったドアをうまくこじ開けられないマヌケなコソ泥みたいに、必死にしのびこもうとしてくることもある。ときには、その記憶が、壁にできたひびから入りこむ硫黄の煙のごとく体にしみこんできて、リーラの息をつまらせ、大きな茶色い目に痛みを感じさせたりもする。

そんなふうにかつての記憶に悩まされてどうにもならないとき、リーラはふたりのヴァーノン氏の養女になったことを思い出して、必死にしがみついた。そうすれば、安全な場所に連れていってもらえるとでもいうように。それで気持ちが落ちつくときもあれば、鍵のかかった収納部屋の暗闇がしつこくて、なかなかぬけ出せないときもある。

とりわけ今は、何週間か前にＢＢボッソとどろぼうサーカス団を相手にいろんなことが

2

あったあとだから、よけいに悩まされるのかもしれない。

　リーラは天井をみつめてまばたきしながら、ありがたさといまいましさの両方を感じていた——こうして家と家族を持てたあたしは幸せ者だ。ただ、過去の記憶がなかに入れろとくり返しドアをたたいてくるのが、ほんとにいらだたしい。ああ、もう、こんなんじゃだめだ。リーラはキルトをはらいのけて本棚にかけよった。そこに秘密のブリキの箱がおいてある。

　箱がカタカタとやかましい音を立てたので、リーラはあわてて胸に抱きよせ、音をおさえた。となりはいとこだとわかったカーターの部屋だ。うるさい音で起こしたくない。

　リーラはふたを開けると、自分の鍵のコレクションをながめた。ミネラルウェルズに引っ越してきてから、数がけっこう増えている。けれど、最初の鍵——マザー・マーガレットが児童養護施設の玄関先でリーラをみつけた夜に、ひもに結ばれて首にかかっていたもの——はいつも、一番上においてある。リーラはひもを持ちあげると、催眠術師がふりこをゆらすみたいに、その鍵をゆらゆらさせた。

　ボッソやカーターや、ほかのミスフィッツの仲間のことが頭をよぎる。カーターも過去の記憶に悩まされたりするんじゃないかな。これまで行方不明の両親について考えたりしたかな？　リーラがそう思うのは、リーラ自身がどうして自分の親は、暗く寒い夜に自分を捨てたんだろうと考えることがあるからだ。もっとも、そんなことはまるっきり忘れて、幸せでいられるときもある。リーラは片手をつめたい鍵にぐっとおしあてた。まるで、自分の皮ふで型をとって、合鍵を作るのに使おうとしているみたいに力をこめる。リーラの体温が鍵をあたためると、今度は鍵でリーラの体があたたまり、心が落ちついた。

　そのとき、寝室のドアのむこうから騒がしい音が立てつづけにひびいた。とつぜんいすがキーッと横すべりして、棚から本が何冊も落下し、床にぶつかる音がする。そのあと、ぞっとするような金切り声が聞こえた。

3

THREE

リーラが廊下の暗闇のなかに走り出ると、たちまち、小さなとがったものがとんできて、怒った鳥みたいにリーラをつついた。リーラは悲鳴をあげて、そばにあった明かりのスイッチに勢いよく手をのばした。廊下にやわらかい光があふれる。

カーターが自分の寝室のドアのところで身をかがめ、リーラにむかって手からトランプをとばしてくる（ふう、怒った鳥じゃなくてよかった！）。リーラはトランプをはらいのけた。「カーター、あたしよ！」

カーターはあわててやめた。「うわっ、ごめん！」

カーターのブロンドの髪は乱れ、ほおは赤く、シーツのしわのあとがついている。

カーターも大きな音で目がさめたんだろう。そして、もちろん、お気に入りの武器のトランプを抱えて部屋から出てきたんだ。「だいじょうぶ?」カーターがきく。

リーラはうなずいた。「カーターにも何かがぶつかる音とさけび声が聞こえた?」

カーターが返事をする前に、また衝突音がひびいた。騒がしい音がヴァーノン氏の仕事部屋から聞こえてくる。ヴァーノン氏が家具にとびかかって、ひっくり返しているような感じだ。

リーラとカーターはヴァーノン氏の部屋のドアをバンバンたたいた。なかから、ヴァーノン氏のぶつぶつ文句をいう声がくぐもって聞こえてくる。カーターがドアノブを回してみたけれど、鍵がかかっている。リーラは幸運の鍵あけをナイトガウンのポケットからさっと取り出すと、鍵穴にさしこんだ。ほんの数回すばやく動かしただけで、魔法がはたらき、ドアが勢いよく内側に開く。

ダンテ・ヴァーノンが部屋のすみに立っていた。白い巻き毛は乱れ、黒い目が、階下のマジックショップにある商品の水晶玉くらい大きくみひらかれている。胸は、全力疾走で近所を一周してきたばかりのようにはげしく上下していた。「ああ、よかった」ヴァーノン氏は急に笑顔になった。「今、わたしは夢をみているわけじゃないんだな。たのむ、ド

3

アを閉めてくれ。そいつに帳簿を持ち逃げさせるわけにいかない」

リーラは面食らいながらも、いわれたとおりにした。

「そいつ？」カーターがたずねる。「どういうこと？」

ヴァーノン氏が机の下を指さした。ものかげにいる何かがすさまじい金切り声をあげた。

リーラもカーターもとびあがった。

「じつは帳簿をつけながらうとうとしてしまってね。何かに手の下の帳簿をひったくられて目がさめたんだ」ヴァーノン氏が説明する。「やつは窓から入りこんだらしい。窓はすでにわたしが閉めて鍵をかけた。とにかく、なんとしてでも帳簿を取り返さなきゃならない。いいね？」

リーラとカーターはうなずいた。

「カーター、わきのテーブルにある細いロープをこっちへほうってくれ」ヴァーノン氏の指示でカーターが白いロープをほうると、ヴァーノン氏は片手でキャッチした。「次はリーラ、わたしが行けといったら、そこのいすをどかしてくれ。いいか、いち、にの、さんでいくよ」

リーラは心の準備が思うようにいかないまま、うなずいた。それがヴァーノン家の人間であり、マジック・ミスフィッツの一員であるということだ。友だちと家族を信頼すること……たとえ真夜中に、父親の仕事部屋にしのびこんだなぞの生き物をつかまえる手伝いをするよういわれた場合であっても。

「いち……」

リーラはじわじわといすに近づいた。

「にの……」

机の下で何かがうなり声をあげる。リーラは胃がのどまでせりあがるような気がした。

「さん！」

リーラがいすを勢いよく引いた瞬間、ヴァーノン氏が机の下にもぐりこんだ。金色っぽい毛が目にもとまらぬ速さでヴァーノン氏の背中をかけぬけ、壁のほうに引き返してから、大きな観葉植物の後ろにとびこんだ。

「今の何？」カーターはこわがるよりも、興味しんしんといった様子でさけんだ。リーラは身を乗り出した。暗がりにいるその生き物は三十センチくらいの背たけで、いたずら好きな妖精グレムリンに似ている。

ヴァーノン氏は起きあがり、顔にかかった髪をかきあげた。それから手首を軽く動かす

3

と、にぎった手のなかでやわらかいロープがかたくなり、はしが輪の形に曲がって投げなわみたいになる。「ふたりは下がっていなさい。あとはわたしが引き受ける」

「待って、お父さん」リーラの声がふるえている。リーラはたおれていたランプをひろいあげると、暗がりにいる生き物のほうに明かりをむけた。

とたんに姿がはっきりみえた。その生き物は黒い目に恐怖の色をうかべて三人をみあげている。やせこけた小さな生き物だ。細長いしっぽと、首まわりに黒く逆立った毛が生えている。また金切り声を出した。小ザルだ。

みんなはきっとこう思うだろうね。自分がその場にいたら、床にストンとひざをついて両腕を広げ、猫なで声で「わあ！　抱っこしてあげる、かわいいおサルさん！」っていうんじゃないかって。ぼくが保証する。夜盗をはたらくサルには、きみが期待するような愛らしさはまるでない。

「ボッソのサルだ」カーターがふるえる声でいった。「ま、まちがいないよ」

ヴァーノン氏が指を一本くちびるに当て、サルを驚かさないようにしようと合図する。サルは歯をむいてうなると、三人にとびかかる準備をするように、ぴょんと後ろに下がった。そのとき、カーターが指を鳴らし、反対の手のなかにクッキーを出した。

カーターがやっていたのはパーム（手のひら、また、手のひらにかくすという意味だよ）と呼(よ)ばれる単純(たんじゅん)な手品だ。すぐれたマジシャンならだれでも一度や二度はパームの練習をした経験(けいけん)がある。きみはあるかい？　相手の注意をよそにむけるミスディレクションの一種で、マジシャンがおわんの形にした自分の手のなかに物をかくしておき、その後、反対の手を使って注意をそらしながら、かくしていた物をみせるんだ。ここでは、カーターが指を鳴らしてサルの注意を引いてから、クッキーをみせたってわけ。

何年もホームレス同然の生活を送ったからか、カーターはいつもポケットにお菓子(かし)をかくしもってるらしい。リーラはひそかに注目した。それがこういうときに役に立つのか。うなり声がしだいにしずまり、サルが手のなかのおやつをひたすらみつめている。カーターがもう一度指を鳴らすと、クッキーが二枚(まい)に増(ふ)えた。サルはものほしそうにクークー鳴きながら少しずつ近づいてくる。それから、手をのばしてカーターの手からクッキーをひったくった。二枚(まい)とも口におしこみ、もぐもぐとかみつぶしてのみこむ。目がうつろで、いかにも満足そうだ。

リーラはアハハと笑った。このサル、べつにこわくない。カーターが指を鳴らしてべつのクッキーを出しているすきに、リーラは反対側からこっそりサルに近づいていった。

3

カーターはそのクッキーもサルに取らせると、さらに四枚目のクッキーを出した。サルは甘いお菓子にすっかり心をうばわれ、気づいたときにはもう、リーラが帳簿をつかみとって父親に投げわたしていた。受け取ったヴァーノン氏は着ているガウンの大きなポケットのなかに帳簿をおしこんだ。サルはこっちをむいたり、クッキーにむきもどったりして、どっちを優先すべきか迷っている。帳簿からカーターの手に視線を移し、片手にいっぱいのクッキーをみると、結局、本能に負けてクッキーを選んだ（ま、だれだってそうするよね？　クッキーはおいしいもん）。

　カーターはクッキーを一枚ずつ連なるように床に落としながら、ヴァーノン氏のほうに進んでいった。ヴァーノン氏はマジックでかたくなったロープを手に、待ちかまえている。ヴァーノン氏がリーラにうなずいた。サルをつかまえなきゃならない場合にそなえて、その場を動かずにいてくれという合図だ。少しずつサルが近づいてくる。ヴァーノン氏がその首根っこをつかまえようとかまえたとき――

コンコンとドアをたたく音と、呼びかける声がした。「ダンテ？　だいじょうぶか？」そのとたん、金切り声とつめが床をひっかく音が聞こえて、サルが部屋の反対側のものかげに引っこんだ。

仕事部屋のドアが勢いよく開いて、リーラのパパであるもうひとりのヴァーノン氏がかけこんできた。心配そうな顔だ。白のタンクトップに白黒のチェックのパジャマのズボンというかっこうで立っている。荒れた部屋のなかをみて、眠たげな目が大きく開いた。

「パパ、ドアを閉めて！」リーラがさけぶ。けれど、もうひとりのヴァーノン氏が動き出す前に、ブロンドの毛のかたまりが目にもとまらぬ速さで足のあいだをすりぬけ、廊下に出ていった。リーラのパパは悲鳴をあげた。

「あとを追うんだ！」ヴァーノン氏がさけぶ。

リーラとカーターはショックでぼうぜんとしているリーラのパパのわきをかけぬけ、廊

3

下に出た。リーラの部屋からひびいてくる騒がしい音を追っていく。リーラは自分の寝室のドアが開いていることに気づいて、ぞっとした。そうだ、窓も開いてる。

三人がリーラの部屋の入口にたどり着いたまさにそのとき、サルのしっぽが窓わくのふちをするりとこえて夜の暗闇に消えた。

リーラはリビングの座り心地のいい長いすにカーターとならんで腰かけた。パパがキッチンのレンジでミルクをあたためている。リーラの友だちから、もうひとりのヴァーノンさんと呼ばれるパパは、グランドオークリゾートのシェフだ。マジシャンではないけれど、夜食を作ることにかけては天才だ。「そろそろできあがるぞ」パパが呼びかけた。

みんなからダンテ・ヴァーノン氏と呼ばれるリーラのお父さんは、応接室の窓辺に立っていた。電話で話をしながら、外の暗い通りに目をやっている。だれかが行方知れずのサルをさがしにやってきやしないかと待っているみたいにみえる。

「ボッソがもどってきたのかな？」カーターが身ぶるいしながらささやいた。

「そうじゃないといいけど」リーラはこたえた。

「わかりました。はい、夜分おそくに電話を受けていただき、ほんとうにありがとうございました」ヴァーノン氏はそういうと、電話を切ってリビングにやってきた。「担当者から聞いたかぎりでは、ボッソはまだ刑務所にいる。この町からだいぶ離れている。性悪なサーカス団員たちもいっしょだ」

「しかめ面のピエロの一団は入ってないよ」カーターがふるえている。「やつらは逃げたんだ」

「どうやら、ボッソのサルも逃げたようだな」ヴァーノン氏がいった。「さっきみたとおり、あのずるがしこい動物はそうかんたんにはつかまらない」

「でも、なんでお父さんの帳簿を盗もうとしたの？」リーラは父親にたずねた。

ヴァーノン氏はポケットから帳簿を取り出した。みたところ、一階のマジックショップにおいてある取引台帳の一冊だ――ボール紙の表紙が大理石もようで、父親が店のカウンターの裏に何十冊も保管してあるのをリーラは知っている。

ヴァーノン氏が帳簿を開いた。どのページにも商品名と価格がわかりやすく一覧表にしてある。「たしかに、それはなぞだな。もし、動物の頭のなかに入りこんで、考えていることを解読できれば、わたしはきっとこの国で最強のマジシャンのひとりになるだろうね」

3

「もしかしたら、帳簿を盗もうとしたわけじゃないのかも」カーターがいった。「もし、あのサルがサーカス団から取り残されて、ここ数日何も食べてないんだとすれば、きっと食べ物をさがしてるうちに、道に迷っちゃったんだよ。かわいそうに、ひとりぼっちでとまどっていて、家が必要なだけなのかも」

ヴァーノン氏はほほえんだ。「そう信じるなら、どんなことだってありえるさ。ま、今夜のところは、窓を閉めて眠ろう」

「でも、ちょっとむし暑くならない？」リーラがたずねる。

ヴァーノン氏はおどけたように肩をすくめた。「さっき夜盗を相手にしたことを思えば、それくらいどうってことないだろう？」

もうひとりのヴァーノン氏がおやつのトレーを抱えてリビングに入ってきた。湯気のたつマグと、チョコチップクッキーの皿がのっている。「ミルクと甘いものを大事な家族に！　さあ、これを飲んだら、全員ベッドにもどって」

ヴァーノン氏が応接室の窓を閉める。リーラは外の暗闇で鳴き声が聞こえた気がした。今の声って、さっきのみょうなサルが追い立てられた怒りをあたしたちにぶつけてきたのかな？　それとも、古くなった窓が枠のなかできしんだ音を立てただけ？　そのとき、どっちを信じたいのか、リーラには正直わからなかった。

リーラは考えるのをやめ、パパからわたされたマグに口をつけると、クリームみたいな甘いあわをひと口飲んで、お腹のなかのそわそわしたものを落ちつかせた。

4

FOUR

「さあ、一枚取って、どれでも好きなのを！」カーターがトランプ一組をおうぎ形に広げながらいった。

リドリー・ラーセンが片方のまゆをつりあげ、こわいくらい鋭い目つきで首をかしげた。「手品をみせあう前に、『マジック・ミスフィッツ第十一回ミーティング』の正式な開始宣言をするべきよ」

「ボスがそういうなら」カーターはにっこりすると、広げたトランプを五つの小さい束に分けてから、一度の大げさな手の動きで束どうしをくるりと回転させ、パッと両手をひっくり返して、手のなかが空っぽなのをみせた。カーターなら手首をちょっと動かしただけで、公園のあずまやだって消しちゃえそうだと、リーラはときどき思う。

「ボス？」イジー・ゴールデンが問いかける。「それより、リドリーは女王さまって感じじゃない？」

「女王なんてありきたり」とオリー・ゴールデン。「女帝のほうが、ひびきがいい」

「あたしがあんたの耳に一発おみまいすれば、ひびきがいいわよ」イジーが双子の弟にむかってふざけてこぶしをつき出す。

「今のところ、耳は元気だから、おみまいはけっこう！」オリーがいう。

　夏休みが始まり、表通りは滞在中の丘の上のホテルからやってきた買い物客や、授業のない晴れた日の自由な午後を思いっきり楽しむ子どもたちであふれかえっていた。通りのいたるところで食べ物の売り子が店の試供品をさしだしている——アイスクリーム、チョコレート、キャラメルポップコーン、フルーツ味のかき氷。

　ところが、マジック・ミスフィッツは外で起こっていることに、まるで無関心だった。六人全員がヴァーノンのマジックショップの本棚の裏にある秘密の部屋に入りこんで、ぼんやりした明かりの下で、ひじをぶつけあいながら、それでもだれひとり気にせずに、自分たちの大好きなこと——マジック——の練習をしていた。

4

リドリーはカーターのそでのなかに手をつっこんで、カーターがかくしたトランプを一組取りあげた。「あっ、ずるい！」カーターが声をあげる。「リドリー、盗むのはカッコ悪いよ」

「盗む？」リドリーは無表情でカードを次々にめくって、みんなにみせた。いつの間にか、トランプが数枚の紫色のメモカードに変わっている——どのカードにも黒いインクで点と横線がいくつか書かれていた。「家からこのモールス符号の単語カードを持ってきたの。カーター、あんたのトランプは自分で入れた場所にあるでしょ」

カーターはけげんな顔でそでを持ちあげ、リドリーがいった場所に自分のトランプがあるのに気づいた。リドリーは変身わざの名人というだけでなく、人の顔色を変えるのもうまい。今も、カーターの青白い肌がたちまち真っ赤になった。

「おみごと！」シオ・スタインマイヤーがいう。

「どうも」とリドリー。「これを配ってもらえる？」

シオがバイオリンの弓を単語カードの真上にかかげると、カードが一枚ずつうきあがり、ミスフィッツのメンバーのほうへ移動していく。シオの物をうかせる能力は本人の極秘事項のひとつだ。移し終えると、シオはマジック用の弓をタキシードのズボンのなかにすっともどした。

「みんな、今週ずっと勉強をつづけてると思うけど」とリドリー。「このモールス符号を早くおぼえるにこしたことはないわ。いつでも秘密のやりとりができるでしょ」

「ねえ、リドリー」リーラが口を開いた。「ボッソとの対決みたいなことがまた起こる心配はないんじゃないの？」

「でも、つい数日前の夜に、ボッソの飼ってたサルがヴァーノンさんの仕事部屋に押し入って、帳簿を盗もうとしたんでしょ」リドリーはまゆをひそめて仲間をみた。「まさか、このマジック同盟の宿題からのがれる口実をでっちあげるつもりじゃないでしょうね？」

「夏は宿題がないもんだと思ってた」とイジー。

「ちがうだろ、イジー」オリーがいう。「砂糖がないもんだと思ってるんだろ！」

「でも、あたしたち、砂糖が大好きだよね！」とイジー。「ママとパパはきらってるけど。不思議なのは、あたし、甘いものを食べると、いっつも調子がおかしくなるんだよね」

リーラは部屋の奥の壁ぎわでほほえんだ。以前はせまい場所が大きらいだったけれど、今はさほど気にならない。リドリーの車いすに通り道をふさがれていても、頭のなかで友だちのあいだをぬけて、五秒で混みあう部屋を脱出するルートを考え出す。リーラはいつ

もそうやって頭でパズルを解いている。いつかステージで使うかもしれないとでもいうように。

「リーラから始めてもらえる？」リドリーが声をかける。

リーラは目の前のカードをみた。符号はこう書いてあった。

ーー　・・／ー・／ー・　・ー／ー・・　・／

ー・ー・　・・・・　・・／ー・ー　・ー／・ー・　・ー／・ーー　ーーー／

・ー／・ーー　・ー／・・・　・

※三六七ページ、モールス符号一覧表から読み解いてみよう！

リーラは頭のなかで解読した。「みんなで、力を、あわせ……」

カーターもわたされた秘密のメッセージを読んだ。「たがいに忠実でありつづければ……」

シオがつづく。「行く手をふさぐものは何もない」

次はリドリー。「ひとりでは弱いが」

オリー、さらにイジーがつづいた。「いっしょなら……ええと……」ふたりは最後の言葉の解読に必死に頭を働かせ、ようやくイジーがしめくくった。「いっしょなら……迷い？」

「おしい」リドリーが片方のまゆをつりあげた。「いっしょなら強い、よ」

「いいね」カーターがリドリーにいう。「移動遊園地の霊能者がくれたメッセージだ。おぼえててくれてうれしいよ！」

六人の秘密基地のすぐ外では、ヴァーノン氏がレジで接客をしている。客が帰ると、壁をノックして呼びかけてきた。「きみたち、外はすばらしい天気だぞ。こんな日に家にいるのは罪なことだと思う人もいる！」

リーラはとたんに元気づいた。ずっと考えていた最短の脱出ルートがとつぜんはっきりみえたんだ。ひょいと頭を下げ、シオが座っているいすの下にもぐりこむと、肩を前後にまわしてすりぬけ、それから思いきりとんでリドリーの車いすをこえ、カーターの後ろの壁に当たってはね返った。それから横向きになって深呼吸をひとつし、オリーとイジーのあいだをむりやり通りぬける。秘密の部屋のドアを開けると、ヴァーノン氏と目が合った。

「自分もそのひとりだとは思わない？　お父さん？」

「とんでもない」ヴァーノン氏はウィンクしてから、急に目にごみが入ったかのように目をこすった。「わたしはただ、この国の犯罪率について意見をいおうとしただけだ。実際、急増している」

「実際、急増している！」店の大事な緑のインコ、プレストがそのままくり返す。この見目うるわしい鳥は、店の入口の近くにある止まり木の上でお姫さまみたいにあつかわれていた。ヴァーノン氏がやさしく語りかけながら、片手をさしだすと、そこにプレストが頭をこすりつける。ヴァーノン氏は鳥に耳うちしてから、らせん階段をのぼって店のバルコニーに行った。

「うわぁぁ！」プレストは興味ぶかく目をぱちくりさせて一度うなずいてから、みょうにだまりこんだ。

「リーラ、マジック同盟のミーティングが始まったところで悪いんだが、少しのあいだカーターと店番をしていてくれないか？」ヴァーノン氏がたのんだ。「インク消しのビンがほんとうに消えてしまった気がする」

「たしかにミーティングは始まってるけど」リーラはクスクス笑った。「もちろん、いいわよ」リーラはほかのミスフィッツのメンバーにむかって、秘密の部屋から出ようと手招

4

きした。

「ぶぅ――」リドリーは不満の声をあげながら、車いすを動かして店に出てきた。「ミーティングはあの部屋でやるほうが好きなのよ。暗いなかのほうが魔法を感じられるでしょ」

「現実のマジックショップにいるときよりも？」シオがたずねる。オリーとイジーは手を取り合って、くるくる回転しながら店の通路に出ると、目が回ったふりをして床にひっくり返った。リーラが秘密の部屋に通じる店の本棚を閉じる。シオはマジック用のバイオリンの弓をリドリーの頭の上にかざした。リドリーのひざから手帳がうきあがり、ぎりぎり手のとどかない位置で止まる。

「返して！」リドリーがわめきながら、シオのタキシードのすそをつかんだ。

「まあまあ、落ちついて」カーターが宙にういた手帳をつかんで、リドリーにもどす。

「なかよくやろうよ」

リドリーはシオのちょうネクタイをひっぱたいて、黒一色から派手なからし色のチェック柄に変えた。シオはギクリとして、近くの大きな鏡に映る自分をみてから、タキシードのえりを直した。シオはいつも、ごうかなパーティに行くようなかっこうをしている。

「この色でもうまく着こなせるな」そうひとりごとをいってから、リドリーにウィンクした。リドリーがウィンクを返す。

「宿題はすんでるから」リーラがいった。「実際のミーティングを始めよう」

「ちょっと、それあたしのセリフ！」リドリーが冗談をとばした。「マジック・ミスフィッツのミーティングを秩序あるものにしましょう」なんだか、市長が町の公園や広場で祝辞でものべてるみたいだ。

「賛成！」とシオ。

「出欠をとるのを忘れてる」とカーター。

「わかった、わかった」リドリーがうんざりした声でいう。「では、つづいて出欠をとります」順番に名前を読みあげると、全員が手をあげた。リドリーはそれから数秒かけて自分のいったことをすべて手帳に書きとめた。

「ぼくにやらせて」カーターが申し出る。

リドリーはしかたなく、自分の手帳とペンをわたした。「当クラブに知らせたいことがある人？」と全員にたずねる。

「えっと、サルがうちに侵入したことはもうみんなに話したよね」とリーラ。「あたしのビッグニュースはそれにつきる」

4

リドリーが話を進める。「ほかに注目すべきことは何かある？」だれも何もいわない。リドリーはうながした。「マジック・ミスフィッツにかくしごとはなし。でしょ？」

「ぼくにはかくしごとはまったくない」とカーター。

ふと、リーラの頭に、二階の自分の部屋にある鍵を集めた缶が思いうかんだ。あの缶は自分以外だれも知らない。「ないわ」リーラはいった。「あたしもかくしてることはない」

「かくす値打ちのある秘密もあると、ぼくは思う」シオが落ちつきはらった声でいう。

「ぼくは今のところ、自分のわざを種明かしするつもりはまったくない」

リドリーがシオに文句をいう余裕もなく、店のドアが開いた。カランと小さなベルが鳴る。

リーラが通路のはしから顔を出して入口をみると、カップルが一組立っている。みたところ、グランドオークリゾートからやってきた観光客のようだ。ヴァーノン氏はまだ上階で消えるインクをさがしている。リーラはカップルにかけよった。「いらっしゃいませ。ヴァーノンのマジックショップへようこそ。ありえないを提供する店です。何かおさがしですか？」そこでウィンクしてつけ加えた。「それとも、何かを消すお手伝いをいたしますか？」

プレストが止まり木の上で羽をカサコソいわせた。「目にみえぬか、いたましき、亡霊が、ガートルードよ、愛も、分別も、なくして、生きるのか！」金切り声でわめく。「目にみえぬか、いたましき、亡霊が、ガートルードよ、愛も、分別も、なくして、生きるのか！」

「うちの鳥のことは気にしないでください」リーラは客にほほえんだ。ふたりの客は関心がなさそうだ。セリフのよせ集めのようなインコの言葉にリーラは詩劇を連想した――それも、ちょっと変わった詩だ。プレストがこの手のみょうなことをまくしたてるのは初めてじゃない。

カーターが客のとなりにすっとあらわれた。「どうぞ自由にごらんください」

カーターがすかさず割りこんでくれたので、リーラはうれしくなった。カップルはガラス容器のおかれたテーブルのほうに慎重に歩いていく。口の広い大びんにはガラスの目玉がつめてあり、小びんもいくつかあって、緑のスライムや水晶振動子（電子機器を正常に動かすための部品）がそれぞれ入っている。

「プレストはなんであんなふうにいいつづけるのかな？」シオがカウンターにいるほかのメンバーに合流しながらたずねた。後ろをむいて長い首をのばし、インコと目を合わせ

4

るようにしてから、片手をあげる。自分の家の裏庭で飼っているハトだと、これでたいていいうことを聞くのだが、どうもプレストはちがうしつけられ方をされているらしい。

「公園でシェークスピアの練習でもしてるんじゃないの？」とリドリー。

「それならかっこいいけどね」リーラはそういうと、自分の肩をポンとたたいた。「プレスト！　おいで！」

　プレストはその場を動かず、またわめいた。「目にみえぬか、いたましき、亡霊が、ガートルードよ、愛も、分別も、なくして、生きるのか！」

　ふたりの客は小声で何かいいあうと、プレストをにらみつけた。それから、静かな声で「どうも」といってドアにむかっていく。ベルが大きな音を立て、客は去った。リーラが顔を赤くする。客を引きつけて、店に引きとめておけなかった自分にがっかりしたんだ。

「あの鳥、イカれてる」リドリーがいう。「あたしのウサギとは大ちがい。あれ、シルクハットは？」

　カーターがクスクス笑っている。「いつか、このなかのだれかがほんもののシルクハットを引っぱりだして、はい、どうぞ！　ってさしだすね」

「ハハハ！」リドリーはしかめ面で、わざと笑い声を出した。「ぜんぜんおもしろくないわよ、新入り。結成早々にあんたをクラブからつまみ出すなんてこと、あたしにさせないで」

「ただの冗談じゃないか」シオがささやきながら、ウサギをリドリーのひざにさっと乗せた。

それでもリドリーは聞き入れなかった。「マジック・ミスフィッツのミーティング中に冗談をいうなら、もっとおもしろくなきゃだめ。あと、プレストはだまっていることをおぼえなくちゃね」シオがたしなめるように片方のまゆをつりあげる。「あ、いっておくけど」リドリーはいい足した。「あたしはここにいるみんなが大好きよ――」

ピーン！　どこからともなく、大きなコインがふってきたかと思うと、テーブルの上で二度はね、ふちが円を描くように回転してから、横たわった。

「お父さんが投げてよこしたの？」リーラが上階にむかって呼びかけた。けれど、ヴァーノン氏はどこにもみあたらない。

リドリーがコインをひろって、じっくりみている。シオやほかのメンバーたちが肩ごしにのぞいた。

「AからZまでアルファベットがならんでる」オリーが気づいた。

4

「そこから、今度は引き返してる」イジーがつけ足す。「zからaまで」

「暗号よ」リドリーがささやいた。

「え、何？」カーターがきく。

「コード。秘密の表記よ」リドリーはこたえた。「いい？　もし、この暗号を使ってCAT（ネコ）と書くなら、XZGになる。DOG（イヌ）なら、WLT」

「すごい」リーラはいった。

そのとき、店の窓の外に影がさした。「また、お客さんだ」カーターがいう。リドリーは自分たちが見つけたものを秘密にしておきたくて、コインを車いすのひじかけの物入れにしまった。

カランとベルが鳴り、ふたたび表のドアが開いた。リーラは、さっきのカップルがやっぱり気が変わってもどってきたんじゃないかと想像して、心が舞いあがった。けれど、呼びかけてきたのは、初めて聞く声だった。「こんにちは。どなたか、いらっしゃる?」

HOW TO...

ふるとカードが変わる トランプマジックをやってみよう

店の入口にいたのはだれか？　ま、それはいわないでおこう。ここをとばして次の章に進んでたしかめたってかまわないよ。ただ、ここでひとつ、手品を身につけることもできる！　ん、立ちどまることにした？　やっほー、きみにまた会えて、ほんとにうれしいよ。ぼくは熱心な生徒といっしょに手品に取り組むのが大好きだからね。第一巻でぼくが紹介したわざの練習はつづけてる？　つづけてるなら、この第二の物語が終わるころには、ひととおりショーをひろうできるくらいのわざをおぼえられるんじゃないかな。

用意するもの

*トランプ一組（定番のもの）

役立つヒント（立ち位置）

この手品を行うときは、観客がきみの手のなかのカードに目をむけていられるように、観客のそばに立つこと。

手順

❶
片手にトランプ一組を持ちながら、
反対の手でカードを一枚、
どれでもいいので観客にみせる。
それがどのカードかを
観客にたずねる。

❷
観客がこたえてくれているあいだに、
残りのトランプの一番上のカードと
その下の束のあいだに小指を
すべりこませ、わずかなすき間を作る。

❸
観客にみせたカードを表むきにして
トランプの束の一番上におきながら、
小指で持ちあげたカードと
ぴったり合わせる。
これで二枚のカードを残りの束から
ほんの少しうかせて持っている
ことになるよね。

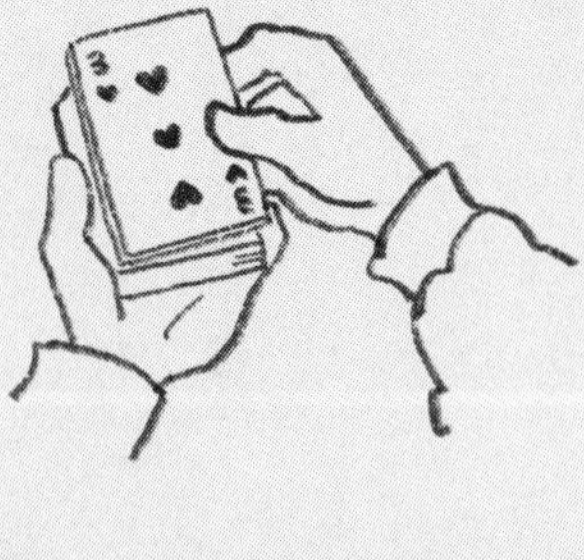

❹

あいたほうの手の中指と親指で、上の二枚のカードの上下の角を対角線上につかんで、ちょっとたわませるようにはさみながら、残りの束からはなす（ヒント このとき、二枚のカードは、上のカードだけしかみえないよう、ぴったり合わせておかなきゃならない）。

❺

カードをはさんだ手を左右に動かし、観客の目に数字や記号がぼやけ始めるようにする。観客にカードをみせ、だれかひとりになんのカードか大声でいってもらう。それから、またカードを左右にふる。

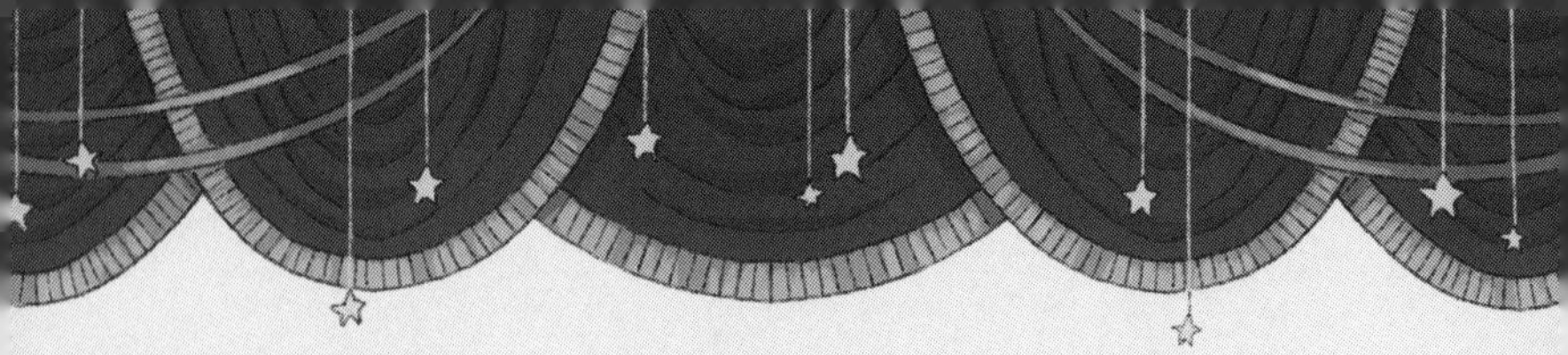

❻ カードをふっているあいだに、人さし指をのばして、その先にあるカードの角に指先をかけて手前に引き、二枚のカードを半回転させる(ヒント　このとき、中指と親指は回転するカードの上下の先端にくること)。

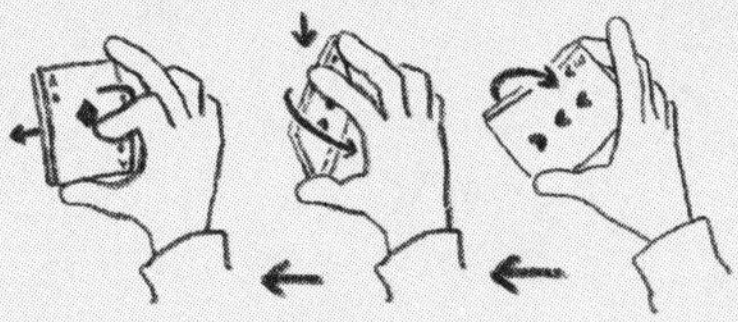

❼ カードをふる速度をゆるめて、ゆっくり止め、カードが変わっているのをみせる。

❽ おじぎを忘れずに!

5

FIVE

女の人がひとり、カウンターのそばに立っている。

「失礼しました！」リーラは息をはずませながら見知らぬ相手にそういうと、決まり文句をならべたてた。「ヴァーノンのマジックショップへようこそ。ありえないを提供する店です！　何かおさがしですか？」

「こんにちは」女の人がいった。「ええ」中背の、少し黒みをおびた黄金色の肌の女性だ。ウェーブのかかった黒髪が霧の滝のように肩の下へと流れ落ちている。こげ茶色のひとみがリーラの目をじっとみる。

リーラはとたんに心をうばわれた。手はふるえ、口はカラカラだ。脳で写真をとるみたいに、何度かまばたきする。女の人のまつ毛は長く、びっしり生えていて、マスカラで黒々としている。くちびるは宝石みたいに赤くきらめき、高い鼻の下で小さな花の形にすぼんでいる。黄色いふちどりのある紫色の長いショールが肩をおおい、すきとおった藤色のスカーフが腰を包んでいた。大きなハンドバッグには水晶玉のもようの刺しゅうがほどこされている。なかでも目を引くのが、両方の耳から下がる特大の白い星のイヤリングだ。目の前の女の人はマジックショップの窓の支柱のように、この場にふさわしい存在にみえた。

「当店はマジシャンが必要とするものを取りそろえております」リーラはいった。声がかすれている。

「人をさがしているの」女の人は店のなかに目をやっている。「古い友人で、名前はダンテ。ダンテ・ヴァーノンよ。彼の苗字がドアに出ていて……」

「この店の店主ですので」カーターが前に出ながらいった。「ぼくのいとこおじで、リーラの――」

「待って」リドリーが急にさえぎり、車いすを動かしてカーターとリーラのわきをぬけると、女の人の行く手をはばんだ。「そういう話をする前に、まず、そちらがどなたか教え

5

てもらえますか？　最近、このあたりでちょっとした騒ぎがあったので」

「騒ぎ？」女の人は目をみひらき、胸元でショールをつかみながら問い返した。「まあ、こわい」

「ここにいるあたしの友だちは、人がよすぎるんじゃないかって思うときがあるんです」とリドリー。「でも、あたしはちがいます。あの、ヴァーノンさんにどんなご用ですか？」

「サンドラ？」ヴァーノン氏がバルコニーから呼びかけた。手すりをつかんでみんなをみおろしている。「サンドラ・サントス？　きみなのかい？」

「ダンテ！」サンドラという名の女の人がさけんだ。

サンドラ・サントス。リーラは女の人の名前を聞いたことがあるんじゃないかと期待していたけれど、初めて聞く名前だ。

サンドラはヴァーノン氏にむかってハグしようとするかのように両手を広げた。リドリーがまだ目の前に立ちふさがっていたので、ドアの内側に立ったままだ。奇跡を目にしているような顔つきで、ヴァーノン氏がらせん階段をかけおりてくるのをみつめている。

「一瞬、幽霊をみているのかと思ったよ」ヴァーノン氏がいう。「いつぶりだろう？　何十年ぶりだな！　ここで何をしているんだい？」ヴァーノン氏は何もいえないでいるミスフィッツの面々のわきを強引にすりぬけると、とまどった顔で女の人の前に立った。そして、ようやく――しぶしぶという感じで――相手を抱きしめた。

サンドラはほほえみながら、ヴァーノン氏をぎゅっと抱き返した。「ああ、ちょうどこっちに来たから、あいさつしようと思って」

「目にみえぬか、いたましき、亡霊が、ガートルードよ、愛も、分別も、なくして、生きるのか！」プレストが止まり木からまたさけんだ。ミスフィッツの全員が体をこわばらせ、

5

うめき声を出す。

ヴァーノン氏はプレストにほほえんだ。「ああ、みんな、わかっているよ。きみはすばらしい鳥だ」プレストは羽毛を逆立ててから、目を閉じた。ふう、やっと落ちついた。

ヴァーノン氏はリーラの頭に手をおいた。「これが娘のリーラだ」

「こんにちは」リーラはサンドラのあたたかい手をにぎった。

サンドラもやさしくにぎり返してくる。「初めまして」

次にヴァーノン氏はカーターの肩に手をやり、前に出るようながした。「それから、こっちのハンサムな少年は、わたしのいとこおいのカーター・ロックだ」

「ロック？」サンドラがきき返す。「って、あの……？」

「ライルの息子だ」ヴァーノン氏はこたえた。「今はわたしたちといっしょに暮らしている。うちは家族が立てつづけに増えてね」カーターがサンドラを驚いた目でみつめる。目の前の女の人が父親を知ってることに、心が引きつけられてるんだとリーラは理解した。

「こちらはシオ・スタインマイヤーとリドリー・ラーセン。それと、後ろにいるしゃれたかっこうのふたり組は、ゴールデン家の双子のオリーとイジー。全員が仲のいい友だちだ」

「カーターのお父さんを知っているんですか？」リーラはたずねた。

「ええ、もちろん」サンドラはこたえた。「わたしにとって兄弟みたいなものだったわ」

「兄弟？」ヴァーノン氏が苦笑いをうかべる。「わたしなら、きみたちふたりの関係にもっとちがった言葉を当てはめる」

サンドラは声をあげて笑った。「まあ、ダンテ！　あなた、ぜんぜん変わってないのね。いつも、何もないところに意味をみいだそうとする！」

「だが、意味はいたるところにある！」ヴァーノン氏はきっぱりいいながら、サンドラの手を取った。「わたしは人より熱心にさがす訓練をしてきただけだ」

そのとき、リーラが急にカウンターのはしを回りこんでその場を離れ、壁から額入りの写真をつかみとった。仲間はみんな、リーラがどうかしちゃったんじゃないかという目でみている。けれど、リーラは気にもとめずに、その額をサンドラにさしだした。「これ、あなたです――」いいながら、セピア色の写真の右下に写る少女を指さした。「――よね？」その少女はダンテとライルとボビーと、そのほかのエメラルドリングのメンバーといっしょに座っていた。エメラルドリングは、リーラの父親が子どものころに入っていたマジッククラブで、リーラと仲間たちにマジック・ミスフィッツの結成を思いつかせてくれたきっかけだ。写真のなかの少女は水晶玉を抱えている。サンドラの赤ワイン色のビ

5

ロードのハンドバッグに刺しゅうされた水晶玉とそっくりだ。

写真をみたサンドラの口がぽかんと開いた。「えっ！　まさかこれ、ずっととっておいたの、ダンテ？」

「もちろん。思い出の品はこれしかないからね。きみたち全員が写っている。わたしの親友たちが」その声にはどこか感情的なものがにじんでいた。物悲しさ？　重苦しさ？「クラブの一員であることほどうれしいものはない」

「じゃあ、あなたもエメラルドリングのメンバーだったんですか？」シオがこっちに首をのばしてくる。どうやら、目の前に立っている年配の女性のなかに、写真の少女のおもかげをみつけようとしているらしい。

「ええ、そうよ」サンドラはうなずきながら写真をリーラに返した。「この古い建物で遊んだわ。なつかしい思い出よ。子ども時代の一番楽しい思い出」

「そのころのヴァーノンさんはどんな少年だったんですか？」リドリーがたずねる。「今と同じくらい変わり者でした？」

「変わり者？」ヴァーノン氏がきき返しながら、けげんな顔をリドリーにむける。

「はい、ヴァーノンさんはすごく変わってます」リドリーは力説した。「でも、そこがあたしは好きなんです」

「当時のダンテはこれ以上ないってくらい変わり者だったわ」サンドラはいった。「それに、秘密主義でね。ま、わたしたちはみんな、そうだったけど。それをほこりに思っていたし」

　ヴァーノン氏がうなずく。「たしかにそうだな」

「ボビー・ボッソについて、何か聞かせてもらえませんか？」シオが質問した。「こないだミネラルウェルズにやってきたんです。いい人ってわけじゃなかったけど――」

　ヴァーノン氏がせきばらいして、手をのばして店のドアを閉めた。「会話のつづきはアイスティーでも飲みながらにしないか？　バタークッキーもふんだんにあるから平らげてもらいたいんだ」

「あら、うれしい」サンドラがいった。

「カーター、シオ、地下室から折りたたみ式のテーブルを運んできてもらえるかい？　業務用エレベーターを使ってくれ。店のなかでピクニックしよう」ヴァーノン氏はいいながら、らせん階段をのぼってバルコニーに着き、さらに住居にむかった。「リーラとリドリーはサンドラの相手をたのむ」それから、サンドラに指をむけてウィンクした。「サン

5

ドラ、きみはその場を動かずに！」

「あら、ダンテ」サンドラがクスクス笑っている。「昔のクラブのメンバーとちがって、わたしは姿を消すわざをおぼえたことはないわ」

6

SIX

ヴァーノン氏が階上の住居で飲み物とお菓子を準備しているあいだ、サンドラはミスフィッツのメンバーと店の奥におかれた折りたたみ式のテーブルをかこんでいた。

「……そしたら、」リーラはグランドオークリゾートで起こったダイヤモンド強奪事件の話をつづけた。「ボッソの手下のひとりがお父さんの頭をこん棒でなぐったんです！　あたしもここにいる仲間も、お父さんを助けなきゃって思って……」

サンドラは圧倒されながら最後まで話に耳をかたむけた。自分の子ども時代の友だちふたりが、そこまでひどいいさかいを起こすなんて信じられないといいたげな表情

6

だったが、ようやくみとめた。「ボビーは昔からちょっと……むずかしい人だったわ」

「ボッソをむずかしい人っていうの、おもしろいですね」リドリーがいう。

「完全に頭がおかしいっていういい方もできる」とカーター。

シオがうんざりした顔で首をふる。「犯罪者が一番ぴったりだ」

「クルクルマカロニよりねじ曲がってたよな」とオリー。

「それをいうならフジッリでしょ（らせんの形をしたショートパスタの呼び名だけど、知ってる？）」とイジー。

「なに今の？　くしゃみ？　お大事に！」オリーは返した。「ボッソっていえば、ダイヤどろぼうって、どうやって七月四日（アメリカの独立記念日）を祝うのかな？」

「そりゃ、夜空を盛大に輝かせるもので、でしょ！」イジーがウヒョヒョとマヌケな笑い声をあげて答えた（そう、独立記念日といえば花火！　だからね）。

ヴァーノン氏が階段をおりてきた。抱えているトレーには、アイスティーの入ったピッチャーと、人数分のグラスと、カーターがためこむのが大好きなバタークッキーの盛られた皿がのっている。「また、わたしの話かい？」

カーターが笑った。「ヴァーノンさんじゃなくて、ボッソの話をしてたんです！」

「なら、もっと腕をみがくとしよう！　みんなのうわさにのぼりそうで、のぼらないというのは、ちょっとしたわざだからね」ヴァーノン氏はテーブルにトレーをおいた。「さあ、自由に飲んで食べて」

サンドラがアイスティーをグラスについだ。「ありがとう、ダンテ。あなたはいつも思いやりのかたまりね」

「ところで、サンドラ」ヴァーノン氏はリーラが座るいすのひじかけに腰をおろした。「なんでまた、久しぶりにミネラルウェルズにもどってきたんだい？」

「じつは、悲しい知らせがあって」サンドラは子どもたちに聞かせていいものか自問するように、リーラたちをちらっとみてから、すぐにだいじょうぶだと判断した。「わたしの母が亡くなったの」

「それを聞いたのは少し前だったと思うが」

「ええ、何年かたっているわ」サンドラはつづけた。「なかなかもどってくる気になれなかったの。過去の……亡霊が多すぎて。ただ、母が古い家をわたしにのこしてね。みたら驚くわよ。ほんとにボロボロなの。箱がそこらじゅうに散らばっているし、ほこりが何センチもぶあつい層になっている。それに、めいわくな定住者がうようよいる——クモにハ

6

エにネズミにヘビ。ほんと、やることが山ほどたまっている。とはいえ、あの家にはなつかしい思い出も少しはあるわ――特に、近所に住んでいる古い友だちとの思い出がね。ずいぶんごぶさたしていて、ほんとうにごめんなさい。仕事でずっとあちこちとびまわっていたものだから。最近になってようやく時間がとれたので、ここでやるべきことを片づけようと思っているの」

「あちこちとびまわってるのはどうしてなんですか？」カーターが音を立ててアイスティーを飲むあいまにたずねた。「仕事って、何をされているんですか？」

「ああ、移動が多いのは、ステージでわざをみせる霊能者だからよ。全国をまわって、おおぜいの観客の前で行うの」ミスフィッツの面々はだまりこみ、息をのんでいる。月面を歩く初めての女性を目にしているみたいに、全員がサンドラをひたすらみつめた。「ごぞんじないかしら？　マダム・エズメラルダという名前で通っているんだけれど」

「あのマダム・エズメラルダですか？」シオが口を開いた。「みおぼえがある気がしていたんです。父の指揮するオーケストラの公演場所のなかに、あなたのポスターがはってある劇場があります」

「ぼく、有名人に会うの、初めてだ」とカーター。

「有名？」サンドラは笑い声をあげた。「まあ、そうかもしれないけれど――有名っていってもたいしたことないわ。でも、おもしろい仕事よ。いろいろな人と知りあえるし、すばらしい景色もみられる」

「あたし、ずっと霊能力をもつ人って架空の存在だと思ってたんですけど」リドリーがまゆをひそめながらいう。「サンドラさんはほんとうに霊能者なんですか？　それとも霊能者のふりをしてるだけですか？」

「リドリー！」リーラが食いしばった歯のあいだからささやいた。「失礼よ！」

「いいのよ、リーラ」サンドラがいった。「だれもが抱く疑問ね。少なくとも、あなたの友だちは口に出してたずねるだけ正直よ。ええ、わたしは人や場所、物の振動エネルギーを読みとれる。それに、過去、現在、さらには未来に起こるできごとについても、情報を受け取ることができるわ」

「でも、どうやって？」リドリーがしつこくたずねる。「タロットカードを使うんですか？　それとも数秘術？　占星術？　手相占い？」ほかのミスフィッツのメンバーが、でたらめをならべたてているのかといいたげにリドリーをみる。リドリーはしかめ面をした。

「何よ？　あたし、ジョン・ネヴィル・マスケリンのことを調べてるときに、時間をかけ

6

て、この店にある読心術の本に何冊か目を通したの。霊能者ってとにかくいろんなタイプがいるのよ。未来を予言できるって主張する予知能力者とか、人の心を読むテレパシーの持ち主とか、意思の力でものを動かす念動の使い手とか。みんなぜんぜんちがうの。その大半はニセモノだけどね」

サンドラは顔色ひとつ変えない。アイスティーを上品にひと口飲んだ。

「サンドラさんは自分をどう位置づけているんですか？」リドリーがたずねる。

「わたしは、透視能力者と呼ばれたりするわ」

「何ですか、それ？」カーターがたずねる。

「人に関するちょっとしたメッセージを受け取って、その人が知るべきことを本人に知らせてあげるという感じかしら」

リーラがひるんだ。「ちょっとしたメッセージって、だれから受け取るんですか？」

「大半の透視能力者は指導霊から直接メッセージを受け取るといっているわ」サンドラは答えた。「指導霊がわたしたちに秘密を耳うちしてくるの。わたしたちは聞いたことを助けが必要な人に伝える」

「じゃあ、幽霊としゃべるんですか？」リドリーはしつこくたずねた。「幽霊のメッセージはほんものなんですか？」

サンドラは意味ありげに口をすぼめた。

ヴァーノン氏が上着の胸ポケットからハンカチをつかみとり、口のはしを軽くふいた。それをもどし入れようとしたとき、すでにべつのハンカチがポケットから顔をのぞかせていた。そのハンカチもポケットから引き出すと、またべつのハンカチがあらわれる。ヴァーノン氏はさらに五枚のハンカチを次々に上着から引っぱり出し、とまどった顔でハンカチを全部自分のひざに落とした。子どもたちは大笑いしている。「プディングは食べてみなけりゃわからない」ヴァーノン氏は最後にいった。

「どういう意味？」リドリーがきく。

「みためがプディングで、プディングのような味がするなら、プディングである可能性が高いということかなあ」ヴァーノン氏はいまひとつ自信がなさそうだ。

「そういう意味じゃないと思います」シオが口を開いた。「そのことわざは、新しいものは自分でためしてみないと、好きかどうかはわからないってことじゃないですか」

「ぼくが理解したのとちがう」カーターがいった。「ぼくはそれ、実際にためしてみて、初めて成功だと断言できるって意味だと思った」

6

「あたしは、『だいじょうぶ。そのプディングはおいしいよ』って意味だと思ったわ」とリーラ。

「いや、プディングは全部うまいよ」とオリー。「特にチョコレート味とバタースコッチ味。最高！」

「ただし、表面にできるごわごわしたヘンなまくをママが取りのぞいてくれたらでしょ」イジーがつけ足す。「でなきゃ、オリーはぜったいに口をつけないもん」

ヴァーノン氏は声をあげて笑った。「古いことわざは魔法みたいだな。いろいろな解釈がある。人はそれぞれ、自分が受け取りたいように解釈する」そういうと、増えたハンカチをひざからつかみ取って、こぶしにした手のなかにつめこんだ。それから、もう一方の手でこぶしのなかの一枚のハンカチのはしを引っぱり、指のあいだからたらすと、大げさなしぐさでその一枚をさっとぬき取り、手を広げる。ほかのハンカチはすべて消えていた。ミスフィッツの六人は息をのみ、それからクスクス笑った。「霊能者はマジシャンみたいなものだよ、リドリー。マジシャンがみせかけをしているかどうかなど、まず問題じゃない。大事なのは観客が何を信じるかだ」

リドリーがもう一度サンドラのほうをむく。「つまり、霊能力を持つには、とにかく自分には霊能力があるとみんなを信じさせなくちゃならないってことですか？」

サンドラの目がきらめく。リーラはそこに父親と似たようないたずら心がちらりとみえた気がした。当然といえば当然だ。ふたりは以前、親しい友だちだったんだから。「まあ、そんなところかしら」サンドラは苦笑いをうかべた。「ほんとうはわたしに霊能力がないって、なぜあなたにわかるの、ダンテ？」

「あるのかい？」

サンドラは声を低くし、気味の悪い迫力に満ちた口調になった。「子どものころからいろいろ身につけてきているのよ」それから両手をあげて指をくねくね動かしながら、幽霊みたいなうめき声を出した。「ヒュウ――ヒュウ！」

みんなクスクス笑っている。「ミネラルウェルズにいるあいだ、どこに泊まる予定ですか？」リーラはたずねた。「まさか、さっきいってた古いボロボロの家じゃないですよね？」

「じつは、ほかに当てがないの。ダンテが提案してくれればべつだけど」サンドラが期待する目でヴァーノン氏をちらっとみる。

ヴァーノン氏の顔がパッと赤くなった。「そうしてあげたいんだが……ほんとうに――」

6

リーラはだまっていられなくなった。「お父さん！」助けを求める相手をこばむなんてお父さんらしくない。しかも古い友だちだっていうのに……。

リーラの呼びかけにかまわずに、ヴァーノン氏はつづけた。「しかし、うちにはもう来客用の寝室はないし、二階のでこぼこの長いすに寝るのは、とてもじゃないがすすめられない。あそこはプライバシーがまったくない」そういって首をふる。「そうだ、サンドラ……グランドオークリゾートにいるわたしの連れあいに電話して、ごうかな部屋を一室用意できるかきいてみよう……きみが実家を住める状況に整えるまで」

サンドラはがっかりする気持ちをかくせなかった。「それはありがたいわ」

「よかった！」ヴァーノン氏は立ちあがり、電話にむかっていく。「さっそくホテルの部屋を用意しよう。そのあと、今晩はうちでここにいるみんなと食事をしていってくれ」

「ぼくたちもですか？」シオがきく。

「サンドラさんのわざについてもっといろいろ聞きたい」リドリーが片方のまゆをつりあげる。

「あーっ！　今晩はだめだぁ」オリーが大げさにいった。

「そう、あたしたちは帰らなくちゃ」イジーが泣きそうな声でいう。「ゴールデン家の夕食会だから」

リドリーが念をおす。「でも、ほかはみんな――」

「わかった、わかった」ヴァーノン氏はクスクス笑っている。「オリーとイジーがいないのはとても残念だが、このあと忘れずにもうひとりのヴァーノン氏にたのんで、残りの全員分の食事を持ち帰ってもらうとしよう。今晩はサンドラの歓迎会だ」

「もう、何もいうことはないわ」サンドラはいった。「ほんとうに、ずっと会いたかったのよ、ダンテ。どうもありがとう」

リーラはじっと耳をかたむけながら、サンドラの声に敗北感のようなものを感じ取った。あたしにも霊能力があるのかな、とリーラはふと思った。

7

SEVEN

リーラとカーターは通りをはさんだ家のむかいにある、あずまやの陰の草むらに座っていた。公園は昼下がりの練習場所に持ってこいだ。リーラはポケットから輪にしたひもを取り出し、両手首に巻きつけて、だれの助けも借りずに自分をしばる新たな方法をあみ出そうとしていた。

カーターはトランプをシャッフルする練習をしていた。といっても、フォールスカット・フラリッシュといって、華麗な手さばきでカードを切っているようにみせかけて、じつはまったく並びを変えずに、元の順番のまま束にもどすというわざだ。カーターはカードを片方の手から反対の手にとばしたり、一枚のカードを頭の後ろにはじきあげるわざまでやってみたりしたけれど、うまくつかみ取れない。カードが草地に落ちると、はずかしそうに顔を赤らめた。

「すごい！」リーラがいった。「ずっと練習にはげんでる」

　カーターはしかめ面だ。「まだ努力が足りないってことだよ」

「そのうちできるって」リーラははげましてから、少ししてまた口を開いた。「あたし、霊能者だったらなって思うことがあるの。それなら、お父さんの頭のなかを解き明かせるでしょ。だって、お父さんについて知らないことがいっぱいある気がするから」

「たとえば？」カーターはたずねながら、左右の手のあいだでまだカードを行ったり来たりさせている。

「あたしたちくらいの年のころ、どんな少年だったのかとか。ねえ、カーターはお父さんからカーターのお父さんとの思い出話を聞いたことはある？　だって、ふたりは親しい友だちだったわけでしょ」

　カーターはカードをひとつにまとめた。「たしかに、もっと聞けたらいいなとは思う。そのうちきっと話してくれるよ」

「あたし、お父さんたちのかつてのマジッククラブについて知りたい。ボビー・ボスコ

7

ウィッツにはもう会ったし、今度はサンドラ・サントスがいきなりあらわれたでしょ。それなのに、ほかのメンバーは名前すら知らないなんて信じられない」

「たずねたことはあるの？」

「エメラルドリングのことだって、カーターが来て初めて知ったのよ。もし、あたしたちが自力で見つけてなければ、お父さんから話してくれたかどうかはわからない」

「もしかしたら、ヴァーノンさんはそれを望んでるのかも。ぼくらが自分たちで答えをみつけることを。それか、自分の過去は恥ずかしくていえないとか。ぼくがそうだったからね。きみたちと初めて会ったとき、ぼくが秘密をひたかくしにしていたのはなぜだと思う？」

「ふうん、そういうことなのかもね」リーラは自信なさげにいった。

「もし、きみが霊能者だったら、どんなことを知りたい？」

「マジック・ミスフィッツはエメラルドリングみたいには決してならないってこと。あたしたち六人はぜったいに仲たがいなんてしないって信じたい」リーラはマザー・マーガレットの家のいじわるな女の子たちを思い出し、とたんに身がすくみそうになるのをこらえた。「あたし……みんなとずっと友だちでいたい」

カーターはこめかみをこすった。「ぼくの予想では……きっとそうなるよ！」

リーラはほほえんだ。「あと、過去ものぞいてみたい。どうしてボビー・ボスコウィッツがBBボッソになったのか。それに、なぜサンドラとお父さんが何年も連絡を取り合わなかったのかも知りたい。なんか、みょうだと思わない？」

カーターがうなずく。「しだいにみんなの心がばらばらになっていったって感じなのかもしれない。自分たちにはどうにもできないことが起こる場合もあるから。ぼくの父さんは結局、ミネラルウェルズから遠い場所へ移ってしまった。エメラルドリングを離れてしまったわけだけど、仲間のことはぜったいに忘れなかったはずだよ。ぼくがもし、霊能者だったら、両親に何があったか知りたい」

「もしかしたら、それもこれもみんな、おかしな霊能力なんかなくたって、みつける方法があるかもね」

「それ、すごくいい！」カーターがほほえむ。「きみが手伝ってくれるなら、ぼくもきみを手伝うよ」

「のった！」

「家にもどろうか？」リーラがいった。「そろそろパパが仕事から帰ってくるし、みんな

7

が来る前に部屋をきれいにしておきたい。あたし、拘束衣を着て夕食会に参加しようかな？　どう思う？」

カーターは声をあげて笑った。「両腕を動かせない状態でどうやって食事をするの？」

「方法をみつける。なんなら、あたしの持ちネタのなかに組みこんじゃってもいいな」

ふたりがあずまやのそばの草地を通りすぎようとしたとき、キィッというかん高い声がして、ふたりともぎょっとしてこおりついた。声はあずまやの床下の影におおわれた場所から聞こえた。目をみひらいたまま、カーターがきいてくる。「きみもぼくと同じことを考えてる？」

リーラは息をのんだ。「もしそうなら、あたしは霊能者ってこと？」

カーターが目をぱちくりする。ふたりは同時にささやいた。「こないだのサル」

リーラとカーターは用心しながら、いっしょに草地にひざをつくと、あずまやの床下に張られた板のあいだのひし形のすき間からなかをのぞいた。一番奥まったところにちぢこまった小さな姿がみえる。うす暗い場所から鳥のさえずりのようなおとなしい声がひびいてくる。

「チビどろぼうがもどってきた！」カーターがいった。

「あのサルがまたお父さんの帳簿を盗もうとする前につかまえよう！」リーラは指にからめていたひもをほどくと、急いでひとつ結びをいくつか作って、サルを傷つけずにつかまえておける即席のハーネスにした。サルの首と胴と両腕にかけるための輪を作る。

ふたりはそうっと歩いて、あずまやの床下の角をまわりこんだ。けれど、奥に近づく途中で、毛におおわれた何かが目にもとまらぬ速さでとびだしてきて、そのまま逃げていった。サルは草地と通りをかけ足でつっきると、通りのすみに立つ理髪店の裏に姿を消した。

「ああ、もう」リーラがさけぶ。

通りの先でだれかが悲鳴をあげている。

「くそっ」カーターはいいながら、ポケットからバタークッキーのかけらを取り出した。「次はちゃんと準備するよ」

「次があればね」リーラはため息まじりにこたえた。「あとを追いかける？」

「いや。またあらわれる気がする」

7

マジックショップのドアを勢いよく開け、店内にかけこみながら、リーラは大声で呼びかけた。「お父さん！　お父さん！　今、外で何をみたと思う？」

ヴァーノン氏はカウンターで読んでいた本から顔をあげ、片方のまゆをつりあげた。

「ちょっと当ててみてもいいかい？」リーラとカーターが勢いをそがれてうめき声をあげたが、かまわず両方の人さし指をこめかみにあてて目を閉じる。「エイブラハム・リンカーンの幽霊か？」リーラとカーターが首を横にふる。「伝説の巨人ポール・バニヤンの相棒、青い雄牛のデイブか？」ちがうってば。「開拓者のジョニー・アップルシード？」ちがう、ちがう。「あ、わかった。妖精王のオベロンだな！」

カーターが思わず口走った。「ボッソのサルだよ！」

リーラがうなずく。「公園のあずまやの床下にかくれてて、ふたりでつかまえようとしたら、逃げちゃった」

ヴァーノン氏はため息をついた。「家じゅうをまわって窓を全部閉めたほうがいいな。わたしは動物管理局に電話をする。今夜の特別な食事会をサルにじゃまされてはたまらないからね」

「動物管理局？」カーターが問いかけた。「その人たちはサルをどうするの？」

「捕獲して、檻に入れておくんだ」ヴァーノン氏は答えた。「ボッソと同じだ」

カーターはひるんだ。「サルにも刑務所みたいなものがあるの？」

（読者のみんな、安心して。サルの刑務所なんてものはないよ……少なくともミネラルウェルズにはね）

「サルにとっても路上よりは、檻のなかにいるほうが安全かもしれない」ヴァーノン氏は考えていることを口にした。

「檻！」リーラがさけぶ。「それはかわいそう！」

「あのサル、きっと家がほしいだけだよ」カーターは小声でいった。

リーラが元気づいた。「うちで引き取ろうよ」

ヴァーノン氏はクスクス笑っている。「一度にひとつずつ、やっていこう。まずはふた

7

りで家のそうじをしてくれるかい？　それと、今日の主賓のために上階のダイニングの飾りつけもたのむ」ヴァーノン氏は帽子かけから黒いシルクハットをつかみ取ると、リーラにほうった。「よければ、店にあるものを使ってくれ。ここは魔法にかこまれた場所だってことを思い出すのはどんなときでもいいもんだよ」

リーラは帽子のなかに手を入れると、とぎれることなくつづく色とりどりのスカーフを引っぱり出した。赤、緑、黄色、青、紫、だいたい色。お父さんが外でおびえているサルからあたしたちの注意をそらそうとしているのは明らかだと、リーラは思った。典型的なミスディレクションだ。

「さあ、急いで！」ヴァーノン氏は勢いよく指を鳴らした。「優秀なマジシャンはつねに万全の準備で観客をむかえなくては！」

8

EIGHT

シオとリドリーが店にやってくると、リーラはさっそくふたりを働かせた。

「ディナーテーブルの中央にマジック・ミスフィッツらしい飾りつけをしようと思ってるの」リーラは拘束衣姿だったが、店から品物を運べるよう、そで口は開けてあった。

リドリーがけげんな顔をしている。「なんでそんなことするの？」

「二世代のマジッククラブをたたえてさ」カーターがエンターテイナーみたいに両手を大きく広げた。

リーラはつけ加えた。「それに、あたしたちマジック・ミスフィッツのすばらしさを知れば、お父さんとサンドラがかつての

8

エメラルドリングの話を始めるかもしれない」

ヴァーノンのマジックショップをみまわしながら、リーラはふと、マザー・マーガレットの家から初めてここに来た日のことを思い出し、なつかしさがこみあげた。正面のドアからなかに入ったとき、頭上で小さなベルがカランと鳴って、本で読んだことしかないおとぎの国に足をふみ入れたように感じた。天井の高い部屋はいろどり豊かで、窓ガラスはあざやかな紫と緑にぬられ、ガタつく木の床をおおうラグは、黄土色のストライプと、赤い水玉と、黄色い稲妻のもようだ。おもちゃや飾りものがいっぱいにつめこまれたガラスびんに日光が反射して、店の奥にまで光がとどき、しっくいの壁にとけこんだきらめきをつかまえようとしていた。そのときリーラは、これはいつかさめる夢なんだとはっきり思った。ときがたった今でも、ちょっぴりそう感じている。

この本を読んでるみんなは、もうわかってるかもしれないけど、そうした魔法にかこまれて暮らしていると、いつしかそれをあたりまえに感じてしまうものなんだ。それはさけられない。幸い、リーラのふたりの父親は、とにかくリーラを自分たちの人生に引き入れ、つねに目を配って、ふさわしい愛情を注ぐことで、自分がどれだけ特別な存在かをリーラに気づかせてくれている。店を包む魔法は、そのままでもじゅうぶんおいしいケーキにかける砂糖ごろも（アイシング）みたいなものだ。

四人は店の引っこんだ場所や、かくれた引き出しからいろんな品物をかき集めると、小さな業務用エレベーターで階上のダイニングルームに運んだ。リーラはこのエレベーターに乗ると、いつもクスクス笑ってしまう。自分の家にエレベーターがある人っていったい何人ぐらいいるんだろう？

リーラは店から持ってきた黒いシルクハットを、木の長テーブルの中央に横むきにおいた。すると、ほかの三人がそのまわりを魔法のつえやトランプ、結び目のあるロープ、フェザーフラワー（羽根で作る造花）、ブーブークッション、ミニチュアのカップとスポンジボール、動物の形の風船、とうめいなビニールでできたミニチュアのドクロ、虹色のガラスの小びん、プレストに似た緑の鳥のぬいぐるみで飾りたてる。豊穣の角（コーヌコピア）（野菜や果物がいっぱいつまった魔法の角）みたいに、どれもがシルクハットからこぼれ出てきたようにみえる。

リーラは小さな魔女のブーツをかたどった、鋳鉄製のお気に入りのロウソク立てをシルクハットの両側においてから、細長いロウソクに火をつけた。しずんでいく太陽の光がすきとおった薄手のカーテンからさしこみ、ロウソクの輝きとあいまって、ダイニングに魅

惑的なふんいきをかもしだしている。

「カンペキ！」リーラはいった。「これならふたりから話を聞けそう」

リーラのパパがつとめ先のグランドオークリゾートからサンドラ・サントスをともなって帰ってきた。サンドラは白地に大きな赤い水玉もようのワンピースを着て、髪はアップにして頭の上できっちりとおだんごの形にしている。昼と同じ星形の白いイヤリングが、小さい耳たぶからたれてゆれている。ファッション誌によると、ステキな女性はみんな、ひとつかふたつ、その人ならではのアイテムを身につけているという。サンドラの場合は星だ。サンドラはミスフィッツの面々とほおを近づけ、チュッとキスの音を立ててあいさつしてから、テーブルの飾りつけをみて「まあ！」と声をあげた。「ステキ！」

カーターがサイドボードの上においたレコードプレーヤーに針をおろすと、陽気なジャズ音楽が部屋じゅうをおどった。

「マジック・ミスフィッツがサンドラさんを食事会におむかえします」リーラが軽くおじぎをしながらいう。

8

「一番のみどころは、この飾りつけが夜の終わりに、どう魔法のごとく元の場所にもどるかだな！」リーラのパパがコメントした。

カーターがウィンクで返す。「たぶん、目にもとまらないよ」

リーラのパパはごちそうののった皿を次々にテーブルに出した。熱々のロブスター・マカロニ＆チーズ、フライドグリーントマト、パルメザン・ポテト、そうめんカボチャのマリナラ（トマト）ソース。全員がよだれの出そうな顔でテーブルに集まった。リーラのパパがクリスタルグラスに作りたてのレモネードを満たしていく。ロウソクの明かりを受けて、レモネードがキラキラ輝いている。

「どれもすごくおいしそう！」サンドラがいった。

「最高」とシオ。「いつもだけど」

「ありがとう、両方のヴァーノンさん」リドリーがさけぶ。

「オリーとイジーが来られないのが、とても残念」とリーラ。

「たしかに」とリドリー。「残念ね」

「さあ、熱いうちにめしあがれ」リーラのパパがうながす。

フォークやスプーンが皿にぶつかる音が鐘の音みたいにひびきだしたところで、サンドラがさえぎった。「待って！」自分のグラスを持ちあげる。「まずはカンパイしましょう！古い友人に！」

ヴァーノン氏が笑みをうかべた。細く黒い口ひげが上くちびるを引き立てている。「古い友人に」同じ言葉で応じた。全員がグラスをふれあわせ、すばやくグイっと飲んでから、目の前の課題——自分たちのお腹をおいしい食べ物で満たすこと——にいそいそともどる。

「子どものころ、この古い建物が大好きだった」サンドラがいった。もうひとりのヴァーノン氏がキーライム・パイをテーブルに出している。「そういえば、通行人にマジックをひろうしたのをおぼえている？　あと、ぜんぜん終わらないかくれんぼ？」

「勝つのはいつもライルだったな」ヴァーノン氏がほほえみをうかべる。「あいつは姿を消すのがばつぐんにうまかった」リーラはカーターが父親のことを思いうかべて顔を輝かせるのに気づいた。

もうひとりのヴァーノン氏が全員にパイを切り分け、ひと切れずつ配っていく。サンドラはつづけた。「何よりなつかしいのは、夜ふかしをして、秘密を明かしたり作り話をしたりして、それがウソかホントか、おたがいに当てっこをしたことね」

「それ、やりましょうよ！」リーラはいった。自分のことをあまり話さないお父さんに

8

ついてもっと知りたい。

　サンドラがヴァーノン氏をちらりとみる。かまわないかと目で問うている。ヴァーノン氏は肩をすくめてからうなずいた。「おまえが最初にやるならな、リーラ」

　リーラは少し考えてから立ちあがった。「あたしが初めてミネラルウェルズで暮らすようになったとき、ふたりのお父さんにも、店にも、自分の新しい家にもとにかくびっくりした。これは今までにみた最高の夢で、きっといつかはさめてしまうんだろうと思ったわ」

「ああ、それはまちがいなくホント」リドリーが思わず口をすべらせた。「今のとおんなじ話をあたしは会ったときから毎週のように聞かされてるもん」リーラが肩をすくめてクスクス笑っている。「じゃあ、次はあたし！　あたしは一度、ソープボックスダービー（動力なしの手作りカートで坂道を走るレース）に巨大ザメの飾りつけをした車いすで出て、優勝したことがある」

「それはないな」とシオ。「あれば、ぼくらはそのことをとっくに聞いているはずだよ」

　リドリーはしかめ面をした。「いつか、そうなるわ。あんたたちに手伝ってもらってぜったいにやりとげてみせる」

「今度はサンドラさんにやってもらおうよ」シオがいった。

「もちろん、いいわよ！」サンドラはせきばらいした。「実家で母の遺品を整理していたら、わたしが子どものころ描いたスケッチ画が出てきて、母がとっておいてくれたんだってわかったの。トランプのなかでお気に入りの何枚かを描きうつしたものよ。わたしの興味に母が気をとめてくれていたなんてぜんぜん知らなくて……母はずっと働いていたから……その絵をみつけて……」サンドラは気持ちを落ちつかせようとするみたいに、ちょっとだまった。リーラは手をのばしてサンドラの手をぎゅっとにぎりたくなった。「母がいなくてさびしいのかも、しれない」

「全部、本当だね」ヴァーノン氏が悲しい笑みをうかべていった。

サンドラは急におそわれた物悲しい気分を、妖精の粉がちょっと体にかかっただけ、といわんばかりにはらいのけると、明るい表情になった。「次はだれ？」

「わたしがやろう」もうひとりのヴァーノン氏が進んで声をあげた。「この建物はマジックショップの前はジャズクラブだった」

「まったくのウソ」とリーラ。

「じつは本当だ」ヴァーノン氏がいった。

「お父さん、なんで話してくれなかったの？」リーラはあわててたずねた。

8

「特に話題にすることもなかったからね」

「じゃあ、今度はお父さんの番！」

「わたしか？」ヴァーノン氏がきく。「なぜ、わたしなんだ？」

「ぼくも聞きたい。ぜひ、お願いします」カーターがいいながら、ちゃめっけたっぷりの視線をリーラに投げる。

　ヴァーノン氏は両手をあげて降参した。「よし、じゃあ行くぞ！　作り話とないしょ話、ウソとホント。これはどっち？　そうだなあ……」ヴァーノン氏は身を乗り出すと、招待客をひとりずつじっと見た。「ひとつ思いついた。みんなも知っているとおり、かつてわたしはこの住まいに両親と住んでいた。下の階で父が小さな店を開き、〈ヴァーノンのマジックショップ〉と名づけた。つまり、わたしの父が初代の〈ありえないを提供する店〉の主人だったんだ。わたしは父がお客に手品をひろうするのをながめているのが大好きだった。なかでも感動したのが、父がお客の目の前で、ある品物をべつの物に変えてしまうのをみたときだ。わたしはやり方を教えてほしいと父にねだった。だが、断られた。手品を学ぶ最善の方法は自力で解き明かすことだときっぱりいわれたんだ」

　ヴァーノン氏はテーブルの中央の飾りのなかからプレストに似た緑の鳥のぬいぐるみを

つかむと、手のひらにのせた。「だから、そのとおりにした。ある日、わたしは独学で身につけたわざを父にひろうすることにした。父のコーヒーマグを――まだコーヒーが入ったままのマグを――手に取り、きれいな皿にのせてから、その上にシルクハットをおいた。こんなふうに……」ヴァーノン氏はぬいぐるみをテーブルにおき、同じくテーブルの真ん中に飾られていたシルクハットを上からかぶせた。

「父はしんぼう強く待っていた。わたしはシルクハットのそばで手をふり回した。こんなふうに……それからいった。『アブラカダブラ！』シルクハットを持ちあげると、そこにはもうコーヒーマグはなかった――あったのはミネラルウェルズの冬の景色をイメージしたスノードームだ。父はとてもほこらしげだった。わたしが自力で身につけた特技をみて、うれしくてしかたないという顔をしていたのをはっきりおぼえている。ただ、父は知らなかったんだ。わたしが手品のさいちゅうに父のマグを割ってしまったことを。だから、父がそのマグをみることは二度となかった。もっとも、それからわたしはずいぶん上達したがね……」

　ヴァーノン氏はシルクハットをさっと取ると、テーブルをかこんでいた全員が驚きの声をあげた。

8

そこにはぬいぐるみの鳥ではなく、ほんもののインコのプレストがいて、みんなにむかってわめき声をあげた。われながらすごいことをやってのけたと感動しているみたいに、その場でぴょんぴょんはねている。ヴァーノン氏はシルクハットをテーブルの中央にもどすと、プレストにむかって指をさしだした。プレストがその上にとびのると、指を自分の肩（かた）のほうへ近づける。プレストはちょっと羽ばたきしてから、ヴァーノン氏の肩（かた）に止まった。

「さあ、どうだ、子どもたち。今のはホントの話か？　それとも、わたしの作り話か？」

カーターがテーブルをコツンとたたいたり指をすべらせたりして、モールス符号（ふごう）で答えた。

・・・・　ーーー／ー・／ー　ーーー

※解読（かいどく）文は三六九ページ

リドリーがとつぜんパチパチと手をたたいた。「上出来よ、カーター！」

「ホントの話でしょ、お父さん！」リーラが顔を輝（かがや）かせる。「ぜったいにホントよ！」

ヴァーノン氏がおじぎをすると、その場にいた全員がいっせいに拍手をした。リーラは興奮で頭がくらくらした。サンドラが来てくれた効果がほんとうにあらわれている。お父さんが子どものころの話をしてくれた。できれば、これをきっかけにもっともっといろんな話をしてほしい。

「ヴァーノンさん、今の、どうやったんですか？」シオがたずねた。「ぼくたちが来たときには、プレストは下の階の鳥かごのなかにいたのに」

「ぼくはどうやったかわかる！」カーターがいった。「まず必要なのは、あるからくり――」

「インドキリス・プリバータ・ロックイ」ヴァーノン氏が指を口に当ててさえぎる。

「どういう意味？」リーラがきいた。「新しい暗号か何かを教えようとしているの？」

ヴァーノン氏は口にチャックをするしぐさをしてから、みえない鍵でくちびるをかたく閉じるまねをした。

もうひとりのヴァーノン氏がやれやれと首をふった。「だから、よせといっただろ、ダンテ。食事の席に動物を登場させるのも、ラテン語を話すのも」

「ラテン語？」リーラがくり返した。「いつラテン語をおぼえたの？」

8

ヴァーノン氏はリーラの声が聞こえないふりをして、「今日くらい、いいじゃないか」ともうひとりのヴァーノン氏にいった。「わたしの旧友がせっかく訪ねてきてくれたんだから」

サンドラはクスクス笑っている。「ほんとにぜんぜん変わってないわね、ダンテ」

「きみは何度もそういうけれど、気づいてないのかい、これに？」ヴァーノン氏はふさふさの巻き毛に指を通した。「もう真っ白だ」

「おいおい、やめてくれ」もうひとりのヴァーノン氏がいう。「わたしたちはまだ若い」

「いや、ぼくらのほうがもっと若いです」カーターがいたずらっぽい笑みをうかべていった。「若いし、元気いっぱい！」シオとリドリーがクスクス笑っている。

「すべては心の持ちようよ」サンドラがうなずいた。「うーん、このパイ！　フロリダの海辺にあった自分の店にいる気分。当時はいろんな人がふらっと店にやってきて、占ってくれってたのまれたものよ。みんな、店に何時間も滞在して、お茶を飲みながら話をしていった。あのころは本当に楽しかったわ。人生があれくらい単純なままでいられたらいいのにって、ときどき思う」

「きみが望めば、そうできるだろう」ヴァーノン氏がいった。

「今も占いをされているんですか？」シオがきく。

「ええ、しょっちゅう！　よかったら、あなたたちもみてさしあげましょうか？」子どもたちがはしゃいだ声をあげてうなずいた。「ダンテのステキな話に対抗できるかはわからないけれど、やってみるわね」サンドラは舌を上あごに打ちつけてタッと音を出すと、目を細くした。部屋がしんとなる。サンドラは座ったまま、十秒ほど目を閉じ、それから小声で話し始めた。「走っている。かけ足で、ひたすら逃げて……煙のにおい、汽車がいきなりせまってくる……何両もたくさん……数えきれないほど……数……豆かくし……恥ずかしい思い……そして……逃亡！」サンドラはそこで背筋をのばすと、ふつうの声になった。「今いったことはあなたに意味があるかしら、カーター？」

カーターは目を大きくみひらいている。それからテーブルをかこむ友だちをみまわした。子どもたちはみんな、口をぽかんと開けたまま、驚いてかたまっている。「はい、あります。ここへ来てヴァーノン家で暮らすようになる前、ぼくは……汽車で旅をしていました。あちこちを転々としてたんです。それに、ぼくのおじさんは〈豆かくし〉という最低のかけ事で人からお金をだまし取っていました」

サンドラはちょっと考えてからうなずいた。「その日々は終わったわ。もう二度と来な

8

い」

カーターの目がさらに大きくみひらかれ、ほっとした表情が顔をおおう。「それを聞いて安心しました」笑みをうかべていった。

「あたしはどうですか？」リドリーがたずねる。

サンドラは左右のこめかみをもみながら、リドリーのほうをむいた。たちまち、手元のナプキンを口に当ててくしゃみをする。「鼻がつまって、目に涙が……」ささやき声だ。

「今のは何かあなたに意味がある？」

リドリーは肩をすくめた。「両親がアレルギー持ちなんです。だから、飼ってるウサギをこのマジックショップで預かってもらわなくちゃならなくて」そこでヴァーノン氏をみてほほえんだ。「そうさせてもらえて、本当にありがとうございます」

「どういたしまして」ヴァーノン氏がこたえる。

サンドラはいった。「あなたはこの先、ご両親のようにアレルギーに悩まされることはないわよ」

「よかったぁ！」リドリーはバンザイと両手をふりあげた。「心配事がひとつ減った！」

リーラはリドリーが冗談をいっているだけだとわかったけれど、サンドラはリドリーの反応(のう)が大当たりだといわんばかりに笑(え)みをうかべている。

次にサンドラのまなざしがシオに注がれた。「たくさんの声が聞こえる」またささやき声になる。「家じゅうに声があふれている……」

シオがとまどった顔をする。「兄たちと姉たちが今年の夏にそろって帰省することになっています。もう数週間後ですね。母も父も本当に楽しみにしているんです」

「ご両親はね……けれど、あなたはちがう」サンドラはシオに指をむけた。

シオが顔を赤くする。「ぼくだって楽しみにしています。ただ、全員集まると、ちょっとだけ……」

「とまどう」サンドラがいい、シオはうなずいた。

「音楽」サンドラがつけ加える。「音楽も聞こえる」

「ぼくはバイオリンの演奏(えんそう)もします」シオが裏(うら)づける。

「それがあなたを助けてくれるわ。この先どんなつらい時期を経験(けいけん)することになっても。だから、がんばってつづけて」

「そのつもりです。父もそうさせようとしています」シオはにこっとした。みんなが声をあげて笑う。

8

サンドラが最後にリーラをみた。リーラは目まいがした。それでもサンドラが目を細くすると、リーラはいつも以上ににっこり笑った。いいことだけを聞きたい。「足音。ドアをノックする音。返事はない」えっ、何それ。リーラはとまどった。あたしには何の話かさっぱりわからない。部屋はたえられないほど静まりかえっている。「贈りもの」サンドラはあとから思いついたかのようにつけ足した。「鍵……」リーラの心臓がのど元まではねあがった。「当たっている？」

リーラはブリキの箱に入っているひものついた鍵を思いうかべた。赤ん坊のころからずっと持っているものだ。ただ、そのことをだれにも知られたくない。その秘密がリーラの心を強くしてくれている。それでも、目の前の女性にウソはつけないと気づいた。「と……思います」

ヴァーノン氏がいぶかしげな目でリーラをみたものの、せんさくはしなかった。

「その鍵が近いうちに重要になるわ」サンドラがいう。「肌身離さず持っていて」

リーラは雷に打たれたように感じた。けれど、急に注目をあびるのがいやで、話題を変えた。「あたしたちにも特技があるんですけど、わかりますか？　シオにもリドリーにもカーターにもあたしにも？」

「ダンテから聞いているわ」サンドラがこたえた。

リーラは声をかけた。「カーター、サンドラさんにみせてあげて」

カーターはテーブルからスプーンをひとつ、ひろいあげた。その手を軽くふると、スプーンが消え、反対の手を皿の下にのばすと、そこからスプーンがあらわれる。

サンドラは息をのんでいる。「まあ、みごとね」

「では、シオ」とリーラ。「始めて」

シオはタキシードのズボンのポケットからマジック用のバイオリンの弓を取り出すと、テーブルの中央にある飾(かざ)りの上にかかげ持った。横むきにおかれていたシルクハットがゆっくりと縦(たて)に起きあがり、踊(おど)りながら小さな円を描(えが)くようにテーブルの上をまわる。

「すごい！」サンドラが感心している。「ブラボー！」

リドリーがやれやれと首をふる。「あたしはサーカスのサルみたいに、タイミングよく芸をひろうするなんて、おことわり！」だれもが一瞬(いっしゅん)、リドリーは本気でむっとしているんだろうと思った。ところが、リドリーが自分のナプキンをつかんで、テーブルの上にほうると、ナプキンの色がたちまち白から目のさめるような青に変わった。「さて、どんな手を使ったでしょう？」そこでウィンクする。リドリーがふたたびナプキンをひろ

8

いあげて、軽くふると、今度は緑に変わった。「やめて！」ナプキンにむかってさけぶと、赤に変わる。みんな大笑いした。

「リーラをお忘れなきよう」カーターがいった。「リーラはどんなものからも脱出できます。ほら、もうおなじみの拘束衣を着ています」

「ただ、自分の部屋から錠を持ってこなくちゃ。お父さん、準備を手伝ってくれる？」

「食事の席で脱出芸か？」ヴァーノン氏がいう。「それはどうだろうねえ」

「おねがい」リーラがうったえるように目をぱちくりさせる。

「じつに説得力があるね」ヴァーノン氏はそういって指を鳴らした。「わたしの負けだ。行こう！」

　サンドラがすっと立ちあがった。「おふたりが準備をするあいだ、だれか化粧室への行き方を教えてもらえるかしら？」

「前と同じ場所にある」ヴァーノン氏が廊下のほうに首をまわしながらいった。「この家を相続してから、まだどこもリフォームしていないからね」

「廊下のつきあたり？　場所を忘れてしまったわ。ずいぶん久しぶりだから」サンドラはヴァーノン氏に礼をいうと、暗い廊下を歩いていった。

9

NINE

リーラは自分の部屋から錠と幸運の鍵あけを持ち出し、ダイニングにもどった。ヴァーノン氏がリーラの拘束衣に最後の錠をしっかり取りつけていると、階下の店からものすごい音がひびいてきた。

ドンッ！　ガシャン！　キィィィー……ドスン！

悲鳴が床板ごしにこもって聞こえる。ヴァーノン氏は大きく目をみひらくと、急いで廊下をかけ出した。あとにつづいたリーラは、両腕の自由がきかないので、つまずいて転ばないよう、とにかく慎重に足を動かした。

廊下のつきあたりのバスルームにはだれもいない。サンドラはそこにはいなかった。

9

ダイニングにいた全員が急いでバルコニーにかけより、手すりのむこうをのぞいた。階段の一番下の段にサンドラが座りこんで、服のしわをのばしたり、むこうずねをさすったりしている。そのまわりの床に、本や紙が散乱していた。サンドラはみんなの注目をあびていることに気づいてハッとし、大声をあげた。「やだ、恥ずかしい！」

「どうしたんですか？　だいじょうぶですか？」カーターが声をかけながら、らせん階段をかけおりてサンドラを助け起こしにいった。ほかの人たちもあとを追って店においりていく。リドリーは車いすを動かし、一階がよくみえるバルコニーの手すりのそばに近よった。リーラは慎重に階段をおりながら、上着につけられた錠をはずしていき、一階にたどり着くころには、拘束衣からすっかり解放されていた。

「ほんとうにごめんなさい」サンドラは服の乱れを直しながらヴァーノン氏をみた。「上の階のバスルームにトイレットペーパーがなかったから、お店のトイレを借りようと思っておりてきたの。そうしたら、何かが窓をひっかく音が聞こえて、近づいてみたら……」サンドラの顔から血の気が引いている。「サルが茂みからいきなりとびだしてきて、ガラス窓をたたいたのよ！　すごくこわくて、逃げようとしたらつまずいて、この本を全部ひっくり返しちゃった」いいながら、足元に散らばる本に目をむけている。「信じられる？

ミネラルウェルズにサルがいるのだって思いもよらないのに——そのサルがわたしをおそおうとするなんて！」

カーターが店の正面のドアにかけより、鍵を開けて夕暮れの外をのぞいた。通りをはしからはしまで目をこらしてみている。

「あたしたちも今日の午後、そのサルをみました」リーラはいった。「でも、おかしいな……人をおそおうとする様子はなかったですけど……。あたしたちよりサルのほうがこっちをこわがってたぐらいだから」

サンドラは申しわけなさそうに首をふった。「こんなにめちゃくちゃにしてしまって！」

「あやまらないでくれよ、サンドラ」もうひとりのヴァーノン氏がいう。

ヴァーノン氏がサンドラの手を取った。「足をみせて。血は出ていない？」

サンドラは鼻をすすりながら首をふった。「ぶつけただけ。もう一生分の打ち傷を作った気がする。でも、だいじょうぶ。ちょっとこわい思いをしたから、ホテルにもどったほうがよさそう。上に行ってショールを取ってくる」

「ぼくが行ってきます」とシオ。

「あたしがもうむかってる」リドリーがバルコニーから声をかけながら、車いすをくるり

9

と回して住居のなかにもどっていく。

「ありがとう。みんな、やさしいのね」

心のこもったハグと、あくしゅを何度もしてから、サンドラはミスフィッツの面々に別れを告げた。ヴァーノン氏がサンドラを車まで送っていくのを、店のなかからミスフィッツの四人ともうひとりのヴァーノン氏が大きな窓ごしに見送った。

「まったく、なんて夜だ！」ヴァーノン氏がもどってくると、もうひとりのヴァーノン氏がいった。

「サンドラは昔からドジなんだ」ヴァーノン氏は腕組みをして、サンドラの乗った車が夜の闇に消えていくのをみつめた。「それにしてもみょうだな」

「何がみょうなの、お父さん？」リーラは拘束衣からするりと出ながらたずねた。

「家のなかはお客をむかえる準備をきちんとしてあったんだ。バスルームも整えておいたはずなんだが……」

「サンドラさんはウソなんかつかないでしょ……」リーラは鼻で笑ったものの、食事の席でサンドラが口にした予言を思い出し、どれも作り話だったんだろうかと、ふと疑問に思った。リーラは友だちに目をむけた。「……だよね？」

ヴァーノン氏はちょっとだまりこんでから、みんなのほうにむきなおった。ほおに赤みがもどってくる。「まあ、たしかにウソをつく理由はどこにもないよな？」

リーラはどう返せばいいかわからなかった。ただ、はっきりわかるのは、今もまた、お父さんに質問をうまくかわされたということだ。最近、お父さんはよく会話をはぐらかす。大人の世界ってなんだか、鍵のない、かたく閉ざされた巨大なパズルボックスみたいだ。

友だちが帰ったあと、リーラは上の階のバスルームで歯をみがきながら、トイレットペーパーがないのに気づいた。やっぱりサンドラはウソをついていなかった。でも……そうすると、お父さんが準備をし忘れたってこと？　お父さんにも短所はあるけれど、さすがに物忘れはしないと思う……。

リーラは自分の部屋にもどってドアを閉め、明かりを消した。棚からブリキの箱を出しながら、夕食の席でサンドラにいわれたことを考える――その鍵が近いうちに重要になるわ。肌身離さず持っていて。

リーラは箱のふたを開け、コレクションのなかで一番古い鍵についているひもをつかむ

9

と、久(ひさ)しぶりにそれを首にかけ、ネグリジェの内側にすべりこませた。

HOW TO...

グラスのなかでコインが消える手品をやってみよう

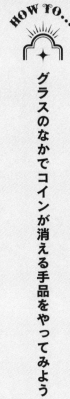

リーラとカーターがひと眠りしているあいだに、きみとぼくとでまたマジックのレッスンをしようか。今回は事前の準備がちょっと必要だ。あ、もちろん、練習もたくさんやらないといけない（それに、軽い工作も……リドリーが大好きなやつだ）。ただ、お願いだから、ひと晩じゅう寝ないで準備するようなことはしないでくれ。いいかい、これは警告——眠そうなマジシャンはミスをする！　もっとも、人はミスから学ぶものだ。だから、たとえ初めての挑戦でうまくできなくても——気にしないで——何度も挑戦すればいい！

用意するもの

＊硬貨一枚
（大きいほうが観客によくみえるのでおすすめ）

＊とうめいな（つまり、きれいな）飲み物用のグラス一個
（しばらく会っていない、ひいおばあちゃんのものだった高級なグラスとかは、たぶんきみも使いたくないよね。だから、割れてもきみの家族がそれほど悲しまないものを使う

のがおすすめ）

＊黒系のハンカチか小さいタオルを一枚
＊何も書かれていないきれいな白い紙を二枚
＊えんぴつ一本
＊水で落とせるのり
＊ハサミ

（きみは鋭いからわかると思うけど、刃物を使うときは、大人にそばにいてもらったほうがいい。マジックショーでは、マジシャンは切り落とした親指をかんたんにつけ直しているようにみせられるけど、実生活ではたいてい、外科医にかからなきゃならないからね。それじゃつまらない！）

事前準備

白い紙の上にグラスをふせておき、グラスのふちをえんぴつでなぞる。ハサミでえんぴつの線を慎重に切っていく。切りぬいた紙にえんぴつのあとが残っていたら、すべてきれいに消す。グラスのふち全体に軽くのりをぬってから、その紙にくっつける。そのまままのりが乾くまで何分かおく。

手順

❶

観客があらわれる前に、平らなテーブルの上にべつの白い紙をおき、紙の片側半分のなかにグラスをふせておき、もう半分のなかに硬貨を一枚おく。

❷

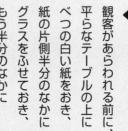

観客にむかって「これから、ここにある硬貨を消してみせます！」という。

❸ ハンカチをグラスと硬貨と白い紙をおおうようにかけながら、グラスを持ちあげて硬貨の上におく。

役立つヒント

グラスを動かすときに、ちょっと口で効果音を出すんだ。ヒュッ！　とか、シュッ！　とか、シュワッ！　とかね。観客の不意をついて、ハッとさせられそうな音ならなんでもかまわない。ちなみにぼくは、「イテッ！　かみつかれた！　ってのはじょうだん！」ってさけぶのがお気に入り。そうすれば、観客の注意を自分の顔に引きつけているあいだに、硬貨をかくせるからね。友だち相手のちょっとしたミスディレクションで気分を害する人はいないだろう？

❹ ハンカチをはずして
グラスのなかに
硬貨が消えたことを
観客にみせる。

種明かし

きみがグラスにのりづけした紙は
下においた紙と同じ色だから、
硬貨をグラスの下にかくせば、
硬貨が消えたように
みえるというわけ。

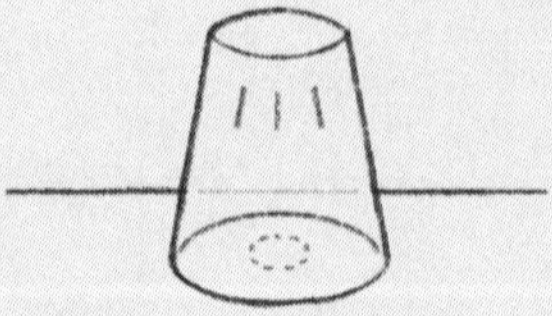

❺ 消えた硬貨を
ふたたび出現させるため、
もう一度ハンカチで
グラスをかくし、
最初の位置にもどす。

ハンカチを取り去り、
硬貨がもどっているのを
観客にみせる！

❻ 硬貨を観客のひとりに
「みてください」と
いってさしだし、
硬貨が本物で
あることを
たしかめてもらう。

❼ おじぎを
忘れずに！

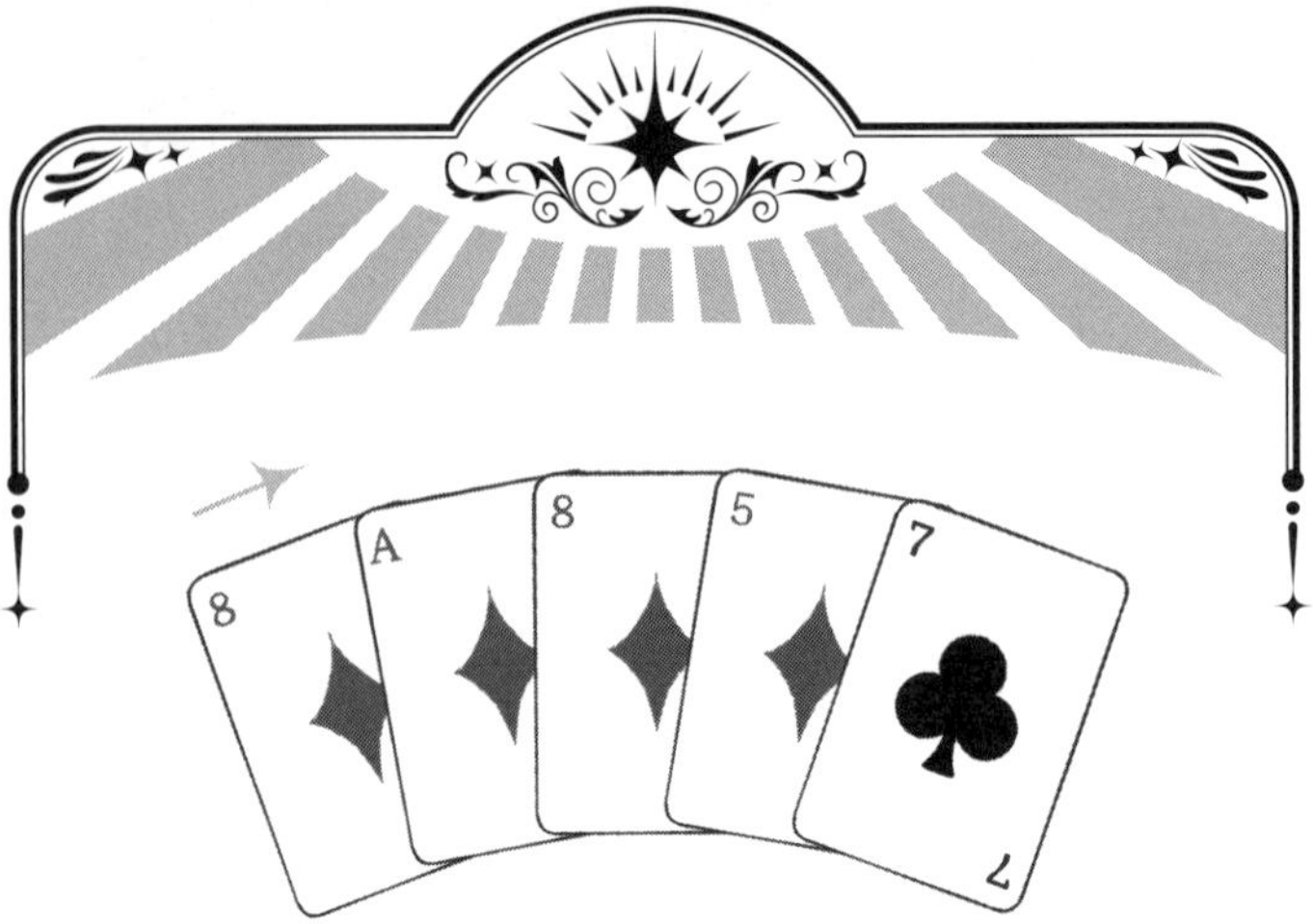

10

TEN

ヴァーノン家での夕食会の数日後、リーラ、カーター、シオ、リドリーの四人は丘をのぼってグランドオークリゾートにむかった。太陽が西の地平線にむかってしずみ始めたところで、木々の影が草地に長くのびている。空は落ちついた深い青に染まり、上空にたなびく雲が、フェザーフラワーが残した白い線みたいだ。

　大きな白い山小屋風のホテルが目の前にせまっている。四人はそのわきをぬけ、裏手にまわった。そこがいつも仲間と会う場所だ。敷地内の小さい建物すべてと、たくさんの娯楽施設をつなぐ通路を歩いていく。古風な感じの三角屋根が黒い屋上部分からそそり立ち、どの窓にも緑のよろい戸がつ

10

いているのが目を引く。

リーラはこのグランドオークリゾートの構内を第二の家みたいに思っていた。マジックショップの上の階にある住まいももちろんステキだけど、グランドオークリゾートにはプールから、ミネラルウェルズの町をみわたせるすばらしい景観まで、なんでもそろっている。リーラはよく、出勤するパパといっしょにここに来る。庭をぶらぶらするためだけでも来てしまう。

花で飾られた日かげのあずまやをぬけると、草むらが広がり、ゴールデン家の双子が側転をしていた。イジーが地面に両足をふんばり、前かがみになったところへ、オリーがはずみをつけて肩にとび乗る。イジーはピストンみたいにすばやく体を起こすと、弟の両足をつかんだ。ふたりは原っぱに立ったまま、前をみている。ミスフィッツの四人はふたりの華麗な体操わざに圧倒されながら近づいていった。

イジーがオリーに大声で話しかけている。「あんた、ちょっと太ったでしょ!」

オリーはお腹をさすった。「ドーナツって呼ばれる友だちのせいだ!」

とつぜん、イジーが弟の重みにたえられなくなったのか、ふたりの体がかたむいた。イジーは地面に両ひざをつき、オリーは落下の途中で一度きれいにとんぼ返りをしてから、両腕を広げ、手をふりながらみごとな姿勢で着地した。肩車も、肩から落とすのもすべて、演技の一部だ。リーラたち四人はしきりに拍手を送った。

双子は仲間に目をとめると、今度はいきなりア・カペラで歌い出した。コミカルな裏声でハモったり、ボックスステップ（四角形を描くように足を左右交互にふむダンスステップのことだよ）をふんだり、つま先でくるくるまわったりする。

「みんな、ようこそ、いらっしゃい
会えてうれしい、きみに、あなたに
なんだかんだとあわただしいよね
聞いたよ、サルをつかまえかけたと！
会いたかったよ　おかしな週さ
ぼくらのポケット　のぞいてみて！」

双子は同じ動作で自分たちのベストのポケットを開けてみせた。まだだれもそばまで行かないうちに、ポケットの暗がりからピンク色の鼻がぴょこっととびだした。

10

リドリーがキャッとさけび、車いすを後退させる。シオが顔をしかめた。「ネズミ？」

「マジックのアシスタントがほしかったんだ」オリーがいう。

「一日かけて訓練したのよ」とイジー。

「何をするの？」カーターがたずねた。

オリーとイジーは顔をみあわせた。「今のところ、鳴き声は上出来」イジーが明るく話をつづける。すごいでしょ、といいたげだ。

「どこでつかまえたの？」リーラがきく。

「この庭さ」とオリー。

イジーがうなずく。「あたしたちの手のなかに、ほんとにとびこんできたの」

「なんで、あんたたちにマジックのアシスタントが必要なのよ？」とリドリー。「そもそもあんたたちだって、はっきりいってマジシャンじゃないでしょ」

「ちがうの？」オリーがきく。「笑いは最高のマジックだよ」

「ほんとは、ほんとの魔法が最高のマジックよ」とイジー。

「はぁ？　ま、なんでもいいけどさ」オリーがいった。「自分はこうだって決めつけられるすじあいはないよ。意見は自由にいえるようにしておいて、いろいろためしてみたっていいよね。タップダンスに、歌に、パントマイムに、芝居に、ネズミ使い――」

イジーがあきれた顔をする。「そんな言葉あるの？」

「イジーはだまってて」オリーは切り返した。「とにかくおれがいいたいのは、このネズミに教えられることは無限にありそうだってこと」

「無限によ！」イジーがつけ加える。「数学！　化学！　フランス料理！」

「お、いいね」とオリー。「おれはうまいブルゴーニュ風牛肉の煮こみが好物だ。ところで、イジー！」

「なに、オリー？」

「学校で勉強するネズミをなんていうか知ってる？」

「知らない。なんていうの？」

「チュー学生さ！」

「ねえ、オリー！」

「なに、イジー？」

「ミッキーマウスのガールフレンドが食料品を買いに行く店はなぁんだ？」

「わからないなあ。なに？」

10

「ミニ（ー）マート！」
　リーラとカーターとシオは気をきかしてクスクス笑ったけれど、リドリーはうめき声を出した。「あんたたちのネタ、もうちょっとなんとかならない？　とにかく、ふたりに新しい友だちができたのはよろこばしいけど、あたしはミーティングを開くために来たの。みんなの準備がよければ、始めましょう」
　リドリーは自分の手帳をカーターにわたした。カーターはいつの間にか非公認の書記になったらしい。「出欠をとります！」

リドリーは大声でいった。それぞれのメンバーの名前が呼(よ)ばれ、呼(よ)ばれた子が「はいっ！」と返事をする。

ただし、オリーだけはこう返した。「いまーす(プレゼント)！ おれ、プレゼント大好き。だれか、おれに贈(おく)りものはない？」

「発言したい人は手をあげて」リドリーが問いかける。「話を聞きましょう！」

イジーが手をあげた。「サンドラ・サントスとの食事会はどうだった？」

「ふたりにもいてほしかったよ！」カーターがいった。「サンドラはぼくらの運勢(うんせい)を占(うらな)ってくれたり、〈霊(れい)の導(みちび)き役〉と話したりしたんだよ。ただ、そのあと、一階でつまずいて転んじゃってさ。店のガラス窓(まど)のむこうから、ボッソのサルがこっちをのぞきみしてるのに気づいてぎょっとしたんだって！」

「あのサル、まだ近くをうろついてるのか？」オリーがたずねる。

「そうみたい」とリーラ。

「サンドラってば、ほっほえましいっ」イジーがいう。

「ちがうよ、イジー」とオリー。「ほっほはフクロウの鳴き声さ。ほっほー、ほっほー」

「オリー、あんたフクロウの鳴きまねがうまいじゃない」イジーが皮肉っぽく返す。「そ

10

れなら、森の賢者フクロウとなかよくなって、もうちょっと賢くなりなさい」

「ほー」とオリー「それにしても、ゆうべは参加できなくて残念だったな。サンドラは上手なみせ方を知ってるんだな」

「たしかにそうね」リーラがいった。「ふたりはホテルでサンドラをみなかった？」

「今朝、おれたちのショーをみに来てた」とオリー。「さかんに拍手してくれたよ。いい人だね」

「みた目も霊能者っぽい」イジーもいう。「髪型もまさにイメージにぴったり。長くてウェーブがかっていて――」声をひそめる。「秘密めいてる！」

「霊能者なんてこの世にいないわよ」リドリーは不満そうだ。

「じゃあ、どうしてサンドラはあたしたちのことをあんなに知ってたの？」リーラがきく。

「たぶん、いろんな手を使ったのよ！　だって、食事会にもどるまでにこのホテルであたしたちのことをきいてまわる時間はじゅうぶんあったでしょ」リドリーが指摘する。

「ボッソの一件があったあとだから、みんな、あたしたちのことを多少は知ってる」

カーターがひるんだ。「みんなには知られたくないんだけど……」

「あたし、きのうの夜、ここ百年のあいだに登場した自称霊能者について書かれたものを読んでみたの」リドリーが話し出した。「ねえ、知ってた？　ハリー・フーディーニって脱出不可能なわなをぬけ出すだけじゃなくて、イカサマ霊能者たちをあばくことでも有名だったって？」

「そうなの？」とリーラ。「それは聞いたことがない。あたしはフーディーニが大好きだけど」

「知ってる」とシオ。

「フーディーニは人々に占い師を信じるのをやめさせることを使命とするクラブの一員だったの」リドリーはつづけた。「古い写真のなかに、降霊術者がエクトプラズムっていう幽霊みたいなネバネバしたものを口からはき出してるようにみえる一枚があって、フーディーニはそれを、実際は湿らせたチーズを包む布で作ったものだって解明したの」

シオが割って入った。「ぼくも、本のなかの写真をみたことがある。地上から数メートルういている男の写真なんだけど、画像をよくみると、その人がいすからとびあがった瞬間にシャッターが切られたんだって明らかにわかるんだ。ほんとにがっかりだよ」

「昨日サンドラがやったことは、ひどく真にせまってた気がしたけど」リーラはいいながら首から下げている鍵に手をふれた。

10

「サンドラのいう透視ってやつをよく思い返してみて」リドリーがつづける。「あの人はばく然としたことをいってただけ。それを聞いて、あたしたちが足りない部分をおぎなったの。本当だって信じたかったからよ。あたしは、あの人の霊の導き役だか幽霊だかに話しかけるっていう、わけのわからない話は信じない」

「あ、それで思い出した！　あたしたち、報告がある」イジーが弟をひじでつつきながらいった。

「お昼にライ麦パンのツナサンドを食べたって話？」オリーがきく。「そんなのニュースでもなんでもないよ」

「バカ、ちがうってば。幽霊のこと！」

「あ、そうそう！　幽霊！」オリーがうなずく。

「なんの幽霊よ？」リドリーが鼻で笑った。

オリーが興奮してとびはねている。「ここ一週間ずっとグランドオークリゾートに幽霊が出るってうわさが広まってるんだ」

「幽霊？」カーターがたずねた。「だれの？」

「なんの幽霊かってたずねたほうがいいかも」シオが正す。

「もっとそばに来て。事情を話すから」イジーが芝居がかった低い声でささやいた。「ホテルの保守整備係の友だちが、本館のすたれた翼棟のなかで何かがみえたり、音が聞こえたりするっていうの——不思議なものらしいわ」

「そのとおり」オリーが姉の口調をまねていう。「説明できないものだってさ！　ここ最近、スタッフは翼棟のなかで声を聞いたり、動きまわる影をみたりしているらしい。ただ、問題がひとつあって——あそこはもう何年も鍵がかかっていて入れないはずなんだ」

　シオとリーラが急に寒気を感じて身ぶるいした。

「なるほど」リドリーがいう。「でも、それじゃあ幽霊が出たっていう証拠にはならない」

　近くのドアがいきなり開いて、子どもたちはみんなとびあがった。「ふう、幽霊じゃなかった」イジーがいう。「なぁんだ、ベルボーイのディーンか」

　たるんだ緑の制服姿の年老いた男が、古いモップを後ろに引きずりながらあらわれた。

「ディーン！」オリーが呼びかけた。

　年寄りのベルボーイがミスフィッツに目をむける。イジーが手招きした。「ねえ、ディーンもグランドオークリゾートに幽霊が出るってうわさを聞いたよね？」

「ああ、はい！」ディーンがこたえた。「それでみんな、ひどくこわがっていますよ。メ

10

イドのなかには迷信にとらわれていて、とにかくこわくて翼棟に近よれない者もいます。アーノルド支配人が困りはてているんです。一部の者には担当業務をこなせないならクビだとおどしたとか」

「で、その幽霊らしきものっていったいだれなの？」リドリーがうさんくさそうにきく。

「それはなんとも――わたしもうわさを聞いただけなので。わたしが知っているのは、あの翼棟でよからぬことがたびたび起こったってことです。だから、いまだに閉鎖されたままなんです」ディーンは肩越しに後ろをふりかえった。だれかにみはられていないかたしかめているらしい。「ずいぶん前にあの場所で火事があって、大変な被害でした。けが人もいたと思います。だれが火事を起こしたのか、警察は解明できませんでしたが、うわさでは、町でマジックショップをいとなむ頭のおかしなやつが、子どものころ友だちといっしょに、しでかしたといわれています」

「え?!」リーラが息をのんだ。「その頭のおかしなやつって、あたしのお父さんよ！」

ディーンの顔が芝生のむこうにみえる庭園のバラみたいに赤くなった。「これは、お嬢さん、失礼しました。悪気はなかったんです」

カーターがミスフィッツの仲間をみる。「待って。ヴァーノンさんが火をつけたってこと？」

「どれもただのうわさです」ディーンは自信のない声で話し出した。「ホテルは火事があったエリアの改築を行ったんですが、そのあとすぐにひどい雨にみまわれ、屋根が持ちこたえられずに、水の被害を受けました。修理したものの、そのあと黒カビに浸食され、ついでシロアリにネズミ、クモなどなど、立てつづけに被害にあいまして、まるでのろわれた場所といった感じでした。結局、ホテルのオーナーがエリアのまわりに壁をきずいて、倉庫として使うことにしたんです。いずれ、あそこを再開させるつもりだと聞いていますが、当分実現しないと思います。もうずいぶん時間もたっていますので、たぶん、あそこにはいろんな幽霊が出るんじゃないでしょうか」そこでディーンはうつむいた。急に今、子どもたちを相手に話していることに気づいたとでもいうように。そして、つけ加えた。「ただし、だれかにきかれても――わたしがいったってことはないしょにしてくださいよ！」

「またね、ディーン」オリーが手をふった。ベルボーイはモップを後ろに引きずりながらゆっくり去っていく。「あのじいさん、ほんとにうわさ話が好きだよな」

「うちのお父さんが火事にかかわってるってほんとに思う？」リーラがたずねる。

10

「ありえない」カーターがいった。「作り話だよ」

「だけど、幽霊のうわさのほうは？」シオがきく。「マジック・ミスフィッツで調査すべきかもしれない」

リドリーが両手をふりあげた。「幽霊なんてほんとはいないの！」

「ヴァーノンさんがいったことをおぼえてる？」カーターが指摘する。「魔法は、ほんとうにあるか、ないかは問題じゃない。信じることが大事なんだって。幽霊にも同じことがいえると思う」

「いいわ。それなら、まちがいなくミスフィッツで調査に乗り出すべきね」リドリーが興味しんしんの顔でいった。

「ほんとに幽霊をみつけたらどうする？」とイジー。「グランドオークリゾートがもっと有名になるよね。じゃあ、問題。幽霊が出るホテルで提供される朝食ってなぁんだ？」

オリーが当てる。「ゴースト・トースト！」

イジーがうなずき、つけ足した。「おバゲットも！」

「ホテルに幽霊がいたらいいなあ」とオリー。

「それなら、もっとたくさんのお客が来て、あたしたちのショーをみてくれる」とイジー。

「迷信にとらわれてスタッフがクビにならなければね」とカーター。「ぼくはだれかがこわがって仕事をクビになるなんて考えたくない。だから、ぼくらで調べて、このおかしな話の真相をつきとめよう」

リドリーはリーラがずっとうつむいているのに気づいた。「ほら、リーラ、元気を出して。どうせ、あのおいぼれディーンは自分が何をいってるのかわかってないんだから」

「どうなのかな。うちのお父さんはいつも秘密を山ほどかかえていそうだから……」リーラがつぶやく。

「とにかく、幽霊の件を調べよう。そしたら、その火事のことについても何かわかるかもしれない」

「そっか、そうだね」リーラの顔にようやく笑みがもどった。「グランドオークリゾートで働く人が、こわがって仕事ができないせいで、職を失うなんてことになったら大変だもん」そこでパンっと手をたたいた。いきなり名案がうかんだらしい。「ねえ、サンドラにお願いして幽霊と話をしてもらおうよ。サンドラなら幽霊にホテルから出てってほしいってたのめるんじゃない？　ミネラルウェルズの人たちが大好きなものをひとつあげるとしたら、ショーよ」

10

「それと、ピザ」とオリー。「ミネラルウェルズの人たちはピザに目がない」

「アイスクリームも」とイジー。「ミネラルウェルズの人たちは首ったけ――」

「ショーね」リドリーがイジーをさえぎった。「名案よ、リーラ。サンドラはどの部屋に泊(と)まってるっていってた？」

11

ELEVEN

「はい、サンドラ・サントスです」受話器から声がした。

「こんにちは、サンドラさん！　リーラです。今、下のロビーからかけています」

「まあ、リーラ！　びっくりよ！　ちょうど今、あなたのことを考えていたの。部屋に来ていっしょに紅茶をどう？　茶葉で運勢を占ってあげる」

「それなんですけど」リーラはいった。「よかったら、サンドラさんに下におりてきてもらえないかって友だちと話してるんです。本館裏の翼棟でちょっとした騒ぎがあって、助けがいるんです」

　リーラがふたたび外に出てきたころには、本館裏の中庭にホテルの従業員と宿泊客の

11

小さな人だかりができていた。だれもが興味しんしんの顔で、となりの人とこそこそ話している。リーラはカーターに顔を近づけ、耳うちした。「この人たちはどこから来たの？」

カーターは肩をすくめた。「きみがサンドラに電話をかけにいってるあいだに、ベルボーイのディーンがほかのスタッフに降霊会があるらしいって話をして、それがあっという間に広まったんだ。たぶん、あのベルボーイがぼくたちの話を立ち聞きしてたんだよ」

「ごきげんよう、子どもたち！」サンドラが中庭のむこうから呼びかけてきた。ミスフィッツの六人をいっぺんに腕のなかに抱き入れてハグしようとするみたいに、両手を大きく広げている。この日のサンドラは、靴までかくれる黄緑のペイズリー柄のカフタン（トルコの民族衣装）のようなゆったりしたドレスを着ていた。頭には金色のヘアバンドをかぶり、そこから額の真ん中にしずくの形をした緑の宝石がたれている。ヘアバンドでおさえているせいで、髪型がへんてこなキノコみたいだ。「電話をありがとう！　わたしは前からこの古い場所に何かがとりついていると思っていたわ」

サンドラは本館の裏側のすたれた建物を指さした。「この降霊会でいっきに道が開けそうね。それに楽しいわ」

「幽霊と話すのが楽しいんですか？」リドリーがきく。

「人を助けるのが楽しいのよ」サンドラはいいながら、人だかりに目をやった。数がどんどん増えてきている。みんな、ペイズリー柄のカフタンを着た魅力的な女性をひたすらみつめている。結局、オリーのいうとおりだった。ベルボーイのディーンはそうとうおしゃべりらしい。サンドラは集まった人たちには気づかないふりをしている。「それっていいことよね。みんなもそう思うでしょ？　ちがう？」

リドリーが顔を真っ赤にする。それからうなずいた。

リーラはもうだまっていられず、サンドラの手をつかんで、わきに引っぱっていった。

「サンドラさん、ここで起こった火事のことを教えてもらえませんか？　じつは、あたしのお父さんが友だちといっしょに火をつけたってうわさを聞いたんです。それって〈エメラルドリング〉のことですか？」

サンドラは顔をしかめて首をふった。「そんな話は何も知らないわ。ただ、もし火事があったとしても、ダンテがそれにかかわっていたというのはかなり疑問ね。さあ、おおぜいの人が待っているわ。始めましょう」

リーラは恥ずかしさにのどがつまった。話すべきじゃなかった。今、こんなところで話すことじゃなかったのに……。

11

サンドラは建物の正面をみあげた。大半の窓にはカーテンがかかり、開いた窓から黒い闇がこっちをみおろしている。昼下がりでむしむししているのに、リーラは全身にピリッとした寒気を感じた。サンドラがすっと目を細める。何も恐れていないことを示すかのように。それをみて、リーラは少し気が楽になった。

サンドラが通用口のドアノブをつかんだが、鍵がかかっているらしい。「だれか鍵を持っていないかしら？」

鍵？　リーラは考えた。シャツの内側に下がるペンダントのつめたい感触が胸板に伝わる。まさか、このときをサンドラは予言していたの？　ひょっとして、このホテルの通用口を開けられる道具をあたしが身につけてるってこと？　でも、ドアを開けるのに鍵なんか必要ない――ポケットに入ってる幸運の鍵あけでかんたんにあのドアだって開けられる。ただ……おおぜいの人の前で錠前破りの作業をすることはできない。そんなことをしたら、どろぼうだって思われかねない。

「ここにあります！」ディーンが片手をあげて前に出た。大きなリングのキーホルダーをカチャカチャいわせて鍵を回し、ドアを開けてからさっとわきへよる。じめじめしたにおいがただよってきて、リーラはマザー・マーガレットの児童養護施設の収納部屋を思い出した。

　サンドラは入口に近づくと、左右のドア枠をつかんで、背中をこわばらせた。まるで、内側にいる何かから重大な影響を受ける覚悟をするみたいに。「ええ、このなかにまちがいなく幽霊がいるわ。呼びかけてくる声が聞こえる。みなさんにも聞こえる？」サンドラは集まった人たちに問いかけた。あちこちがざわついている。それが同意なのか否定なのか、リーラにはわからなかった。リーラ自身は、それらしき音は何も聞こえない。聞こえるのは、木々のあいだを吹きぬける風の音と、遠くの汽笛の音くらいだ。サンドラはミスフィッツのほうをむいた。「いっしょに来て。新しい友の助けがいるの。わたしたちの連帯こそが、あの世とつながるのに必要なエネルギーを生む手助けになる」

　リーラはほかの子に目をやった。リドリーはうさんくさそうに顔をしかめている。カーターは興味をひかれているみたいだ。シオはとまどった顔で、もう少しサンドラの言動をみききしてからどうするか決めたいといいたげだ。オリーとイジーはふたりとも興奮してクスクス笑っている。リーラはその全部が入り混じったような感情を抱いていた。ミスフィッツはそろってドアのほうに一歩近づいた。サンドラは六人を円状にならべて立たせ、手をつながせてから、指示した。「さあ、ここから集中力が必要よ。耳をすまして、じっ

としていて」それから、目を閉じ、話し出した。「道に迷い、さまよえる友よ……わたしの声が聞こえるでしょう。合図を送られよ」

集まった人たちが小声で何かいいながら窓のほうを指さしている。リーラはいくつかカーテンのない窓のむこうで、何かが動くのを視界のはしにみた気がしたが、まともに目をむけると、窓には何もいなかった。全身にぞわぞわした寒気が走る。

サンドラはつづけた。「わたしたちは何より安全で、どこよりも居心地のいい家を作る。これはみんなが知っている真実です。となれば、幽霊がこのホテルを自分の家だと考えたとしても、わたしは責めません。このなかで、グランドオークリゾートから離れたくないという方はいらっしゃいますか？」見物人から笑い声があがり、何人かの手があがった。「ですが、このすばらしいホテルがいつもどおりの営業をつづけるために、ここにいるやっかいな幽霊たちには、次に進むことを考えてもらわねばなりません」

すぐに本館裏の中庭に面した窓のいくつかがふるえだした。窓枠のなかでガラスがガタガタゆれている。見物人がざわつきだし、リーラは恐怖に口がぽかんと開いた。

リドリーは建物をみあげながら、片方のまゆをつりあげ、サンドラのトリックをみやぶろうとしている。リーラはほんとうに起きていると信じたかった。もし、これがトリック

11

なら、念入りに仕組まれたものだ。

「怒らないで！」サンドラはさけんだ。霊界の引きこむ力にあらがうように頭をのけぞらせる。「これはあなた方のためなの！　暗闇のなかに自分の光をみつけて！」窓がさらにはげしく音を立ててゆれる。「歩みをつづけてちょうだい！　光のなかに、ぬくもりに、足をふみいれて！　そこで、あなた方の愛する人をみつけるのよ！　その人たちがきっと、あなたの新しい家を作る手伝いをしてくれる！」

　暗い窓のむこうで炎がいくつかパッともえあがった。群衆が悲鳴をあげる。すると、サンドラがはげしく身をふるわせながら、ミスフィッツの六人が作る輪の真ん中に勢いよくたおれこみ、地面に両手と両ひざをついた。六人はサンドラにかけよろうとはしなかった。その場に立ったまま、ひょっとしたらサンドラもとつぜん、白熱した光と化すんじゃないかという目で、だまってみつめている。

　しばらくのあいだ、サンドラはひとりだけ地震を体験しているみたいに、身をふるわしつづけた。リーラが降霊会を中止しようといいかけたとき、サンドラが片手をあげ、待つよう合図した。

　少しすると、サンドラは落ちつきをとりもどし、顔をあげた。疲れきってしまりのない表情だ。それから、ようやく立ちあがり、手で服をはらうと、翼棟をあおぎみた。「彼らはわたしの願いを聞き入れてくれました」サンドラは見物人にむかっていった。「みなさんのホテルにはもう、幽霊がいなくなりました！」

おおぜいの見物人がいっせいに歓声をあげた。シオとゴールデン家の双子もしきりに拍手をしたが、リーラにはおよばなかった。リーラはだれよりも熱心に手をたたいた。

そのとき、中庭のむこうからひびいてくる怒りの声に、拍手が鳴りやんだ。「これはいったい何事だ？」

12

TWELVE

人だかりが左右に分かれた。白いスーツ姿の小柄な男が近づいてくる。リーラはすぐにホテル支配人のアーノルド氏だと気づいた。黒い髪を頭の真ん中できっちり分け、顔は怒っていないときでも、釜でゆでられたみたいに、つねに赤い。アーノルド氏は人だかりのなかにいるホテルのスタッフをみまわした。従業員たちはうつむき、支配人の視線からのがれようとあちこちに散っていく。

「それで」アーノルド氏が強い口調でたずねた。「これはいったい何事だ？」

「こんにちは、アーノルドさん」イジーが手をふってあいさつした。ちょっと手首をひねれば、支配人の怒りが晴れるとでもいうように。「マダム・エズメラルダが降霊術で、この建物に取りついた幽霊を追い出したんです。もう、すごいのなんのって!」

「幽霊? だれが幽霊の話なんかしたんだ?」アーノルド氏は群衆をみまわし、宿泊客に不安がる人がいないか気にしている。

「マダム・エズメラルダはとても有名です」シオがいう。「全国各地でわざをひろうしているんですよ。しかも、大観衆の前で!」

ずっと見物していたホテルの客がワッと歓声をあげた。アーノルド氏は自分が何かすごいことをやってのけたかのようなかっさいに包まれた。女の人が何人かサンドラに近づき、週末までにもう一度わざをみせてもらえないかとたずねている。ほかにも数人、個人的に占ってほしいとたのみに来た。サンドラはそでから名刺らしきものをさっと取り出し、手わたしている。そうしたやりとりをひととおりみたあと、支配人の顔が、動揺といらだちから、人当たりのいい感謝の表情にコロっと変わった。

アーノルド氏はサンドラの手をにぎった。「いや、ぐうぜんなんですが、うちのショーの主演者が明日とあさってのふた晩、出演をキャンセルしてしまいましてね」そっとサンドラに耳うちする。「あなたにその穴をうめていただけたら、たいへん光栄です」

12

サンドラはパッと顔を輝かせた。「まあ、よろこんでお引き受けしますわ」

アーノルド氏はパンっと手をたたき、「すばらしい！」と声をあげた。「それではさっそく、うちのスタッフに指示して、ショーの広告を出しましょう。今、あなたがなさったことが、町の話題にのぼるでしょうから、劇場はきっと満員になりますよ」アーノルド氏は満面の笑みをうかべて身をひるがえすと、ホテルの客に声をかけてまわった。

「ひゃあ、ワクワクする！」リーラがいった。「このグランドオークリゾートのステージでサンドラさんをみられるなんて！」

「すべてが文句なくうまくいったね」とシオ。

「みんなにお礼をいわないといけないわね」サンドラがミスフィッツの全員にむかっていった。「あなたたち六人はわたしの代理人よりよっぽど有能だと思うわ！　さてと、これからショーの計画を立てるから、準備を始めないと。では、みなさん、また会いましょう」それを最後にサンドラはカフタンのすそをひるがえし、来た道をもどって本館の正面玄関へとむかった。

「いったい、何が起こったの？」リドリーがとまどった顔でたずねる。

「魔法かな？」とカーター。

リドリーはつづけた。「でも、信じられる？　あたしはあやしいと思う」

リーラはくちびるをなめた。「とにかく今、信じられるのは、のどがカラカラってこと。厨房にいるパパに会いにいこう。今のできごとを早く話したい」

「うわっ！」オリーがさけび声をあげた。ネズミがオリーのベストのポケットからはい出て、肩にのぼった。

「つかまえた！」イジーがネズミをひったくって赤ん坊をあやすようによしよしとなでる。もう一匹のネズミが何事だというようにイジーのベストのポケットから顔を出した。「ほら、かわいいでしょ！　もうひとりのヴァーノンさんがこの子たちにも水をくれるかな？」

「そうだ、この子たちをオジーとイリーって呼ぼう」とオジー（じゃなくて、オリー）がいう。

「それだとややこしくなりそう」とイリー（じゃなかった、イジー）が返した。

ほんと、イジーのいうとおりだ。ややこしいったらない。

✦ ✦ ✦

子どもたちがホテルの厨房に入っていくと、もうひとりのヴァーノン氏がチョコレー

12

ト・スフレの材料をラミキンという小ぶりの丸い耐熱容器にひとつずつ流しこんでいるところだった。

「ミスターV」カーターが声をかけた。「レモネードをもらってもいい？」

「ああ、もちろん、自由に飲んでくれ」

「パパ！」リーラがさけばんばかりの声を出して父親に抱きついた。「今、何があったと思う？　聞いたらびっくりするわよ」

「そりゃ、見当もつかないな」もうひとりのヴァーノン氏がコック帽をちょっとかたむける。「教えてくれるかい？」

　そのとたん、リーラの口から言葉がほとばしり出た。リーラが今しがたあったできごとを語るあいだ、カーターがキンキンに冷えたレモネードを全員のグラスに注いでいく。話を聞き終わると、リーラのパパは感心した顔で娘をぎゅっと抱きしめた。「サンドラはさぞかしよろこんでいるだろうね。きっと、劇場で一番いい席をきみたちに取っておいてくれるさ」

「サンドラがほかにどんな特技を持っているのか、興味がある」とシオ。

「そうだけど、彼女が実際にやったことを話そうよ」とリドリー。

「または、ドゥ・ディッド！」とオリー。

「ドゥ・ディッド・ダン・ダン・ア・ディドル・ドゥードル・ドゥ！」イジーが出まかせに言葉遊びをひろうする。

リドリーが双子をにらむと、ふたりはおとなしくなって、急に自分たちのベストのポケットのなかに興味をむけた。「降霊会のあいだ、カーテンの奥でチカチカする明かりをけっこうみたわ」リドリーがいう。「あれってサンドラがあやつってたんだと思わない？……電気か何かで」

「ぼくは助っ人がいたと思う」とカーター。

「でも、だれが手伝ったの？」リーラがきく。「サンドラはミネラルウェルズに団体を連れてきたなんて話はぜんぜんしてなかったけど」

「もしかしたら、全部ひとりで準備したのかも」シオがいう。「ロープとかワイヤーあたりを使って、窓をあやつっていた可能性もある」

リーラもふだんはイカサマをみやぶったり、イリュージョンに疑問を投げたりするのが大好きなのに、気づくとみょうにいらだちを感じていた。サンドラはとても世渡り上手だし、おしゃれだし、おもしろい。ミスフィッツのみんなが疑わしきは罰せずの精神でサン

12

ドラをみてくれればいいのに。リーラが思わず、もうその話はやめようといいかけたとき、リーラのパパがさけんだ。「何だっ、それは!!」

パパがにぎるスプーンの先が、オリーとイジーのポケットからのぞくネズミの鼻にむけられている。「あの……もちろんネズミじゃありません」オリーがいう。

「出ていけっ!」リーラのパパが大声で命令した。「きみたちのことは大好きだが、その新しいポケットサイズの友だちはどこからどうみても衛生規約違反だ。出てってくれ、早く!」

「レモネード、ごちそうさまでしたぁ」カーターがいいながら、オリーとイジーを急かして出口にむかった。

「じゃあね、パパ、大好き」リーラもそういうと、仲間のあとを追って、厨房のドアをぬけ、ラウンジへと急いだ。

「悪い子だぞ、オジーとイリー!」オリーがいう。「チーズはおあずけだ!」

「ほら、ネズミたちを家に帰そう。あたしたちはリハーサルをしなきゃ」イジーが指摘した。

「あたしたちもそろそろ帰ろう」リドリーがいう。「あたし、家でどうしてもためしたい新しいわざがあるんだ」

六人がホテルのラウンジをつっきろうとしたとき、ある場所がリーラの目にとまった。ひだのあるデザインの背の高い革いすと、黒い木製のサイドテーブルが配置され、ちょっとした休憩場所になっている一角だ。壁にはヘラジカとシカとクマの頭部がトロフィーのように飾られ、大きなヤシやシダ、カシワバゴムの木、ストレリチア（極楽鳥花）の鉢植えがその空間を緑でいっぱいにして、座っている人たちのプライバシーを守っている。利用客は新聞を読んだり、顔をよせて小声でしゃべったりしている。リーラはミネラルウェルズにやってきたばかりのころ、そこでよくひとりでかくれんぼをしていた。大きな鉢植えのなかにひそんで、壁の動物に追いかけられているところを想像し、それから逃げるためにこそこそ動かなきゃならないふりをして遊んでいた。あのころの幸せな記憶がよみがえって、思わず顔がほころぶ。

出口にさしかかったとき、近くからサンドラの声がして、リーラはハッと立ちどまった。

「サンドラがまだ一階にいる」

「え、どこ？」リドリーがたずねる。「みえないけど」

「あそこだ」カーターがラウンジの奥の一角を指さした。

12

サンドラは革（かわ）いすにひとりで腰（こし）かけていた。不安そうな表情（ひょうじょう）をうかべている。いすの背（せ）に体をおしつけ、大きな観葉植物の葉のあいだに身をかくそうとしているみたいにみえる。

リーラはほかの五人を急（せ）き立て、大きな円柱の陰（かげ）に集めた。「どうしちゃったのかな？　サンドラはだいじょうぶだと思う？」

「ひとりごとをいっているようにみえる」シオがいう。

「でも、何をいってるの？　翼棟（よくとう）にいた幽霊（ゆうれい）とまだやりとりしようとしてるのかな？」

リドリーがため息をついた。「あの人がひとりごとをいう理由なんて、ごまんとあるわよ。頭のなかでステージの演目（えんもく）をひととおりリハーサルしてるかもしれないし、必要な道具や備品（びひん）を考えてるのかもしれない。単に正気を失ってる可能性（かのうせい）だってある」

「よくないって、リドリー」リーラがたしなめた。

「あたしは自分がいい子だなんて一度もいったことないけど」リドリーは意地悪そうな笑（え）みをうっすらうかべた。

「イジーもおれもしょっちゅうひとりごとをいってるけど」オリーがいう。「いたって正（パーフェクトリー）常（ノーマル）だよ」

「それに、ふだんはカンペキ（ノーマリー・パーフェクト）」イジーがつけ加えながら、タップダンスをみせつける。「ま、少なくともあたしはカンペキよ」

人目につかない革のいすのほうから、だれにともなくうったえるサンドラのおしころした声が聞こえた。「ぜったいにいや！　そんなこと、わたしはやらない！」

リーラが柱の陰からじっとみていると、サンドラの顔が赤くなるのがわかった。今にも泣き出しそうだ。リーラは思わず柱から出て、かけよりながらサンドラに声をかけた。

「だいじょうぶですか？」

サンドラはあわてて立ちあがった。「リーラ！　まだいたの？　ここで何をしているの？」

リーラは言葉につまった。「あ、あの……」それ以外、何も口から出てこない。

「すべて順調よ」サンドラの顔からおびえた表情がすっと消えて悲しげな笑みに変わった。

「さあ、部屋にもどらないと。わたしから連絡するわ。忘れずにダンテにショーのことを伝えてちょうだい。ぜったいにみのがさないでほしいから」

「あ、はい、わかりました」リーラはまばたきした。気づくと、サンドラはすでにロビーからのびる階段にむかって足早に去っていこうとしていた。

五人がそっとリーラの後ろにあらわれた。「今のはいったい何だったんだ？」シオがたずねる。

リーラはほおを赤くしたまま、むりやり笑顔を作った。「よくわからない」

✦
✦
✦

12

その晩、リーラとカーターは家のリビングで、ヴァーノン氏と甘いバーチビア（カバノキのエキスの入った炭酸飲料）を飲んだ。かたわらの細長いロウソクには火がともり、開いた窓からアマガエルの鳴き声が聞こえる。カーターは昼間のできごとをヴァーノン氏に語った。ヴァーノン氏はぼんやりしながら、ロウソクの炎にむかって指を鳴らしては、炎の色を黄から緑、青、赤と変えていく。炎の色が変わるたびに、カーターは小さな歓声をあげた。リーラはいつになく無口だ。

ようやくリーラが口を開いた。「ねえ、お父さん、エメラルドリングはよくグランドオークリゾートに集まっていたの？」

ヴァーノン氏はどうこたえようか考えているらしい。「ああ、そうだな。じつはしょっちゅう、本館裏の翼棟に集まっていた。まだ、あそこが利用できていたころだ。だが結局、バラバラになってしまった」

「変だな」カーターがいった。「サンドラはそのへんのことは何もいってなかったけど」

リーラは火事のことを父親にたずねたかった。カーターからその話はちっとも出てこない。けれど、うわさにすぎないことをここで話題に出すのは、せっかく今、話す気になっているお父さんの口を閉ざしてしまうんじゃないかとリーラは心配だった。

「少しも変じゃないさ」ヴァーノン氏はいった。「優秀なマジシャンは観客の注意の引きつけ方を心得ている。今日、何があったにせよ――幽霊が出るという話があったあと、降霊会が行われたんだろう――それは、サンドラが望んでそうなったのさ」

「どういうこと？」リーラがたずねる。

「ひとつきくが、グランドオークリゾートで幽霊が出るってうわさはいつからだ？」

「オリーとイジーがいうには、つい最近のことだって」カーターが答えた。

「それはおもしろい！」ヴァーノン氏はグラスに口をつけた。

「どこがおもしろいの？」リーラがきく。

ヴァーノン氏は聞こえないふりをするように、口ひげをなめた。

「ヴァーノンさんがいおうとしてるのは、サンドラがグランドオークリゾートにやってきたのと、幽霊のうわさが立ちだしたのには関係があるってことだと思う」

12

「たしかに不思議なぐうぜんだな」ヴァーノン氏がいう。

「でも、ぐうぜんじゃないかもしれない。そうでしょ、お父さん？」

ヴァーノン氏は窓の外をじっとみている。その顔に笑みがうかんだ。「やれやれ……ようやくしのぎやすくなってきたな。そよ風を感じるかい？」

リーラはうめいた。お父さんはいつもそうだ。ほんのちょっぴりヒントをあたえて、あとはお父さんの考えていることをあたしに当てさせようとする。「つまり、お父さんはサンドラがぜんぶ仕組んだんだっていいたいの？」

ヴァーノン氏はようやくリーラにむきなおった。「マジシャンのわざのなかには、段取りにひじょうに時間がかかって、ようやく成果が出るものだってありうる」

「ヴァーノンさん、かつてのマジッククラブの話をもっと聞かせてもらえませんか？」カーターがたずねた。「集まってどんなことをしてたんですか？　仲間はどんな人たちだったんですか？」

「いやあ、きみたちのマジック同盟とたいして変わらなかったよ」ヴァーノン氏はあくびをすると、立ちあがった。「お、もうこんな時間か！　これ以上話したところで、退屈して眠くなるだけだろう。きみの質問の答えをさがせる場所がミネラルウェルズにあればいいんだけどね」ヴァーノン氏はぶらぶらとキッチンに行き、空いたグラスを流しにおくと、ふたりに声をかけた。「おやすみ！」

「答えをさがせる場所がミネラルウェルズに？」カーターがリーラにむかって言葉をくり返した。

「またヒントか」リーラは目を丸くしておもしろがった。お父さんてば、ほんとわかりやすくて……わかりづらい。

「話を聞かせてもらうほうがかんたんなのに！」カーターが笑いながらいう。

リーラはまゆをつりあげた。「もうわかってるでしょ。ダンテ・ヴァーノンはかんたんにできることはしないって」

それをしおに、ふたりは軽くハグしあうと、それぞれのベッドにむかった。

けれど、ふたりともなかなか寝つけなかった。すぐになんて無理だ。リーラはカーターがふたりの部屋のあいだの壁をノックする音に気づいた。わかりやすい規則的な音――リドリーから出されたモールス符号の宿題だ。

カーターのノックの音がまた聞こえた。

12

－・－ －－－／－・－ －－－／－・ ・・／
－・－－ ・・－／・・－／・－・ ・／・・／・・・・ ・－／
・・／－・ ・－／・・

リーラは胸(むね)の上にのっている鍵(かぎ)をつかむと、ベッドのわきの壁(かべ)を軽くたたいた。

－－－／－・－－ ・－／・・・ ・・－／－－ ・・／
－・ ・－／・・・ ・－／・・

※解読(かいどく)文は三六九ページ

そのあと、カーターのノックの音は止まった。外からひびくアマガエルの鳴き声が子守(こもり)歌(うた)のように、リーラを眠(ねむ)りにさそった。

13
THIRTEEN

ああ、わかってる、わかってるって……きみはたぶん、こう思ってるよね。「また、数字の十三は不吉とかいう迷信？」って。

　それに対して、こう答えよう。迷信っていうのはそうかんたんには取りはらえない。きみたちのなかで、黒猫に目の前を横切られてひるまない人なんている？　はしごの下を通るのはやめとこうって思わない？　われた鏡についてはどう？　鏡がわれると七年の不運が訪れるっていうけど、不運が七年も続くなんて、気が遠くなるっ！

　一巻目と同じように、この章をとばすのが一番だと思う。ぼくが十三への恐怖にうちかつべく取り組んでるあいだに、リド

13

リーのウサギ、シルクハットの演技を楽しむのはどう？

　このウサギは大したことはしてないよね？　まあ、かわいい小さな鼻を動かしてはいるけど。よし！　じゃあ、物語にもどろう。ページをめくって……。

14

FOURTEEN

朝食後、リーラとカーターはマジックショップの開店前に、店の奥の秘密の部屋でおちあった。

「考えてたんだけど」リーラが小声で切り出した。

「また？」カーターがニッと笑ってからかう。

「ゆうべ、寝る前にお父さんが、昔はよく友だちとグランドオークリゾートの本館裏の翼棟で会ってたっていってたよね。もし、それが遠まわしにそこに行ってみたら？　っていう意味だったとしたら？　あたしたち、前からお父さんの少年時代のマジッククラブのことを知りたくて、あれこれ質問してたわけでしょ。そこに行けば、もしかしたら答えがみつかるかもしれない」

カーターはうなずいた。「たしかにそうだね。ヴァーノンさんがそういうつもりでいったんじゃないとしても、探検してみる価値はあると思う」

「ほかの子たちに電話して、今、食料品を買いに出てるお父さんがもどったら、みんなで集まれるかきいてみよう」リーラはいった。

14

店のドアをノックする音がした。リーラとカーターはあわてて秘密の部屋からとびだすと、本棚になっている出入り口をそっと閉めた。通路をぐるっとまわってドアにむかう途中でリーラは驚いて立ちどまった。みると、店の窓のむこうでサンドラが手をふっている。髪は後ろでまとめてゆるいポニーテールに結んであり、黒のジーンズの上によごれた青いスモックを着ていた。その女性がマダム・エズメラルダだとわかる唯一のしるしは、みおぼえのある白い星形のイヤリングだ。リーラはドアの鍵を開けてサンドラを招き入れた。

「おはよう、おふたりさん!」サンドラは声をはりあげた。

「サンドラさん!」リーラがいう。

「ショーの準備はできたんですか?」カーターがたずねた。

「昨日、ひと晩かけていつもの演目をくり返し練習したわ」サンドラはいった。「今日はこれから、この先にある実家のそうじに行くの。その前にここに立ちよって、リーラに大事な質問をしようと思って」

サンドラはジーンズのポケットから、カラフルで大きなカードを一組取り出した。すばやく切って、表を上にしたままカウンターにおうぎ形に広げる。それから、真ん中の一枚をぬいて、ひっくり返した。カードに描かれている絵は、リーラの知っている、父親がふだん使うどのトランプともちがっている。とても凝ったイラストだ。女の人が水辺にひざまずき、頭上にある七つの星から光がさしている。女の人はふたつのつぼから水を注いでおり、ひとつは自然にできた池のようなところに流れ落ち、もうひとつは陸に流れこんでいる。「わたしのタロットカードの予言では……あなたの返事は……イエスね！」

「質問が先じゃないでしょうか？」リーラが問う。

「それもそうね」サンドラはクスクス笑っている。「グランドオーク劇場でわたしのショーの前座をあなたにつとめてもらえたら光栄よ」

リーラはカーターをちらっとみた。カーターは驚いた顔でリーラをひたすらみつめ返してくる。「あたしがサンドラさんのショーの前座をつとめるんですか？」リーラは目まいがした。「明日の夜？」

14

サンドラは期待の目でうなずいた。

「すごいよ！」カーターが歓声をあげた。

「でも、なぜあたしなんですか？」リーラはたずねた。「ほかのミスフィッツの子じゃなくて？」

「全員にわざをひろうしてもらう時間はないわ。ただ、あなたには才能があるし、熱意もあるから、きっとりっぱにやれると思う。ステージに立つあなたをみたら、ダンテが大よろこびすると思わない？」

「そうですね」リーラは答えた。声がふるえている。

「心配ないって」カーターがいった。「おおぜいの観客を相手にするこつなら、ぼくがアドバイスするよ」

「それなら、もう心得ているはずよ」とサンドラ。「なんたって彼女はリーラ・ヴァーノンなのよ。なんだってできるわ！」

✦ ✦ ✦

カーターとリーラが店の床に座りこんで、ロープを切ったりつなぎ合わせたりして、リーラの初めての独演にむけた準備をしていると、ヴァーノン氏が店の玄関ドアから入ってきた。すぐ後ろにシオとリドリーもいる。

「外でうろうろしている人がいたから、だれかと思ったらこのふたりさ」ヴァーノン氏がいった。

「ヴァーノンさんがあらわれなかったら、あたしたち、どうしてたかわからないわ」とリドリー。「外からふたりの姿がみえないんだもん」

「ずっとうろうろしていたかもしれない」シオがひかえめな笑みをうかべてつけ足す。

ヴァーノン氏はリーラとカーターのあいだの床に、あちこち結ばれたロープがごちゃごちゃにおかれているのをあごで示した。「今朝は小人の妖精を何人か、しばりあげるつもりかい？」

14

「もっとすごいことです」カーターがいいながらリーラをつつく。「ほら、ヴァーノンさんに話して！」

リーラの顔が赤くなった。「サンドラがさっき立ちよって、明日の夜、グランドオークでのショーの前座(ぜんざ)をあたしにやってほしいってたのんできたの」

「ヒャッホー！」リドリーがこぶしをつきあげて、さけんだ。

「おめでとう、リーラ」シオもいった。「きみならふさわしいよ。まちがいない」

ヴァーノン氏はひざをつくと、両腕(りょううで)をリーラにまわしてやさしく抱(だ)きしめた。「それはほんとうにすばらしい」とリーラの耳元でささやく。

「それで今、どんなふうに芸をひろうしたらいいか、ふたりで考えてるところなんだけど」カーターはそういうと、指を鳴らした。手のなかに親指用(サムカフ)の手錠があらわれる。「これを使ったらどうかって提案(ていあん)したんだ」

リーラはカーターからサムカフを受け取ると、自分の親指にカチッとはめてから、両手をあげてほかの人たちにみせた。「グランドオーク劇場(げきじょう)のステージではあまり効果(こうか)はなさそうな気がする」リーラが指をくねらすと、サムカフは床(ゆか)に落ちてカタンと音を立てた。

「ね？　パッとしないでしょ」

「ぼくはすごいと思うけどなあ」シオがいいながら、小さな手錠を観察している。

リーラはヴァーノン氏をちらりとみた。「あたしはお父さんに初めて会った日にみた、みごとな脱出芸のやり方を教えてもらえないかと思っていたの。顔を黒い布でかくしたアシスタントがいて、防水布の袋を使う芸よ」

「あれをやるのに、友人もわたしも練習に何か月もかかった」ヴァーノン氏はいった。

リーラはにっこり笑って、失望をかくした。「じゃあ、いつか教えて」

「もちろん、いいとも！　もっと時間のあるときにな」

「サンドラさんがショーの開始は明日の午後八時だっていうんだけど、みにきてくれるでしょ、お父さん？」

ヴァーノン氏は顔をしかめた。「リーラ、申し訳ないが、その時間はどうしてもはずせない大事な仕事が店であるんだ」

リーラは耳を疑った。「あたしの初めての独演より大事なの？　だって、グランドオーク劇場のステージに初めてひとりで立つのよ。それに、サンドラがお父さんにぜひ来てほしいっていってるの」

「サンドラはそういうだろうね」ヴァーノン氏はこたえた。「わたしは無理でも、おまえ

14

のパパがみにいくだろうし、おまえの友だちもみんな行く。おまえには山ほどの応援団がいる。町じゅうの人たちが応援する！」

「町じゅうの応援なんていらない！　あたしはお父さんに来てほしいの！」

「それなら」ヴァーノン氏はさらに明るい表情を作った。「ここに帰ってきてから、ヴァーノンのマジックショップ限定の独演会をしよう」いかにもエンターテイナーらしい華麗な身ぶりで手をふりあげる。「リーラのアンコール上演だ！　どうだい？」リーラの顔がくもる。すかさずヴァーノン氏は表情をやわらげ、リーラのほうに体をかたむけた。「ほんとうに申しわけない。ほかに方法があれば……と思うが、残念ながらない。このうめあわせは必ずするから。約束する」

ヴァーノン氏が片手をさしだすと、たちまちピンクのフェザーフラワーの花束があらわれた。リーラは花束を受け取り、悲しい笑みを返した。

15

FIFTEEN

朝からずっとふたりで、リーラの独演の準備をしたあと、カーターはそろそろひと休みしようとリーラを店の外に連れ出した。「どこへ行くの？」リーラがきく。「グランドオークリゾートに行って、みんなに会おう」カーターはいたずらっ子みたいな笑みをうかべた。

シオとリドリーは本館裏の中庭にいて、オリーとイジーが来るのを待っているところだった。おそい午後の日ざしが木々のあいだからもれて、建物の壁にまだらな影を落としている。リーラはマダム・エズメラルダの降霊会で目にした、窓の奥の不思議な光を思い出した。四人は古い翼棟のなかで何を見つけられるかを予測しあった。リ

15

ドリーは車いすからしきりに身を乗り出し、翼棟のドアをみつめている。ドアはわずかに開いていた。細長い影が四人をみつめ返す。

「あのベルボーイが昨日、鍵をかけるのを忘れたのよ」リドリーがいう。

「それか、幽霊がぼくらのために鍵を開けてくれたのかも」とシオ。

「幽霊を信じる気にはなれないけど」リーラはいった。「やっぱりこの古い建物、なんかゾッとする」

「たしかに」とシオ。

「たしかさん[3]」カーターはニカッと笑ってつけ足した。「ただ、今日ここに来たのは幽霊を調べるためじゃない。エメラルドリングについてもっと知るためだ。だから、とりあえず超常現象への不安はしまっておこう」

リーラは胸元に下がる鍵をまたつかんだ。すがれるものがあるのは心強い。胸元の鍵は心を落ちつかせてくれる。それに、そばに友だちがいるのも安心だ。

「いつもいっしょさ」耳元で声がした。

「決して離れない」反対の耳にべつの声が聞こえる。

リーラはどっちに首をまわせばいいのかわからなかった。それでもむきを変えると、オリーとイジーがいつの間にか四人のそばに来ていた。こっそり近づくのがふたりのよくやるいたずらだ。

「マダム・エズメラルダはどこにいる？」オリーがネズミを持ちあげながらたずねた。

イジーも自分のネズミを持ちあげていう。「あたしたちがオジーとイリーに仕込んだわざをみせたいんだけど」

「オリーとイジーじゃないの？」リドリーが額にしわをよせている。

「それはあたしたち」イジーがいう。「この子たちはオジーとイリーよ」

「サンドラは劇場の客席でショーの準備をしてる」リーラが割って入った。会話がこれ以上おかしな方向に転がってはたまらない。

「きみの独演、楽しみにしてるよ！」とオリー。

「おめでとう、リーラ！」イジーもいった。「グランドオーク劇場で前座をつとめるなんて、すごいすごい。あそこではこれまでも、偉大な出演者たちのためにトップバッターの演者が観客をもりあげてきたんだから！」

リドリーが興味を示した。「たとえばだれ？」

オリーとイジーはちらっと目を合わせてから、肩をすくめた。

15

「あの、どうもありがとう」リーラはていねいに頭を下げた。

「で、仕込んだのはどんなわざ？」シオがネズミをあごでさしながらたずねた。

「ああ、それ」オリーがネズミを再度持ちあげ、みんなにみせた。そのとなりにイジーが自分のネズミをならべる。オリーは二匹にむかって指をふった。「両方に催眠術をかけて口をきけないようにしたんだ！」全員がだまってみまもる。二匹のネズミはあたりの空気をクンクンかいでるだけだ。

「二匹ともおぼえが早いの」とイジー。

「すごい！」とオリー。「だろう？」

「あんたたち、ほんとにその返事を聞きたい？」リドリーがきく。

　オリーとイジーは首をふった。ふたりは自分たちの演技を批判されるのは慣れっこだったけれど、リドリーから聞くとなると話はべつだ。

（これを読んでいるみんな、心にとめておいてほしい。観客はきみたちが期待するような反応をしてくれるとは限らない。それでも、ステージから逃げ出してどこかにかくれるなんてことはまずできない。だから、何をいわれても、聞き流すことを身につけるといいと思う。ちょっとむずかしいけど、馬耳東風ってやつだ）

リドリーはため息をついた。「よし、じゃあ、今の話はおしまい。みんな探検の準備はいい？」

「ドアに鍵がかかってなくても、なかに入っちゃだめかな？」リーラは思っていることを口に出しながらドアをおしあけた。キィィーという音がずっとひびいて、ようやくドアが止まると、建物が子どもたちを招き入れるように、ぽっかり口を開けた。

「意見が分かれるとこだよね」カーターはいいながら、先頭を切って足をふみいれた。ほかの子もついていく。「今度、おじさんに——サギ師のおじさんのほうだけど、会ったらきいてみよう——って、もうぜったいに会わないと思うけど」

入口の通路はガラクタであふれていた——セメント袋に、こわれた庭園用の家具、ほこりまみれのクリケットの木づち、風雨にさらされた手こぎボートとオール——それが全部積み重なるようにして壁に立てかけてある。ホテルのこの場所はもう長いこと閉鎖されたままなので、どこもみんなほこりをかぶっていた。「ほら、そこ」シオが床を指さした。

「足跡がある」

「最近、だれかがここに来たんだ」カーターが小声でいった。

「ベルボーイがここを倉庫代わりに使ってるっていってたよね」リドリーが記憶をたぐっ

15

ている。

「少なくとも、この足跡は人間のものね」とイジー。ほかの子がけげんそうな顔でイジーをみると、肩をすくめた。「べつに化けものがいるって意味でいったんじゃないわよ。せいぜい狂犬病にかかったアライグマが通った跡があるくらいじゃない？」

「それかコヨーテ」とオリー。

「か、クマ」イジーがつづける。

「か、サル！」とカーター。

ミスフィッツの五人が通路からじゃまな物をどけてリドリーの車いすが通れるようにしてから、全員で広いロビーに入った。陽光がいく筋かななめにさしこみ、小さなほこりやちりが光のなかをのんびりと舞っている。ロビーのつきあたりにべつのドアがあった。今度のドアは閉じられ、鎖までかけられている。

リーラはかまわずに進み出た。「この鍵なら楽勝！」ポケットから道具を取り出し、作業にかかる。すると、あっという間に鍵と鎖が床に落ち、六人は先に進んだ。廊下がつづいている。ロビーより暗く、ものかげやクモの巣だらけで、カビくさいにおいにみんなせきこみそうになっている。廊下の両側に、閉じられたドアがならんでいた。

「ヴァーノンさんはこの建物のどのあたりにエメラルドリングがよく集まっていたのか、話していた？」シオがたずねる。一行は階段にやってきた。ひとつづきの階段が二階までのび、べつの階段が暗い地下につながっている。

「ぜんぜん」リーラはこたえた。「お父さんは何であれ、ぜったいに答えをもらさない。必要にせまられない限りはね」

「ヴァーノンさんはぼくたちが自分で考えるよう訓練してくれてるのさ」とカーター。

「訓練って、動物じゃあるまいし」リドリーがいった。「とっとともらしてくれればいいのに！」

「とにかくもう少しみてまわる必要がありそう」とリーラ。

「オリーとイジー、ふたりはむかい側の部屋を順番に調べてくれる？」リーラが提案した。

「リドリーとあたしはこっち側を調べていく。シオとカーターは廊下の両はしでみはりをお願い」

「ぼくたちが？」シオとカーターが同時に声をあげた。

「こわいならべつだけど」リーラがからかう。

「あくまでもぼくの意見しかいえないけど」とシオ。「こわいかときかれれば、そりゃあ

15

こわい。ただ、だからって、みはりがいやとか、そういうわけじゃない。カーターだってきっと同じだ」

カーターは身をすくませた。「うん」

「じゃあ」とリドリー。「十分後にここに集合ね。それと、何かみつけたら、とにかく大声を出して」

「幽霊をみたら、必ず悲鳴をあげること」とリーラ。

「何いってんの？」イジーがいった。「幽霊はマダム・エズメラルダが昨日、追い出したでしょ！」だれも返事をしないので、イジーはつづけた。「だよね？」

リーラとリドリーは順番に各部屋をまわって、暗がりに包まれたなかをのぞいた。大半の部屋は空っぽだったけれど、ふた部屋ほど壁紙が大きくゆがんで壁からたれていたのと、すみに家具が重なっていたり、巻かれたじゅうたんがいくつか積まれていたりする部屋もあった。一か所だけ廊下にむかうほこりの積もった足跡をみつけた以外は、すべてが長年まったく手をつけられずにいたようだ。

リドリーがリーラの手首をつかんで、次のドアを開けようとするのを止めた。「あんた、今週ずっと様子がヘンだから、心配してるのよ」

リーラはごまかそうとした。「ヘンってどんなふうに？」

リドリーが片手をさしだし、あくしゅを求める。リーラはその手をにぎりながら、リドリーがどんなわざを仕かけてくるんだろうと考えた。リドリーが手を離すと、リーラは自分の手のひらをみた。皮ふに黒インクでヘンと文字が書かれている。

「こんなふうに」リドリーはニヤリとした。「でも、まじめな話、だいじょうぶなの？」

リーラは笑い声をあげた。「なんの話か、さっぱりわからない」

「最初は、ボッソのサルがあんたの家に夜中にしのびこんだことを、気にしてるのかと思った。だけど、考えてみたら、その前からおかしかったって気づいたのよ。ダイヤモンドが盗まれた事件以降、ずっとヘンよ」

気づくと、リーラは片手を首から下がる鍵に近づけていた。「自分の大好きな人があんなふうに危険な目にあうのをみて、ちょっとこわくなったんだと思う」

リドリーは少しのあいだだまってリーラをみつめてから、うなずいた。「まあ、いいわ。ただ、これだけはいっとく。あんたが話したくなったら——どんなことでも……あたしは聞くから。あんたにはいつも、あたしたちがいる。ミスフィッツがね」

「わかってるわ、リドリー」リーラは友だちの肩に手をおき、ぐっと力をこめた。「いわ

なくても、ちゃんとわかってる」

「でも、そこが問題なのよ」リドリーは切り返した。「だから、あえていわなくちゃって思う」

リーラにはわかっていた。リドリーのいうとおりだ。あたしは自分の生い立ちについて、ミネラルウェルズの人たちに話してないことがたくさんある。お父さんとパパにだってまだ話してない。でも、あたしはだれにも同情なんてされたくない。とにかく、古い記憶はしまいこんで、笑顔の後ろにかくすほうが楽だ。

いいかい、笑顔っていうのは、つねに絶やさないようにしていると、本当に幸福が増すものなんだ。リーラはそのことを早くに身につけていた。それがリーラの得意わざのひとつだ。

リドリーの気づかいにリーラは胸がじんと熱くなった。何かしないと、泣きだすか、リドリーにすべてをうちあけてしまいそうだ。あわてて手をのばし、ドアノブを回した。暗い部屋のなかをのぞくと、奥の壁に額入りのポスターが下がっているのがみえた。ポスターに書かれた名前にみおぼえがある。何かの本か、マジックショップに飾られた絵でみた気がする。サーストン、ケラー、フーディーニ、〝知る男〟アレクサンダー。

15

「みつけた！」リーラは部屋にかけこんだ。リドリーがすぐあとをついてくる。ぼんやりした光のなかで、ふたりは古いポスターをみつめた。ずいぶん前にグランドオーク劇場で行われたショーの広告だ。リーラは窓のほうに手をのばし、カーテンを開けて部屋に光を取りこもうとした。

「待って！」リドリーのさけぶ声にリーラはハッと動きを止めた。「あたしたちの姿が外にいるだれかにみられるかもしれない。外のドアが開いてたからって、あたしたちが勝手になかに入りこんだことを支配人がよろこぶとは思えない。それより、あたしにいい考えがある」リドリーは車いすを動かしてリーラの横に来ると、声を落とした。「よくみてて」右手をあげて指を鳴らすと、リドリーの人さし指の数センチ上に炎がぽっとうかんだ。リーラがポスターを観察できる程度の明るさはじゅうぶんにある。リーラはびっくりして、かん高い声をあげてから、手をたたいた。

リドリーの指先でゆらめく明かりのなか、リーラは壁の一部に記号のようなものが十個以上、彫られているのに気づいた。「わあ」小さく声を出し、彫られた場所を指でなぞって、記号を読み取ろうとした。その多くは単純なトランプのマーク――ダイヤ、クラブ、ハート、スペード――のどれかだった。なかにふたつみっつ、ハートのマークのなかにイ

ニシャルが彫ってあるのもある。

「これがエメラルドリングの残したものだとしたら」リーラは疑問を口にした。「ＫとＡってなんの略かな？」

「さあね」リドリーがいった。「でも、バツ印で消されたようなイニシャルもある。なんかヘンじゃない？　だれかが絶交したとか？」

　リーラは壁をみつめた。「それか、ひとりがイニシャルを彫って、ほかのだれかがそれをバツで消したら、最初の人がまた来て、新しくイニシャルを彫った。すると、もうひとりがまた来て、そのイニシャルもバツで消した」

「ふうん。もし、それが本当なら、このマ

15

ジッククラブがバラバラになった一因はそれかもね。恋愛？」リドリーは最後のひと言を、シチューでもほおばるみたいに口を動かしながらいった。

「恋が憎しみに変わったんじゃないかって思うの？」リーラはたずねながら、ふと、お父さんはかつての遊び仲間のなかで、どんな役まわりだったんだろうと考えた。

リドリーがため息をついた。「べつに恋がそれ以外の感情に変わるわけじゃなくても、人って傷つくものよ。少なくとも、それがママの小説を読んであたしが得た知識。恋したことはないから」

リーラはクスクス笑った。「あたしもない」

リーラは壁に彫られたイニシャルやマークをみながら、この部屋で起こったであろういろんなできごとを想像した。お父さんとカーターのお父さんはこの部屋で初めて手品を練習したんだろうか？　だれをエメラルドリングの一員にするとか、しないとかでもめたりしたのかな？　この部屋でエメラルドリングは解散したんだろうか？

「ねえ、ここみて。ちがう記号が彫られてる」〝知る男〟アレクサンダーのショーの広告ポスターのすぐ下に、またべつの彫刻がいくつかあるのが目にとまった。どれも、トランプのマークより凝っている。ひとつは葉が出かかった小枝のようなデザインで、ふたつ目は円のなかに星が描かれている。みっつ目は聖杯のような形で、最後のものはポスターの額の下に半分かくれていた。リーラがポスターをどかすと、剣の形をしたマークがあらわれた。

「これ、みたことある」リーラはいった。

リドリーは理解できたというように目をかがやかせた。「棒（ワンド）、金貨（コインまたはペンタクル）、聖杯（カップ）、剣（ソード）。カードマークよ――タロットカードの。占い師が人の未来を占うのに使うカード」

「今朝、サンドラさんがうちに持ってきた！」リーラが声をあげた。「たしか、お父さんの仕事部屋にも二組、タロットカードがしまってあると思う。お父さんは使わないけど、イラストが好きみたい」

「じゃあ、サンドラさんが昔、ここにこのマークを彫ったとしても、おかしくないわね」リドリーが指摘した。「ただ、なぜ彫ったのかがわからない」

リーラは額入りのポスターの裏側にちらりと目をやり、息をのんだ。急いで額をひっくり返し、厚紙に黒インクで走り書きされた字をリドリーにもみえるようにした。短い文だ。メッセージらしい。リドリーが顔を近づけると、リーラはひざをついてしゃがんだ。

15

リーラはリドリーにポスターを手わたすと、部屋のドアにかけより、ほかの子たちを呼んだ。「みんな、こっちよ！　みつけた！」四人がかけつけた。

カーターは壁に彫られたものに注目している。「タロットのマークだ」そういうと、リーラをちらっとみた。今朝のリーラへの予言を思い出しているらしい。「サンドラがここに？」

「昔、来たのかもね」

ミスフィッツはリドリーの車いすのまわりに集まると、リドリーの指先にともる炎の明かりをたよりに、額入りポスターの裏に書かれた一文を調べた。シオがメッセージを声に出して読む。「『行動と思考が出会う場所で、報酬をみつける』」

「誓いみたいなものかな」リーラがいう。

リドリーがうなずいた。「昔、エメラルドリングが会合を始めるときに使っていたスローガンか何かじゃない？」

「それか、秘密の暗号かも」とカーター。

「それか、なぞなぞか」イジーが投げかける。

「おっ、なぞなぞ、大好き！」とオリー。「だよな、イジー？」

「超大スキ！　じゃあ、問題。霊媒師が秘密にしていた趣味ってなーんだ？」

「はい、はい！」とオリー。「幽霊作家！」

「もし、これがなぞなぞなら」とリーラ。「サンドラはだれかに何かの位置を示すためにこのメッセージを残したのかもしれない」

「指してるのは人かも」とカーター。

「それか、場所か」とシオ。

「何を指してるにしても」リーラはいった。「それはまだこの建物のどこかにあると思う」

「これだけ長い年月がたってるのに？」リドリーがきく。「ベルボーイのディーンの話だと、火事があって……」そういって指をくねらせると、炎から火花が散った。「そのあと水の被害にもあい……」リドリーが車いすに座ったまま体をずらすと、操作レバーから細かい霧がふき出し、五人にかかった。全員がひるんでとびのくのを、リドリーはクスクス笑ってみている。「さらに、シロアリ」リドリーがひじを動かすと、秘密の物入れのひとつが勢いよく開いて、ヴァーノンのマジックショップで仕入れたおもちゃの虫がとびだした。みんな、ぎょっとしている。

「さすが」カーターは感心している。

15

リーラは気をそらされまいとがんばった。「でも、探してみたってかまわないよね？」

「廊下のむかいの部屋ははじから全部みてまわったけど、何もなかった」とオリー。

「あったのはネズミ捕りだけ」とイジー。「だから、近よらないようにしてた」イジーは自分のポケットをのぞいて、ネズミが無事かたしかめている。

「廊下のつきあたりに下り階段があった」とシオ。「地下につながっていると思う」

全員が顔に恐怖の色をうかべて目をみあわせる。カーターが口を開いた。「ぼくがこれまでに学んだことがあるとすれば、一番こわそうな場所に最大の報酬がある」

「報酬」リーラがくり返した。「行動と思考が出会う場所といっしょよ。みんな、行くわよ。あたしについてきて！」

16

SIXTEEN

階段の上から暗闇をみおろしながら、シオがきいた。「ほんとにみんなで行くの？」

「あんたはあたしとここで待てば？」リドリーがいう。「あたしはこの階段をおりるの、無理だから」

「急いで行ってくる」とリーラ。

カーターが肩かけカバンから懐中電灯を取り出した。「幽霊以外にも、ヒヤッとさせられるものがいるかもしれないから、みんな用心して」そういって、階段をおり始めた。そのあとをリーラ、シオ、オリーがのろのろついていく。リドリーとイジーは階段の上に残った。

階段をおりきったところで、カーターが

16

懐中電灯を左右に動かし、あたりを照らした。足元には石の床が広がり、頭上の梁はクモの巣におおわれている。ただ、リーラにはほとんど何もみえなかった。後ろのふたりが階段をおりてくるドシンドシンという音が聞こえる。シオとオリーはリーラをはさむように両肩に軽くふれると、左右から腕をつかもうとしてきた。しんとしたなかで、リーラの耳に三人の息づかいが聞こえる。そのとき、ひもかワイヤーのようなもので足首を引っぱられる感覚をおぼえて、リーラは転びそうになった。

何に引っかかったのかを調べる余裕もなく、背の高い青白いものが部屋のすみにあらわれた。リーラはハッと息をのんだ。カーターが懐中電灯をそこにむける。すると、まるで悪夢から出てきたみたいに、人間のガイコツがとびだしてきた！　腕と足をゆらしながら、ゆっくりとリーラのほうへ近づいてくる。カーターはその場でこおりつき、手のなかの明かりがふるえている。オリーとシオが悲鳴をあげ、リーラはふたりからとびのいた。ガイコツは小刻みにせまってきたかと思うと、驚くことに、床にドサリとくずれ落ちた。

階段の上からリドリーが声をかけてくる。「みんな、だいじょうぶ？」

カーターが懐中電灯のむきを保ちながら、折り重なった骨のほうにおそるおそる近づいていく。リーラは食道に入りこんだ硬いこぶのようなものをゴクリと飲み下した。ガイコツがふたたびとび起きて、おそってくるかもしれない。「ワイヤーだ」カーターはひとりつぶやくと、手をのばして、柵からたれさがっている釣り糸のようなものをつかんだ。その糸に明かりが反射するのがリーラにもちらっとみえた。

「気味が悪い」シオがいった。

柵は天井の梁に結びつけてあった。懐中電灯の明かりをたどっていくと、柵の元の設置場所がわかった。部屋の奥のすみだ。カーターが明かりを移動し、リーラの顔がかがり火みたいにパッと照らされる。リーラは一瞬、目がくらんだ。

「ちょっと！」リドリーがさけんだ。「あんたたち、こわがらせないでよ！」

「心配しないで」リーラが呼びかけた。「ほんのちょっぴりこわい思いをしただけだから」

「おれ、ふたりを連れてくる」オリーはそういうと、階段をかけあがっていった。

カーターは部屋のすみにむかってゆっくり歩きながら、ガイコツがあらわれた場所を調べようとしている。リーラは暗闇に取り残されたくなくて、カーターのあとを追いかけた。

「いったいどうしたのよ？」リドリーがオリーとイジーの手を借りて、車いすで一段ずつ慎重に階段をおりながらいった。

「マヌケだましだ」シオが柵をみあげながらいう。「だれかが仕かけ線とニセモノのガイ

16

コツを取りつけたんだ。たぶん、近くに滑車装置がかくされている。長年のあいだにワイヤーが劣化したのさ。だから、ガイコツが床にくずれ落ちた」

「けど、なんでマヌケだましを仕かけたのかな？」オリーがいいながら、ポケットに手をつっこみ、自分のネズミをひっぱりだして、鼻をこすりつけた。

イジーが弟の肩をつつく。「そりゃあ、マヌケをだますためでしょ！」

カーターが笑った。「いや、人をこわがらせて追いはらうために仕かけたんだ。昔からある手口さ」

「これが仕かけられたのって火事と水害とカビと害虫の前？　それともあと？」リドリーがきく。

「たぶん、あたしのお父さんは知ってると思う」リーラはいった。「それにしても、何のために人を追いはらおうとしたのかな？」

「海賊のお宝があるんじゃない？」とイジー。「踊るガイコツってたいてい、それを守るためでしょ」

「バカね、ミネラルウェルズは内陸にあるのよ」リドリーは鼻で笑うと、車いすを動かしてガタつく石の床を進んだ。「海賊がいくつもの山をこえて、内陸で暮らすあたしたちのところまでやってくるのはちょっとむずかしかったんじゃない？　でしょ？」

「ひょっとしたら、エメラルドリングのメンバーたちは、この部屋のすみから人を遠ざけようとしていたのかも」カーターが部屋の一角に立って、すぐそばの床と壁にひたすら注目している。ただ、その場所に目を引くようなものは何もなさそうだった。床の石はすべすべしていて、セメントでぬり固められていたが、古くなってすぐにくだけてしまいそうだ。

「でも、マジシャンのねらいはミスディレクションだってあたしたちは知ってるよね」リーラはきっぱりといった。「サンドラさんにしろ、ほかのかつてのクラブのメンバーにしろ、自分たちがかくしておこうとする場所を、まともに教えるような仕かけをわざわざ設置したとは思えない」あごを上にむけ、天井を走るレールの軌道を指す。ガイコツがおどりながら移動したルートだ。「かくすなら、むしろ、部屋の反対側を選びそう」

カーターが興味しんしんの顔で、部屋の反対側のすみに懐中電灯の明かりをむける。すると、驚くことに、その一角の床石がほかとはちがっていた――白いしるしのようなものがついている。ミスフィッツの全員がかけより、調べ始めた。

その一角の床石にはどれも、真ん中にチョークで描いたぼやけた絵があった。リーラは

16

息をのんだ。「タロットカードのマークよ。上の階の壁に彫られていたのとそっくり」

リドリーがほかの子たちをかき分け、よくみえるところまで近づいた。「リーラのいうとおりよ。これはタロットのマーク――剣、聖杯、金貨、棒――ね」床石にはひとつずつ小さなマークがしるされていた。懐中電灯の明かりを受けてどれもぼんやり光っている。

「サンドラさんがやったと思う？」カーターがきく。

「うーん、かもしれない」リーラはわからないという表情だ。

「なんでここなんだろう？」シオが床を調べながらいった。「何か重要な意味があるのかな？」

「さっきのなぞなぞよ」リドリーが小声でいう。「『行動と思考が出会う場所で、報酬をみつける』」

「報酬！」とイジー。

「おお、ついにみつけたんだ」とオリー。「これで、おれたちは金持ちだ！」

「超ウルトラ大金持ちよ！」イジーが軽くタップダンスをひろうする。「あたし、ポニーを買う！　イリー用のポニーよ」

オリーが目をみひらいた。想像をたくましくしている。「おれは、世界一デカいアイスクリームサンデーを買う。それと、オジー用に新しいネズミの家も！」

リーラはあきれた顔で首をふった。「まずはこの石に描かれたマークの意味をつきとめないと。リドリー、タロットのマークについて、ほかに知ってることはある？」

「いっぱいありすぎて、すぐには思い出せない。とにかく、あたしにわかるのは、この床石に描かれたマークがトランプカードのマークにつながってるってこと。金貨はダイヤと同じで、富や安全をあらわしてる。棒はクラブ（こん棒）と同じで、行動やひらめきの象徴よ。聖杯はハートとつながり、満たすこともできるし、空っぽにもできる器。そして、剣はスペード（鋤）と同等とされる――どちらも刃のついた道具で切り分けるでしょ。思考と分析につながり、あたしたちが求めるものの核心にたどり着く手助けをしてくれる」

シオがハッと息をのみ、片手をこぶしにして反対の手のひらにぶつけた。「それだ！」とさけんで、ほかの子たちをみる。「リドリーが今、自分で答えをいった。棒はクラブで行動の象徴。剣はスペードで思考につながる。『行動と思考が出会う場所』のなぞが解けた！」

「棒と剣のマークが両方しるされてる床石をみつければいいのね」とリーラ。

カーターがリドリーに懐中電灯を手わたし、リドリー以外の五人が床に手とひざをつい

16

てさっそくさがし始めた。

リーラは棒と光る剣が交差している絵が描かれた床石のそばにひざをついた。「みつけた！」

17

SEVENTEEN

ミスフィッツのメンバーがまわりを取りかこんでみつめるなか、リーラは床石のふちに沿ったわずかなすき間に指を入れ、うなりながら石の角を持ちあげた。床石がスルッとはずれ、すぐ下に浅い穴があらわれる。

「わあ！」カーターが声をあげた。リドリーは驚くあまり口をぽかんと開けている。シオがさけんだ。「よし！」オリーとイジーは腕を組み、クルクルとたがいをすばやく回転させている。

「報酬」リーラはつぶやいた。リドリーが懐中電灯の明かりを穴にむける。小さな木箱が金属製の箱のとなりにぴったりおさまっている。リーラは手をのばし、両方を

17

取り出した。そのとき、リーラの頭にあったのは、双子がいうような報酬ではなかった。自分がここへ来た目的のものをみつけたいという思いだ。お父さんと友だちは当時、どんな子どもだったのかという疑問の答え。リーラは木箱を穴のそばの床においた。それをみてカーターがいった。「ぼくの持ってる不思議な箱にちょっと似てる。父さんのイニシャルが彫られてるやつ」

「これにもイニシャルがある」シオがいった。「AIS」

「AISってだれのこと？」カーターがたずねる。

「上の階の壁に彫られてたイニシャルと同じ人物かもね」とリドリー。「というか、Aのイニシャルのひとりではある」

「なんか、みょうね」リーラがいった。「このなかに何が入ってるんだろう？」箱を開けようとしたけれど、ふたがまったく動かない。

「ぼくの父さんの箱も開け方がさっぱりわからないんだ」カーターがうちあける。

「もしかすると、エメラルドリングのメンバー全員が同じような箱を持っていたのかも」シオが思いつきを口にした。

「缶のほうを開けてみて」リドリーが主張する。

缶（かん）に指をかけたリーラが、うれしそうに目をみひらいた。ふたがきしんだ音を立ててパカッと開いた。手を入れると、なかから四つ折りの黄ばんだ紙が一枚（まい）出てきた。リーラは開いてみんなにみせた。紙全体に、黒い線が大ざっぱに引かれている。バツ印がいくつか、線のとちゅうにしるされ、それぞれのバツ印のわきに意味不明なアルファベットが書いてある。

「地図みたい――だけど、ひどく変わってる」リーラがいった。

「でも、なんの地図？」リドリーがきく。

ほかの子が地図を一心にみつめるそ

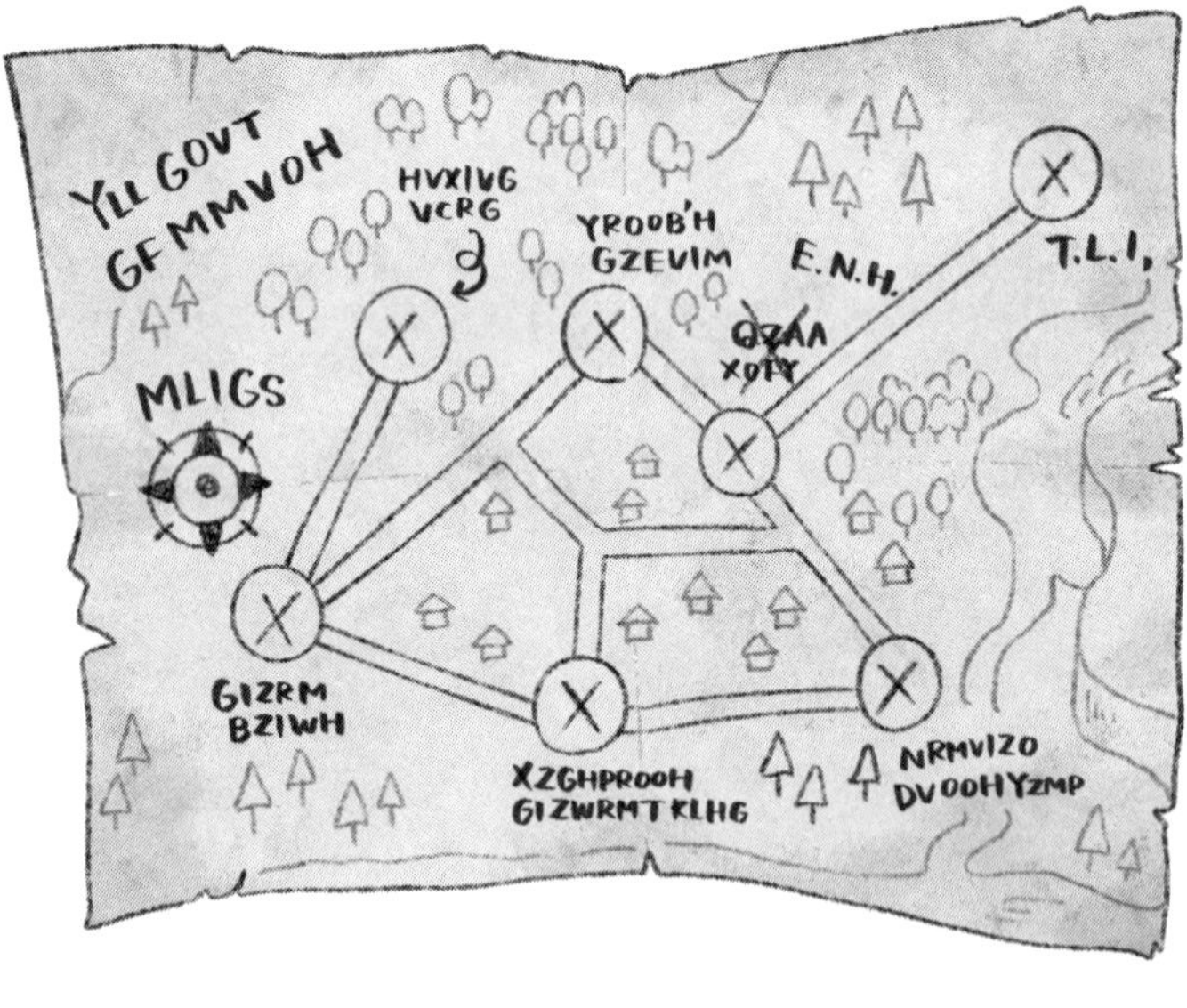

17

ばで、カーターがなぞの木箱をしきりに調べているのにリーラは気づいた。たしかにカーターの持っている木箱によく似ている——かつてカーターのお父さんのものだった木箱に。カーターはなくさないように保管しておこうと、自分の肩かけカバンに入れた。

「この文字、またべつのなぞなぞかも」シオがそれとなくいった。

「それか、暗号よ」リドリーは車いすのひじかけの下の物入れに手をのばすと、ヴァーノン氏の店でどこからともなく落ちてきたコインを取り出し、じっくり観察した。二重の輪——ひとつの輪の内側にもうひとつ輪があり、どちらの輪もアルファベットの二十六文字でうめられている。内側の輪の文字と外側の輪の文字はどれも対のようにぴったり並んでいた。「これを使って解読できそう。地図の文字をこのコイン上で対になる文字に入れかえるだけ」

「おおっ」カーターが声をあげた。「これはすごい!」

「みた目よりかんたんよ」リドリーは車いすのひじかけから鉛筆を取り出し、解読を始めた。「これをみて」そういって、書き出したものをみんなにみせる。

T.L.I.=G.O.R.　E.N.H.=V.M.S.

「まだ、なんだかさっぱりわからない」シオがため息まじりにいった。

「たんなるイニシャルかも」とオリー。

「Ｇ．Ｏ．Ｒ．……」イジーがつぶやく。「グランドオークリゾートかな？」

リドリーが笑い声をあげた。「オリー、イジー、あんたたち、天才！」

「どうもっ！」オリーが返した。「おれたち、いつも笑顔ばかりほめられるから、脳ミソも気に入られるとうれしいよ」

リドリーはあきれた顔をした。「そこまではいってない。けど、全員にモールス符号をおぼえてっていったのは正解だった。でしょ？　秘密クラブは暗号を使うものよ！」

（そうなんだよ、読者のみんな、リドリーのいうとおりさ！　ちなみに、ミスフィッツの六人がみつけたのは、アトバッシュと呼ばれる換字式暗号だ。この暗号は歴史が古く、世界中の秘密のクラブや結社が使ってきた。きみもすでにこの本のなかで出くわしたんじゃないかなあ……ええと、どのあたりだったっけ？　だから、もし、何かいいにくいこととかがあれば、アトバッシュを使って暗号化されたメッセージをきみの知ってる人に送ってみるのはどう？　弟とか妹とか、お母さんとかお父さんとか、先生とか、相手はだ

17

れかわからないけど。もらったほうも知恵を働かせて、自力で解き明かしちゃうかもしれないよ！）

「じゃあ、これは地図だね」カーターは紙を指さしている。その指を右上の×印におくと、次の×印のほうへすべらせていった。暗号をみながらいう。「グランドオークリゾート――V．M．S．」ちょっとおいて、声をあげた。「ヴァーノンのマジックショップだ！」そこで顔をしかめる。「だけど、この線はミネラルウェルズの道とぜんぜんちがう」

リーラが地図のすみを指さした。「このめちゃくちゃな文字のられつは何？　解読したいからさっきのコインをみせて」

リーラは急いで暗号文字を元の文字におきかえた。驚いて目をみひらく。「これは道じゃないわ。この線は――」解読した言葉を読みあげた。「――密輸トンネル」

「ブーツレッグ・トンネルって何？」カーターがたずねる。

「ああ、知ってる」リドリーが声をあげた。

「そりゃ、リドリーは知っているよね」シオがからかう。

リドリーはシオをにらみつけ、それから説明を始めた。「禁酒法の時代（一九二〇年に施行、一九三三年に廃止）は、お酒の製造、輸送、販売は犯罪だった。だから、密輸者

――密造酒をブーツの内側にかくしたことからブーツレッガーと呼ばれてたの――はこっそりやる必要があった。みんな、法のあみをすりぬけて、もぐり酒場と呼ばれる秘密のクラブで客にお酒を提供してたのよ。お酒を飲むことじたいは違法じゃなかったから」

「秘密のクラブってあたしたちみたいなやつ？」イジーがきく。

「ちょっとちがう」とシオ。

リドリーはかまわずつづけた。「取りしまりの目を盗んで、お酒のビンやたるをもぐり酒場に運び入れるために、密輸者はたびたび地下を掘って秘密の通路を作り、あみの目のようにトンネルをはりめぐらして拠点をつないでいたの」

「秘密の通路……」カーターが考えこんでいる。「そうか、マジックショップの奥の本棚みたいなものか！　ねえ、ヴァーノンさんの店も昔はもぐり酒場だったのかな？」

「パパがいってたじゃない？　かつてはジャズクラブだったって！」

「ここにもトンネル網の入口があるはずだよ」シオがいった。「G．O．R．はグランドオークリゾートでしょ」

リーラはうなずくと、地図をたたんでカーターにわたした。カーターがそれを自分の肩かけカバンにおしこむ。「それ、重要な気がする。あたりをみてまわろう。カーター、懐中電灯を持ってあっち側をお願い。こっち側はリドリーに指先の炎で照らしてもらうから」

「今度はマヌケだましに引っかからないよう気をつけて」リドリーがそういってウィンクする。

17

六人は二手に分かれて探検を始めた。すぐに、カーターの懐中電灯の光が背の高いサビだらけのドアのところで動きを止めた。階段の後ろの壁にはめられたドアだ。「これだ！」カーターはドアを肩でおしたけれど、ビクともしない。

「鍵穴がある」リドリーが指摘した。「そのすぐ上にみょうなもようがついてるけど、何かな？」

鍵あけの名人、リーラがドアの鍵穴に顔を近づけて調べた。もようを目にした瞬間、リーラはショックに固まった。自分が今、首から下げている鍵のデザインと同じだ！

みんなにいうべきだ。それはリーラにもわかっていた。けれど、これまでだれにもこの鍵のことは話してない。ずっとかくしていたことを、みんなに責め立てられるかな？いや、それよりも、すごく大切な秘密――つねに自分の出生を思い出させてくれるもの――を結局明かしてしまう自分に腹が立つ？

リーラはシャツに手を入れて鍵を取り出すと、ミスフィッツの仲間にみせた。全員が驚いて息をのんでいる。

「どこで手に入れたの？」カーターがたずねる。

「物心ついたときからずっと持ってる。だれかがマザー・マーガレットの家の前の階段にあたしを乗せた携帯ベビーベッドをおいて、そのなかにこれを残していったの。これまでだれにも話したことないわ。パパやお父さんにも」リーラは胃のなかに無数のチョウがいるみたいにむずむずした。みんなの反応をじっと待つ――リドリーがにらみつけてくるんじゃないか――シオが今まで一度もみせてくれなかったと傷ついた顔をするんじゃないかと思いながら……。ところが、全員がリーラにかけより、ぎゅっと抱きしめた。

「話してくれてありがとう」とカーター。

「さっそく、鍵がはまるかたしかめよう」リドリーが期待に声をひそめていった。

ひょっとしてあたし、しなくてもいい心配をずっとしてたの？　リーラはそう思いながら鍵を鍵穴にさしこんだ。ほかの子たちはリーラの肩ごしにのぞきこんでくる。ぴったりはまった。ところが、鍵をまわそうとしてもビクともしない。はげしい失望がリーラをおそった。カチカチの氷のかたまりにつるはしをうちこむ衝撃ぐらい、きょうれつだ。傷ついたリーラは声がふるえるのをどうすることもできなかった。「ぜったいに開くって、

17

思ったのに」

　リドリーがリーラの腕を軽くたたく。「リーラ・ヴァーノンはいつから手ごわい錠に泣き言をいうようになったのよ？」

　リーラは失望をおしかくし、ポケットに手を入れて幸運の鍵あけを取り出すと、サビたドアの鍵穴をいじり始めた。ありえないほど複雑なしかけで、ゆっくり回したり、ひねったり、引っかけたりしてみたけれど、まったく歯が立たない。どうやらリーラがこれまで出くわした錠のなかで一番高性能なものらしい。「これ以上やりつづけたら、あたしの鍵あけに傷がつきそう……そうなると、明日のショーの計画を練り直さなくちゃならない」

「ショーっていえば」リドリーがいった。「リーラ、明日の演技の練習を、ヴァーノンさんとすることになってたんじゃないの？」

　リーラは自分の腕時計をみた。「やだ、時間におくれそう」

「もう、ここを出る準備はできてるよ」カーターはいった。「みんなでもどろう」全員がうなずいた。これだけ興奮を味わえば、今日はもうじゅうぶんだ。近いうちにまたここへ来て、密輪の通路につながるかもしれないドアのなぞを解明すればいい。

　階段をのぼりながら、リーラは昨夜の夕食会でサンドラにいわれたことを思い出した。

あの占いが今では予言のように思える。『その鍵が近いうちに重要になるわ。肌身離さず持っていて』急に頭がくらくらし、リーラは壁をつかんであおむけにたおれないようにこらえた。

18

EIGHTEEN

太陽が西の山なみの背後に沈んでいく。リーラとカーターは、シオとリドリーといっしょにショーが行われるグランドオークリゾートにむかっていた。お父さんがみに来られないことばかり考えちゃだめだ、とリーラは思った。友だちもパパも来てくれるのだから、なおのこと気にしちゃいられない。リーラの不安をやわらげようと、みんなでホテルの厨房に立ちよった。リーラのパパが娘をやさしく抱きしめた。「今夜はきっとりっぱにやれるさ」

ロビーでイジーとオリーが四人を待っていた。そろって劇場にむかう。出演者入口を通って階段をおり、ステージ下のくねくねした廊下を進んでいくと、広い共同ひかえ室のひとつにたどり着いた。ふだん、大管弦楽団とコーラスの団員たちが一大ショーの準備をする場所で、リーラが最後のリハーサルをするのにうってつけだ。リーラは深呼吸して、いった。「さあ、準備に取りかかろう」

　みせかけの結び目をつなぎあわせたり、腕にニセモノの皮ふの切れはしをはりつけたりして（特別な鍵あけをかくしておくためだ）準備の仕上げをしているあいだも、リーラの頭のなかを、前日に翼棟でみつけたエメラルドリングにまつわるさまざまなものがパッとうかんでは消えていった。ポスターに書かれていたなぞの言葉には好奇心をかきたてられたし、ガイコツはこわくもあり、バカげてもいた。床石に描かれたマークはなぞめいていて、木箱にも暗号にもトンネル地図にも驚かされた。そして、秘密のドアと複雑すぎる錠にはちょっと動揺した。それらを全部ひっくるめて考えると、だれかが何かをたくらんでいるように思えて、お腹が痛くなる。答えを全部知ってるわけじゃないほうが、安心していられることもある。それでも、リーラにはわかっていた。そんなおよび腰の気持ちでいたら、きっと、つき出たままのおしりを、そばを通る人たちにけりつけられるはめになると。

　どっちにしろ、安心できない。

18

とにかく今、安心できるのは、最後にもう一度友だちといっしょに脱出芸のリハーサルをすることだ。

ドアをノックする音がして、サンドラが顔をのぞかせた。すそが床までとどく、もよう入りのカフタン姿だ。髪はスパンコールのついた紫のターバンのなかにすっぽりおさまり、顔はメイクのせいでメスライオンみたいだ。「みなさん、ごきげんよう。ワクワクするわね」

ほかの子たちがうなずく。リーラはありったけの熱意をふるい起こした。「こんにちは！」発した声がけたたましく、おびえたようにひびいて、思わずすくみあがる。

「ごめんなさいね、みにくるのが今になっちゃって」サンドラはため息をついた。「朝からずっとあわただしかったの。ほかの人たちの依頼に対応しなくちゃならなくて。みんな準備はいい？」

「あと、ちょっとです」とリドリー。

「サンドラさんはどうですか？」シオがきく。

「この劇場のものはみんな、わたしみたいなオバサンにも古くさいのよね。ま、両手を後ろでしばられていたって心を読むことはできるから。ほんとに、そうしようかしら？」

サンドラはそこでリーラがむっつりしているのに気づいた。「リーラ、どうしたの？」

「パパはみにきてくれるんですけど、お父さんは来られないんです。今晩、店でしなきゃならない仕事があって」

　サンドラの顔から明るさが消えた。「でも、なんとしてもここに来てもらわなきゃだめよ！　まぎれもなく、あなたの初めてのショーなんだから！」

「はあ」とリーラ。

「ああ、あなたの気を悪くさせるつもりはぜんぜんないのよ」サンドラは舌打ちした。

「わたしが電話をするわ」そういって、部屋のすみの机におかれた黒いダイヤル式の電話のほうに歩いていく。

「ほんとに？」リーラが声をかけた。「電話をかけるんですか？」

「もちろん」サンドラは受話器を取って、店の電話番号のダイヤルをまわした。ミスフィッツの全員がサンドラの声に聞き耳を立てる。

「ダンテ？　こんにちは！　……ええ、そうよ……今、みんなで劇場のリハーサルルームにいるの。ねえ、リーラに聞いたんだけど……そう、そのことよ！　ほんと、あなたにはびっくり！　……とにかく、来てちょうだい、ダンテ。それはもう、動かせない事

18

実なんだから。ちょっとのあいだだけ、娘さんのために……何いってるの！　どんな予定だって組みなおせるでしょう！」サンドラは相手の話に耳をかたむけながら、笑みをうかべつづけているけれど、目から輝きが消え、声がやさしくなっていく。自分の言い分を相手にわからせようと必死だ。「古い友人のためにかけつけるつもりはなくても、リーラのためにそうしてよ、ダンテ、ね？　お願い」

　リーラはサンドラの笑顔がくずれるのをみつめながら、父親のいったことを想像しようとした。サンドラさんがあんな顔をするなんて、いったい何をいったんだろう？

　サンドラは壁のほうをむいて、子どもたちに顔がみえないようにしてから、声を落とした。「ねえ、ダンテ、どうかお願い。どれだけ大事なことか、あなたはわかってな――」

　サンドラはハッとして、受話器を耳から離すと、呼びかけた。「もしもし？　ダンテ？」何度もフックをおしている。それから、ようやくミスフィッツのほうをむくと、あきらめの表情を無理に作った。「電話が切れてしまったみたい。ごめんなさいね、リーラ。ダンテは来られないの一点張りで。たのんではみたんだけれど」

「ありがとうございます」リーラはいった。「次の機会が必ずあると思います」

「その心意気よ！」サンドラは元の快活さを取りもどした。「そう、スピリットっていいえば霊ね！　アハハ！　今晩はたくさんの霊がこそこそとうろつくはずだから、あなたたちがよろしくいっていたって伝えておくわ。さてと、失礼して最終調整にかからないと」

サンドラはすばやく手をふり、後ろ手でドアを閉めた。

　舞台監督がドアをノックして入ってきた。「今夜は大入りだ！　五分後に開演だよ。準備はいいかい？」

「リーラ、ふるえてる」リドリーがいった。

「緊張しちゃって」とリーラ。

「いいかい、リーラ」カーターがいった。「ステージにあがったら、自分は今、家のマジックショップにいるんだって想像するんだ。きみのお父さんとパパの前で脱出芸をやろうとしてるんだって」

「今回ばかりは、カーターのいうとおりよ」リドリーもいった。「ヴァーノンさんがストップウォッチをかかげて、あんたが拘束衣からの脱出の最速記録を更新するところを思い描くの。そうすれば、緊張をうまく乗り切れる」

カーターがリーラの腕をしっかりつかんだ。「だいじょうぶ、いい演技ができるよ。ぼくらがそばにいるから」

「うん」リーラはほほえみ、いやな予感をふりはらおうとした。心強い友だちに目をむける。「みんな、ありがとう」のどが砂でコーティングされたみたいに感じる。それでも、がんばってつづけた。「それと、これだけいいたかったの。あたし、このところずっと……おかしくて、ごめんなさい」

「ぼくたちにあやまる必要なんてないよ」シオがいう。「そのままのリーラでいればいいんだから」

「でも、そこが問題なの――ふだんのあたしは幸せで、めんどうみだって悪くないし、楽観的よ。いつだってそれが三拍子そろった自分でいたい。なのに、最近気づいたの。あたしはそれだけじゃないんだって。このところ、心のなかにわいてくるいろんな思いを、かくしておけない気分になってる。あたし、自分の過去をずっとかくしておこうとしてたの。だって、思い出すのはつらいし、だれにも同情されたくない。だから、これまでみんなにあの鍵のことも、たまに夜、よみがえって頭のなかをぐるぐるする記憶のことも話さなかった」リーラはけんめいに息を整えた。「あたし、みんなのよく知ってるリーラでいた

18

い……けど、それが……むずかしいときもある」

リドリーがリーラの手を取った。「あたしたちはリーラがどんな子か、ちゃんとわかってるよ。それに、リーラのいろんなところを、全部ひっくるめて愛してる……リーラがかくしてるつもりのところも」

リーラは照れくさそうに笑った。五人の友だちがいっせいに近より、リーラを包むようにみんなで抱きあう。

廊下の先から舞台監督が呼びかけてきた。「きみたち、来るのか、来ないのか？」

19

NINETEEN

マジック・ミスフィッツは階段をのぼり、舞台監督に指示された場所に立った。リーラがステージの反対側のそでに目をむけると、サンドラが待機していた。目を閉じ、気持ちを集中しているらしい。リーラは幕のすみから顔をのぞかせ、おおぜいの観客をみた。客席は一階の最前列から後ろまで、二階のバルコニー席から最上階の席まですべて、人でうまっている。リーラのパパはど真ん中の席に同僚のコックたちといっしょに座っていた。全員が厨房の制服姿だ。父親をみて、リーラは静かに顔を輝かせた。そして、仲間の顔をみつめながら、だいじょうぶ、うまくやれると思った。

19

場内の明かりが落ち、幕が上がる。舞台監督がリーラの肩をつついた。「きみ、出番だ！」

「だれかが紹介してくれるのかと思ってたんですけど」リーラは小声でいった。

「いいから、自分であいさつして」舞台監督は早く行けと急かした。「きっとみんな、きみにほれこむ」

スポットライトに照らされ、リーラは目がくらんだ。前をみようと頭の上に手をかざしてから、自分で顔をかくしていることに気づき、あわてて両手をわきにおろす。

「こんばんは！」声をはりあげたつもりが、ネズミの鳴き声くらい小さく感じる。そのとき、前回このステージに立った日の記憶がよみがえった。あのときのほうが、いちかばちかの状況だった。なにしろボッソをやっつけて、お父さんを助けたんだから。それに、さっきひかえ室で、なんとか勇気をふりしぼって、ずっと内に秘めていた悩みや不安を仲間にうちあけた。それを思い出すと、リーラから迷いが消えた。あたしはぜったいにやれる！　そうよ、目をぎゅっとつぶってたってできる。

「リーラ・ヴァーノンといいます！」落ちついた声が出た。ステージのそでにいる仲間たちに目をむけ、手招きすると、カーター、シオ、オリーとイジーがよろめきながら、リドリーは車いすを動かして、ステージの照明の下に登場した。「これから、友だちといっしょにみなさんにとびっきりのショーをごらんにいれます！」

観客から行儀のよい拍手が送られたかと思うと、ひと声、大きな声援があがった。パパの声だとすぐに気づいたリーラは、父親への愛情で胸がいっぱいになった。と同時に、もうひとりの父親もいっしょに客席から声援を送ってくれたらいいのにと思わずにはいられなかった。

「まずは、かんたんなロープの手品から」リーラが白いロープを何本か、観客の前にさしだした。ミスフィッツのメンバーが手伝って一本ずつロープを持ちあげ、ステージいっぱいに横一列にならべる。そして、すばやくひとふりすると、別々だったロープがすべてくっつき、結び目のない一本のきれいなロープになった！

観客は息をのみ、ありえないことをやってのける子どもたちに感心している。カーターと何時間も練習したかいがあった。われんばかりの拍手にリーラは背筋がゾクゾクした。もう一度この感覚を味わいたい。

リーラは観客に呼びかけた。「あたしみたいな女の子は、静かにお行儀よくしていなさいっていう人がいます。礼儀正しくして、話しかけられたときにだけ話すべきだよと。そ

19

ういう人に、あたしはこう返すでしょう。次のわざに目をこらして、あたしみたいな女の子が何をやってのけるのかをみてちょうだいって！」

とまどうようなつぶやきが場内をとびかい、リーラは興奮に胸おどった。

カーターがステージの中央にいすを一脚おく。リーラがそこに座ると、シオとリドリーがひざにおかれたリーラの両手を、全員にはっきりみえるところでしばった。それから、べつのロープでリーラの胸といすの背もたれをぐるぐる巻きにして、ほとんど身動きがとれないようにすると、いすを後ろむきに回転させ、観客のみえるところで、あらかじめリーラに教わったとおりの結び目を作った。さらに、リドリーがたしかな証拠とばかりにロープを強く引っぱると、リーラは痛そうな声でうめいた。

観客が気づかなかったのは、シオとリドリーがリーラをしばっているあいだ、リーラが筋肉にぐっと力をこめて、両手首を広げたままにしておいたことだ。ロープで胸をぐるぐるに巻かれるとき、リーラは肺に入れられるだけの空気をめいっぱい吸いこんでいるので、脱出するには、体を元のサイズにもどせばいいだけだ。

息を吐きだし、体の力をぬくと、巻かれていたロープがゆるみ、するりとぬけ出すことができる。リーラはしばられた結び目をぐっとつかむと、あっという間に自由になり、いすの上にとび乗って、軽くおどった。

観客は大よろこびだ。みんながリーラに魅せられている。リーラは観客の熱気を取りこんで勢いづいた。「ありがとうございます！」おじぎをしながら、声がかすれてひびわれないようにふんばる。

「では、最後にとっておきのものをおみせします。ぜったいにありえない、しかもとんでもなくきゅうくつな演目です。みなさんはきっと、これに挑戦しようとするあたしを、頭がヘンになったのかと思うでしょう」ステージのそでのいっぽうから、カーターとシオがスーツケースよりほんの少し大きい、小型のトランクののった台車をおして登場し、もういっぽうから、オリーとイジーがリーラの真っ白い拘束衣を持ってゆっくりあらわれた。長いそでとバックルが床を引きずられてくる。

観客が小道具を目にして、となりどうしでやかましい声で話しながら、不安と興奮に色めき立っている。

双子がウィンクして、リーラに拘束衣を着せる。リーラが胸の前で腕を交差させてXの形にすると、カチッ、カチッ、カチッと音を立てて、鍵がかかった。ジャケットは体にぴったり合っているけれど、合いすぎてもいなかった。リーラは観客に呼びかけた。「今

19

度はみなさん全員に、ちょっとだけ手伝ってもらわなくちゃなりません。よろしければ、このトランクが閉まって、あたしがなかに閉じこめられたらすぐに、30からカウントダウンをお願いします」

リーラはトランクのなかにすばやく入った。オリーとイジーがふたを閉めると、観客がカウントダウンを始めた。「30……29……28……!」

ほかのミスフィッツのメンバーが観客をあおるようにさけぶ。「もっと大きな声で!」「それじゃあ、トランクのなかまで聞こえませんよ!」「行け、リーラ、がんばれ!」

「20! 19! 18! 17! 16! 15!」

トランクのなかでは、リーラが体をくねらせてぬけ出そうとがんばっていた。観客の声に耳をすましながら、手ぎわよく片腕をはずすと、その腕を口に近づけ、ニセモノの皮ふをくちびるで引きはがしながら、幸運の鍵あけをくわえ、自由になった手でつかむ。そこから、苦労しながら双子がジャケットにかけた錠に順番に手をのばして鍵を開けていった。トランクのなかは身動きできる空間がほとんどないけれど、何年も練習をつづけてきたおかげで、このわざはリーラがマジックショップでふたりの父親にみせる大好きな芸のひとつだ。

「11！　10！　9！」そして、観客が「8！」と声に出そうとしたとき、トランクからリーラがポンっととびだした。全員が驚いて息をのむ。リーラは左右の肩を前後に一度ずつ動かしただけで、拘束衣をするりとぬぎすてると、両腕をあげてガッツポーズをした。

劇場はリーラの予想をこえる騒ぎだった。こまくがカスタネットみたいにカタカタ鳴っている。リーラはうれしさのあまり、涙をこらえるのに必死だった。仲間たちのほうに手をのばし、みんなで集まって最後におじぎをする。できることなら、これからもこういうショーをたくさんひろうできますように。

まぶしいステージの照明のむこうに目をこらすと、パパが夢中で拍手をしたり、リーラに手をふったりしているのがみえた。そのとたん、リーラの心は虹色の光と、晴れわたった空と、ホットチョコレートの思い出と、世界一あたたかい笑い声で満たされた。

20

TWENTY

舞台係がメインの演目用にステージの準備をするあいだ、ミスフィッツの六人は舞台監督の案内で、最前列のまとまって空いている席に移動した。知らない人たちが次々にリーラの背中をたたいてほめてくれる。なかにはかけよってきて、「サイン、もらえますか？」とたのむ子も数人いた。

「もちろん！」リーラは応じた。「友だちのサインもいっしょならいいわよ」ミスフィッツのメンバーは顔を輝かせながら、ペンと紙をまわした。

ほどなく劇場の明かりが落とされ、客席が静かになった。いよいよマダム・エズメラルダのショーが始まる。

20

ミスフィッツの後ろの列から、昨日の降霊会についてささやきあう声が聞こえる。

「ねえ、あの霊能者がしたことをみた？」

「チカチカする光がこわかったわ」

「もし、あそこの幽霊をおとなしくさせたのなら、彼女はただ者じゃないわね」

場内に声がとどろき、全員がギョッとして静まり返った。「それでは……グランドオークリゾートにおこしのみなさま、著名な超能力者をステージにおむかえしましょう。さあ、心を防御してください――精神を強じんに、神経をこわばらせて。なにしろ、みなさんが今、遭遇しようとしているのは、世界でもっとも人をうろたえさせる透視能力者……マダム・エズメラルダなのです!!!」

暗いステージから大きな音と光と煙が一気にはなたれ、マダム・エズメラルダがもやのなかから歩いて登場した。その笑顔に場内がパッと明るくなる。マダム・エズメラルダはおじぎをすると、観客にむかって両手を広げ、感謝を表した。

マダム・エズメラルダの演技はカラスの羽根のようになめらかでつやがあった。最初に、観客のなかの有志者にあらかじめ自分について書いてもらった小さなカードをまとめて受け取ると、数枚をひととおり読みながら、ステージをおりて、客席の通路を進んでいった。

その姿を頭上のスポットライトが追いかけ、冷たい光の輪で包んでいる。

マダム・エズメラルダは赤い髪の女の人にむかっていった。「あなたのお母さんは、中西部の銀行で働いていましたね！」

ネクタイをしめている男の人には「あなたの好きな色はマヨネーズホワイトですね！」

十代の女の子には「あなたのミドルネームはアンナローズね！」

そして、小柄なおじいさんには「あなたは以前、セントジョン島の近海でサメにかまれたことがありますね」と話しかける。

その後もマダム・エズメラルダは次から次へと観客に話しかけていき、どの人もショックを受けてマダム・エズメラルダをみつめた。「そのあぜんとした顔つきからすると」マダム・エズメラルダは大きな声でいった。「どうやら、今のひとことがだいぶ心にひびいたようですね」観客はざわめき、となりどうしで何やら話をしている。「わたしのいったことは当たっていますか？」マダム・エズメラルダの問いかけに、問われた人はみんな立ちあがって答えた。「当たっています！」観客から驚きに満ちた拍手がわき起こり、答えた客はまた席に座った。

「さて、次にごらんいただく離れわざのためには、もう少し全員が霊感を強めなくてはな

りません」マダム・エズメラルダはステージにもどり、服のなかにあるポケットから細く白いロウソクを取り出すと、大げさなしぐさでマッチをこすり「ライトを消して！」と階上の調整室にいるスタッフに呼びかけた。ステージの照明が落ち、場内が恐ろしいほどの真っ暗闇に包まれる。ロウソクの明かりがマダム・エズメラルダの顔のすぐ下でゆらめき、目や鼻や口に不気味な影がさしている。マダム・エズメラルダはさけんだ。「今夜はここに、観客の方々の先祖をお呼びしましょう！」客席がしんとなる。すると、マダム・エズメラルダは声を落とし、目を閉じてささやいた。「静かにしていてください！」それから小さくニコッとしてつけ加える。「先祖の方たちにあいさつさせてあげましょう」

大劇場のいたるところでとつぜん、わめき声や恐怖のさけび声があがった。

だれかがさけぶ。「ひっ、首をさわられた！」

べつのだれかがいう。「何かがあたしの腕をつねった！」

またべつのだれかがキャッとさけんだ。「さわってきた手が冷たい！」

そして、またべつの声。「髪を！」

「足に何かが！」

リーラはきょろきょろした。自分にも先祖の霊がふれようとしてるんだろうか？

20

「ライトを！」マダム・エズメラルダが高らかに指示した。さすがに観客がいたたまれずに出口へ突進し、ホテルや夜のとばりのほうへ逃げていきそうなふんいきになりかけていた。マダム・エズメラルダの声は力強く、ゆるぎない安心感があった。「こわがることはありません。霊たちがあの世からやってきたのは、みなさんにいやな思いをさせるためではありません。ただ、彼らもかつてここで暮らしていたことを、わたしたちに思い出させようとしているのです」

「では、霊たちを招いて、わたしを介して話をうかがいましょう」観客がまたそわそわし始め、近くにいる人とささやきあっている。「ただし、まずは何人か協力いただける方にお願いしないといけません。わたしが指をさした方は、よろしければステージにおあがりください」マダム・エズメラルダは客席のあちこちから気まぐれに七人選んだ。

　七人はマダム・エズメラルダのとなりに横一列に立った。どの人も緊張ぎみにステージのまぶしい照明をみつめている。きゅうくつそうな水色のドレスを着た、太った中年の女性に、白いシャツに黒いネクタイとズボンというかっこうの、背の高い男性。水兵服姿の小さい男の子。そのとなりに、白黒の水玉もようのAラインのワンピースを着た、男の子より少し背の高い女の子。黒いスーツの上に足首までかくれる毛皮の茶のロングコートを着た大柄の男性（変わってる、とリーラは思った。外は汗ばむほど暖かいのに、毛皮のコートを着てるなんて。でも、どうやらエアコンのきいた劇場の空気がいやみたいだ）。その男性は特大のまん丸いメタルフレームのメガネをかけ、長いあごひげがえりの先にふれている。

そして、そのとなりには手をつないだカップルがいた。女の人は赤毛をきれいなショートヘアに整えている。えり足を刈りあげ、頭はプードルのようにふわっとさせたスタイルだ。男の人は赤毛の女の人より背が低く、白くなりつつあるこめかみの髪にまるでそぐわない、ひと目でわかる黒いカツラをかぶっている。ふたりとも地味な茶色いワンピースと茶色いスーツという服装で、大きな目に期待をにじませていた。

リーラはこの最後のふたりに、なんとなくみおぼえがある気がした。どこで会ったんだろう？　けんめいに記憶をたぐってみる。今週、マジックショップに来たお客さんかな？　プレストが芝居のセリフみたいなみょうな言葉をかけていた相手だったっけ？　それとも、もっと前に会ったのかな？　ずっと前とか……？

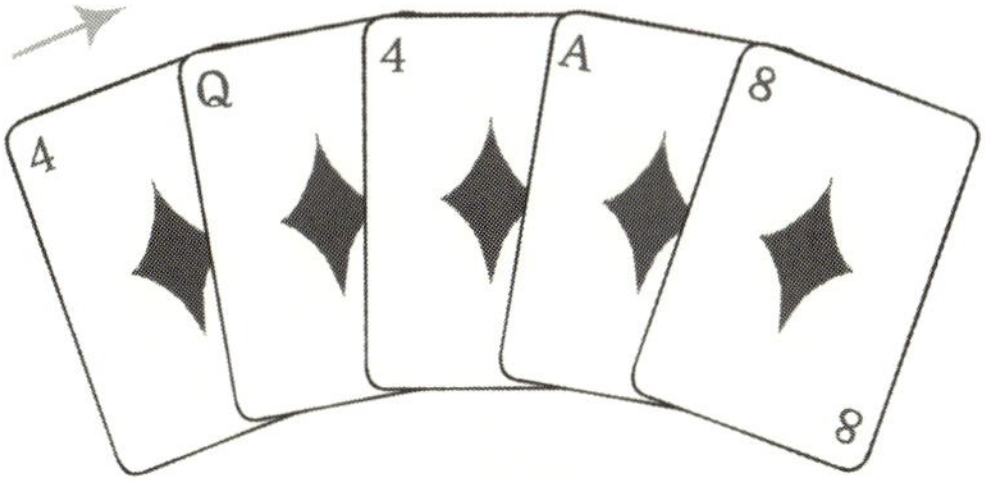

21

TWENTY-ONE

「段取りはこうです」マダム・エズメラルダは選んだ七人に伝えた。「訪れた霊は近づいてきて、わたしにこっそり具体的なうちあけ話をします。その話をわたしがひとつずつ、みなさんにお伝えします。伝えている途中でもかまわないので、みなさんのなかで、わたしの話す内容が他界した自分の大切な人のことだとピンと来た方がいれば、手をあげて教えてください。いいですか？」

　七人はいっせいにうなずいた。マダム・エズメラルダは目を閉じ、ぶつぶついい始めた。「うむ、ん、ん」

　数秒後、マダム・エズメラルダは指を一本かかげてから、自分のおでこの真ん中を直接おした。まばたきして目を大きくみひらき、観客の頭上のあたりを一心にみつめる。まるで、宙にうかんでいるものがみえるとでもいうように。「女性がひとり、みえます。背は高くも低くもなくて、髪は長く、茶色で、エプロンをかけています。ええと……パン屋で働いているのかしら？　いいえ、自分のお店です」客席から騒がしい声があがったけれど、七人はだれも口を開かない。「得意なメニューは……ルゲラー（ユダヤがルーツのパイ生地の菓子パン）。彼女が作ったラズベリー入りのルゲラーが、郡のフェアで最優秀賞を受賞したそうよ……やさしい人で、娘さんがふたり……生まれは外国ね……東ヨーロッパで生まれて……十代で移住してきた」

七人のなかで一番左にいる、水色のドレス姿の太った女性が勢いよく手をふって、大声でいった。「それ、わたしの祖母です！　まちがいないわ！」

マダム・エズメラルダはゆっくりとその女性のほうへ歩みよった。「あなたのバッバは、あなたに会いたい、あなたを愛しているといっていますよ」太った女性はふるえるくちびるを手でおさえた。マダム・エズメラルダがなぐさめるように女性の腕に手をおく。「これまで家のなかで鳥のさえずりを耳にしたことはありませんか？」

太った女性の目がパッと大きく開いた。「ええ、あります！」

21

「それは、あなたのバッバがそばにいるしるしです。あなたに会いに来たのです」

「信じられない。どうして、そんなにくわしくバッバのことがわかるんですか？」

マダム・エズメラルダは笑顔でこたえた。「本人がわたしに教えてくれたんです。あ、こうもいっていますよ。あなたの寝室のドレッサーの裏をたしかめてみてって。あなたがずっと大切にしていて、つい最近紛失したものがみつかるからって。何のことかわかりますか？」

「ええ、ええ！　結婚指輪です！　まあ、ありがとう、マダム・エズメラルダ！　家に帰ったらすぐにみてみます！」

太った女性はステージをおりて自分の席に着くころには、すすり泣いていた。大半の観客がそれをみて、じんとしている。マダム・エズメラルダはステージに残った六人のほうにむきなおった。六人が不安と恐れの表情をうかべて霊能者をみつめ返す。

それから二十分のあいだ、マダム・エズメラルダはグランドオーク劇場にやってきている霊について語った。「こちらにいらっしゃるのは、長身で白髪の、おでこの広いハンサムな白人男性です」とか「ふさふさのカーリーヘアの小柄なかっ色の女性が、これまでにないくらいの最高の笑みをうかべています」とか。それでも六人がだまったままでいると、マダム・エズメラルダはさらに情報を加えた。「この方のお名前はＦから始まっている気がします。それか、Ｐかも？」とか「この方の先祖は南アメリカご出身のようです……ウルグアイかしら？」それから、こんなのまであった。「機械工だったようですね」「つえをついて歩かれていました」「この方はけっこうむだ話が多かったんじゃないかと思います」最後の発言には、観客から多くの爆笑と、同じくらい息をのむ音が返ってきた。マダム・エズメラルダがそれぞれの霊からさらにくわしく聞いた情報をひろうしていくと、ようやくひとりが手をあげ、さらに何人かつづいた。「それはわたしの亡くなった妻だ！」ネクタイ姿の猫背の男が大声をはりあげる。「ぼくのおじいちゃん！」今度は、水平服姿の男の子が思わず口走り、「あ、それ、マーベルおばさんでしょ！」Ａラインのワンピースを着た女の子もさけぶ。「いとこのゲアリーのことだ」最後に毛皮のコートの男がささやいた。

リーラはサンドラの話す内容がほんとうだとわかるたびにゾッとした。けれど、まわりにいるミスフィッツの仲間は小声であれこれ指摘している。

「たぶん、あの人たちの経歴や家族のことを事前に調べたのよ」リドリーが思ったことを口にした。

21

「どうやって？」リーラはきいた。「ショーをやるって決まったのは開催日の直前なのよ」

「考えてみると」とシオ。「サンドラが今、やっていることって、ゆうべの食事会でぼくたちにひろうしたのとまるで同じだよ。最初はばく然としているんだけど、じょじょに相手を引きこんで関係を認めさせるんだ。ちょっとそうかもしれない程度の微妙なものでもね」

「ビミョーなんて、むずかしい言葉！」とイジー。

「おれ、もっとむずかしい言葉、知ってる」とオリー。「絶妙、当意即妙、オオエンマハンミョウ！」

リーラは首をふった。「じゃあ、バッバとパン屋の話は？　サンドラはすべて知っていたし、あの女の人は何も話さなかった」

「さすが、いいところをついている」シオが返す。

「ステージにあがった人たちは全員、サンドラにやとわれているのかも」カーターがいった。

「そんなことないわ」リーラはカッとなり、そんな自分に腹が立った。

「人って、そうあってほしいと望めば、それをほんものだってかんたんに信じると思う」

リドリーがいう。

「そのとおり」とシオ。

「信じているものが、全部にせものって決まってるわけじゃないでしょ」リーラは小声で返した。

　後ろの席から「しっ！」という声がする。リーラはふりむいて、すぐにあやまった。ふと、ボッソの移動遊園地（カーニバル）にみんなで行ったときのことが思い出された。カーターに連れられ、四人でマダム・ヘルガというおばあさんのテントへ行って、話を聞いた。あのとき、こういわれたんだ――『ひとりでは弱いが、いっしょなら強い』。リドリーがモールス符号（ふごう）をおぼえるのに、この言葉をとりあげていた。そう、マダム・ヘルガに出会い、予言をもらったからこそ、あたしたちはきずなを深め、助け合う運命なんだって信じられたんだ。たとえ、意見がくいちがっても……。ただ……どうしてだろう？　自分はサンドラがステージでやっていることを、リドリーやカーターやシオみたいにかんたんに片（かた）づけることができない。そこがリーラは悩（なや）ましかった。

　リドリーたちはいろいろいうけれど、マダム・エズメラルダが自分の思いどおりにショーをくりひろげている姿（すがた）はみていて迫力（はくりょく）を感じる。あたしだって脱出（だっしゅつ）わざでは負けな

21

いけど、マダム・エズメラルダの透視のわざはとにかくみごとだ。その証拠に、観客はみんな恐れおののいた顔でステージをみつめ、耳をすましている。リーラは疑いを感じてはいても、ショーが終わってから、サンドラと話をするのが待ちどおしかった。今、ステージで行われていることがどういうしくみで成り立っているのか知りたい。

マダム・エズメラルダといっしょにステージに残っているのは、地味な見た目のカップルだけになった。マダム・エズメラルダはしだいに無口になり、動きが止まり、真顔になっている。「みなさん、ちょっとお待ちを……今、あの世と話をしてみます……」そういって、ステージの後方にある赤いカーテンのほうに歩いていき、またべつの霊の声に耳をすますように首をかしげた。そして、小声で何かつぶやいた。

最前列に座っているリーラは、そのくちびるに目をこらした。「いやよ、ぜったいにやらない」サンドラはたしかにそういった。

そういえば昨日、ホテルのラウンジでも、サンドラの自問自答する声を聞いた。霊がサンドラを攻撃しようとしてるのかな？　このままじゃ、ショーがおかしな方向に行ってしまいそうだと、リーラが心配しかけたとき、何の前ぶれもなくマダム・エズメラルダが頭に巻いていたターバンをはずし、ステージの外に投げすてた。ぼさぼさの髪の三つ編みがふたつ、肩にストンと落ちる。その女性はもうマダム・エズメラルダではなく、ふたたびサンドラになっていた。星型のイヤリングをはげしくゆらしながら、指先をおでこに当て、スポットライトを一心にみあげる。

「ごめんなさい」サンドラは弱々しい声でカップルにいった。観客は全員、前のめりで注目している。「お話ししなければならないことがあるんです。わたしもつらいですし、ほかの人にもつらい思いをさせてしまうでしょうけれど……」カップルはひるんだ。まるで、サンドラがいきなりとびついてくるんじゃないかといいたげに身をすくませる。「おふたりは今夜ここに答えをさがしにいらしたんですよね？」

茶色いスーツ姿の男の人がコホンとせきばらいをして、茶色いワンピース姿の妻に腕をまわした。妻がうなずくと、サンドラはつづけた。「では、これを知っても驚かれはしないでしょう……おふたりへの答えはまさに今、この劇場のなかにあります」

妻の口がぽかんと開いて、目のはしからにじみ出てくる涙をぬぐった。

「おふたりの娘さんのことですね？」サンドラがたずねる。

「そうです」夫がこたえた。「ずっと前にわたしたちは娘を手放しました」

「まだ若すぎたんです」妻が口を開いた。「当時はお金がまったくなくて、娘にいい暮ら

21

しをさせてやれる財力がなかった。それで、娘が生まれる前に、わたしたちは手放すことに決めたんですけれど、生まれた子の笑顔を目にしたら……」妻が、先をつづけていいかとたずねるように夫をみる。夫がうなずいた。「……どうしても手元においておきたくなったんです。娘にすべてをささげ、お姫さまのようにあつかいたかった。でも、現実には不可能でした。結局、信頼のおける友人の助けを借りて、親権を放棄して……でも、一日たりとも娘のことを考えなかった日はありません。あの日から毎日、わたしたちは娘の無事を祈ってきました。そして、今は……今は、娘を取りもどしたいと思っています」

「前からずっと取りもどしたい気持ちはありました」夫もいう。「ですから一生けんめい働いて出世に努めてきたんです。おかげで、娘にふさわしい生活をさせてやれるようになりました……」

客席からささやき声が聞こえてくる。観客はこれが本当にショーの一部なのか、疑問に感じているらしい。なにしろ、それまでの展開とはずいぶんちがう。

サンドラは夫婦を一心にみつめている。まるで、ふたりの記憶をすみずみまでさぐろうとするみたいに。それから、人さし指を自分のおでこの真ん中に持ってきて、目を閉じた。

「おふたりの名前を……教えてください」

妻がためらいがちに口を開いた。ちょっと言葉を発しては夫のほうをちらちらみる。

「パミーと、ボブ・ヴァラリカ、です。わたしたちは……車で一時間半かけて、マダム・エズメラルダ——あなたに会いにきました」

「娘の居場所はわかりますか？」夫がたずねた。声に必死さがにじんでいる。

「え、ええ——わかると思います」サンドラは引きつった顔で口ごもった。「じつは……おふたりのお子さんは……娘さんは……」それにつづく言葉をなかなか口にできないらしい。「今、ここにいます」

「ここに？」夫妻が信じられないという顔でオウム返しにきいた。

サンドラがミスフィッツのほうをみたとき、リーラはサンドラが目を合わせようとしているのに気づいた。

「娘さんの名前はリーラでしたか？」サンドラはリーラから目をそらさずに質問した。

リーラは劇場全体が足の下からぬけ落ちたように感じた。なんとなく引っぱられる感覚をおぼえ、みると、リドリーに手首をつかまれている。

ヴァラリカ夫妻はどちらもすっかり青ざめていた。パミーという女性は気を失いかけているらしく、ボブという男性が妻の肩をつかんでたおれないように支えている。「そのと

21

おりです」ボブがこたえた。「マダムの前に芸をひろうした女の子と同じ名前です。脱出の名人の子です。しかし、まさか……そんな……」サンドラの視線をたどって、客席の最前列に目をむける。すでに劇場はうるさいほどざわついていた。観客の興奮がどんどん高まっている。

サンドラは悲しそうな表情をうかべて片手をさし出した。指がふるえている。「リーラ」小声で呼びかけた。「ここへ来て、あなたの実の両親に会ってちょうだい」

22

TWENTY-TWO

リーラはひとりでは動けなかった。カーターとシオがリーラを支え、ステージのわきの階段をのぼるのを手伝った。観客からパラパラとぎこちない拍手が送られる。だれもがリーラと同じようにとまどっているらしい。

リーラは、パパが人をかき分け、ステージにむかってくるのに気づいた。リーラが一度も自分のほうをみなかったことにショックを受け、傷ついたような表情をうかべている。今夜はさすがに、パパの心を落ちつかせる手作り料理はないだろうとリーラは思った。

「観客のみなさん、今晩はわたしの生まれ持った才能をおみせできて大変光栄でし

22

た」サンドラは客席にむかっていった。「ですが、このあとは、ここにいる再会した家族のプライバシーを尊重しなければなりません。それでは、みなさま、ごきげんよう」

そのあいさつとともに、あついベルベットの幕がステージの前面におりてきて、ドンッと床に着き、観客の視界をさえぎった。パラパラの拍手がやんで、がやがやした音に代わる。とたんにおおぜいの人の話し声が聞こえた。ふと、このニュースは、あたしが鍵を開けるよりも速く、町じゅうをかけめぐるだろうという思いがリーラをおそった。

ヴァラリカ夫妻のとなりにサンドラが立って、リーラのほうに両腕をさし出している。リーラはカーターとシオから離れて、その腕に身をゆだねた。サンドラはリーラをぎゅっと抱きしめた。「奇跡ね」サンドラがそっという。「あなたのご両親が……あなたの実のご両親がついにあなたをみつけたのよ」リーラは返事ができなかった。自分の両親がだれか、あたしはちゃんとわかってる。どっちも今、このステージにはいない。霊能者でなくたって、そんなことは百も承知だ。カーターとシオは階段の近くまで退き、四人のあいだに立ち入らないようにしているけれど、リーラはふたりにもっとそばに来てほしかった。いい知れぬ恐怖におそわれ、気分が悪くなりそうだ。

幕がおりているので、多少のプライバシーはあった。舞台係はステージのそでにいて、聞こえないふりをしている。

サンドラがそれぞれを紹介した。ヴァラリカ夫妻はユニコーンでもみるみたいに、リーラをひたすらみつめている。ふたりの大きくみひらいた目はうるみ、口はあまりの驚きにゆるんでいる。気づくとリーラは夫妻に目をむけることができなかった。ずいぶん前に、自分がどこで生まれたのか考えるのはよそうと、心にちかったのに、その疑問がまた頭のなかにとつぜんもどってきたことがショックだった。

夫妻が話しかけてくる――あれこれたずねてくる――けれど、リーラの耳には何も入ってこなかった。幕のおりたステージ裏で聞こえるのは、こまくをふるわす自分の心臓の音だけ。どう考えたらいいのかも、どうしたらいいのかもわからない。収納部屋のドアが目の前で閉じていくみたいだ。マザー・マーガレットの家で、女の子たちに手首をしばられるときの、靴ひもが皮ふに食いこんでくるような感じ。そのあと、ひとりおきざりにされて、結び目のほどき方をみつけ出さなくちゃならない。直感が逃げろといっている。みんなを残してここを去り、自分を守るべきだと。リーラはずいぶん前に脱出のわざを身につけたけれど、姿も消したいと思うのはめずらしいことだった。

とつぜん、背後から心強い声が呼びかけてきた。「リーラ！」リーラのパパがドスドス

22

と床をふるわしながらステージをやってくると、温かい腕でリーラを包んでぎゅっと抱きしめた。そして、見知らぬ相手から娘を守ろうとするように、リーラの前に一歩進み出た。

「だれなんですか、あなたたちは？」

「わたしは大学の教授です」ヴァラリカ夫人がこたえた。

「わたしは銀行員です」夫がいう。それから、夫婦そろってリーラのほうにむきなおった。

「そして、この子は——願わくは——わたしたちの娘です。あの、きいてもいいかな？誕生日は二月十二日？」

「リーラ、答える必要はない」パパがリーラのほうをむいていった。まっすぐに目をみてくる。「答えたければ、そうしてもいい。だが、答える義務はない。リーラがどうしたいのかいってくれ。援護するから」そこで安心させるようにリーラの手をぎゅっとにぎる。

ずいぶん時間がたってから、ようやくリーラはヴァラリカ夫妻にうなずいた。「はい、その日が誕生日です。マザー・マーガレットがあたしをみつけたとき、カゴにピンで留められていたカードに、そう書いてありました」夫婦の目の焦点がぼやけ、うるんでいる。

「ねえ、教えてちょうだい」妻がいった。「まだ、あなたの足首の後ろにフクロウの目のようなそばかすがふたつ、あるかしら？」リーラの皮ふにチクッとした痛みが走った。

ズボンのすそを持ちあげ、そのとおりであることを相手にみせる。「この子よ！」ヴァラリカ夫人が夫にささやく。「わたしたちの娘よ！　信じられない！」

「それはこっちも同じだ」リーラのパパがうなるようにいい、サンドラとヴァラリカ夫妻をにらみつけた。「失礼なことはいいたくないが、わかってくれ――こんなこと、すぐには受け入れられない。この子はわたしの娘だし――」

　サンドラがうつむく。ヴァラリカ夫妻の顔には不安ととまどいがうかんでいる。夫が小声でいった。「わかります。たしかに、ありえない状況ですよね。ただ、わたしたちはとにかく、リーラと少しじっくり話がしたいんです。よろしいですか？」

「それは――なんとも」いいながら、パパがリーラをみる。リーラは涙をこぼしてこそいなかったが、目のふちのぎりぎりまであふれていて、今にもふき出しそうだ。パパはリーラの動揺をみてとると、ヴァラリカ夫妻にいった。「機会をあらためましょう。今日のところは娘を連れて帰ります。では、失礼」

　パパはリーラの手を取ると、先に立ってステージのわきの階段のほうにもどっていく。リーラは後ろをふり返って、最後にもう一度夫妻をみた。妻のほうは別れのあいさつをするように、悲しげに片手をあげている。とつぜん、リーラの胸元の、鍵がふれている部分

22

にまぼろしの痛みが広がった。

ミスフィッツの仲間もリーラとリーラのパパのあとについて劇場を出ると、廊下をぬけて厨房に行った。リーラのパパがもうひとりの父親に電話をかけ、事情を説明している。パパは声をつまらせ、そのうち受話器を手でおおった。自分の口も同時にかくして会話が聞こえないようにしている。ふたりのヴァーノン氏が電話で話しているあいだ、子どもたちは厨房の中央にあるアイランド型の調理台のまわりに座っていた。

「リーラ」リドリーがリーラにハグをしながらたずねた。「さっきのはいったい何だったの？　あれも芝居のうち？」

リーラはぼう然としていて、返事ができなかった。

「もちろん、芝居でしょ」とイジー。

「どんな芝居でも心ゆさぶる展開ってのが必要だからね」オリーがつけ加える。「けど、今回はかなり衝撃的だ！」

イジーが弟の腕をなぐった。「少し静かにする訓練をしようね、無神経くん」

カーターがリーラの力のぬけた手をにぎり、シオがリーラの肩に手をおいて、そっとつかんだ。そうすれば、どちらかにリーラが反応して、返事をするんじゃないかと期待しているみたいに。

リドリーがリーラの腕をなでる。「きっとだいじょうぶ」

「でも、そこが問題なの」リーラはうめいた。「あたし、だいじょうぶなのかな?」

ほかの五人がぎょっとした顔でリーラをみる。リーラが悪態でもついたみたいな反応だ。けれど、ひどく動揺し、頭が混乱しているリーラは、あやまる元気もなかった。カーターとシオはたじろぎ、いつも笑顔のオリーとイジーでさえ心配そうな顔だ。

「あたしたちがそばにいる」リドリーがいった。

リーラはまばたきした。「みんなとずっといっしょにいられればいいんだけど」

「もちろん、いられるよ」とシオ。「きみがほかにどこへ行くっていうんだい?」

「あの人たちのところ」リーラは劇場のほうに顔をむけた。そこが今、ヴァラリカ夫妻の住まいだとでもいうように。

「けど、あの人たちにそんなことする権利はないよ」とカーター。「ふたりのヴァーノンさんがきみを養女にしたんだから。ぼくらはきみの家族なんだ」

「わかってる。だけど、ヴァラリカさんと奥さんはそのことを知ってる?」

「サンドラは知ってるの?」リドリーがたずねる。

22

「もちろん、知ってるわ」リーラはこたえた。「だって、お父さんの古い友だちだもん。きっとサンドラだって、あたしたちと同じくらい、ステージで起こったことに心を痛めてると思う。あのとき、霊から告げられたことを観客に伝えるのをいやがってるようにみえたの。でも、結局、真実を伝えなくちゃいけないって思い直したのよ」

リドリーはひとしきりリーラをみつめた。「きっとリーラのいうとおりね」といいつつ、その顔は少しもそう思ってはいないようだった。

✦✦✦

リーラはカーターとパパといっしょに、マジックショップの上の自宅にもどった。むかえたお父さんがリーラをこれまでにないくらい強く抱きしめた。「おお、リーラ……」

リーラは自分の体がふるえているのを感じた。一瞬、どっちが泣いているのかわからなかったが、すぐにふたりとも泣いているんだと気づくと、リーラはおさえていたものを吐き出した。恐怖を全部、怒りを全部。涙がほおを流れ落ち、ヴァーノン氏の上着にしみこんでいく。リーラは父親の呼吸のリズムに調子を合わせると、やがて、とてつもなくふくらんだ不安がおさまり、ふたりはともに落ちついた。ようやくヴァーノン氏がたずねた。

「だいじょうぶかい？」

リーラは、笑顔をみせて涙をふかなきゃとっさに思ったけれど、父親にウソはつきたくない。「家にもどれてうれしい」とだけ答えた。

電話が鳴った。だれも動かない。四人ともこのときを邪魔されたくなかった。けれど、電話は鳴りつづけ、耳ざわりな金属音がいつまでもひびいて、しだいに警報のように聞こえてきた。とうとうヴァーノン氏が電話に出た。「何ですか？」とたずねている。とたんにヴァーノン氏の顔が真っ赤になった。「え、先方が、ですか？　明日の午前中？　だめです。こちらの都合が悪いので……ああ、わかりました。そうしなければならないということなら、仕方ありません。そちらに行きます」

「なんだ、どうした？」もうひとりのヴァーノン氏がたずねた。「電話はだれからだ？」

ヴァーノン氏はためらうような顔でリーラとカーターをみた。今の電話の内容を子どもたちの耳に入れるべきか迷っているらしい。けれど、結局、すべてをそのまま話した。「例の夫妻だ、ヴァラリカとかいう。ふたりがホテルに部屋をとって、町の弁護士に連絡をとった。電話はその弁護士からだ。夫妻と会うよう求めてきている——四人全員に。リーラとカーターもだ——明日の午前中に、その弁護士の事務所で」

「どうして？」リーラがきいた。「あの人たちはあたしをお父さんとパパからうばい取るつもりなの？」ふたりの父親は不安な表情をかくせないまま、視線をかわした。「ちがうさ」ヴァーノン氏はいった。「ただ、わたしたちと話がしたいそうだ。それだけだよ」

22

深夜、リーラはベッドに横たわり、その週の始めと同じように天井をみつめたまま、泣くまいとがんばっていた。特別な鍵をあまりに強くにぎりしめているので、ひょっとしたら心のなかに閉じこめていたもの――理由なんてとっくに忘れてしまったけれど、ずっと守ってきた秘密――が出てくるかな、などと考えた。サーカス団のサルがとびこんできた夜が、遠い昔のように感じる。あの小さい生き物はまだそのへんにいるだろうか？　もしかしたら、今の今、あたしをみつめているかもしれない。

今夜ばかりは、過去のできごとが亡霊のようにリーラをおそうことはなかった。マザー・マーガレット児童養護施設も、暗い収納部屋も、いじわるな施設の同居人たちに左右の靴ひもを結ばれた記憶もよみがえってはこない。今、リーラの心を占めているのは、どうなるかわからない未来という実態のないものへの不安だ。もしかしたら、この先あたしはこの家と愛する家族と別れて、ただひたすら知らない夫婦にくっついて、霧に包まれた危険な道を行かなくちゃならないのかもしれない。

そのとき、壁をノックする音が聞こえた。コツ、コツという打音と、ツーッと壁をひっかく音が、少し風変わりではあるけど、意味のあるパターンをつくり出している。カーターがまだ起きていて、メッセージを送ってくれている。モールス符号だ。

・・・ ーーー／ ー・・・ ・ー／ ー・ ・・／

・・／ ・ー・ ・・ー／ ー・ーー ーーー

リーラは気がまぎれることに感謝しながら、トン（・）とツー（ー）から文字をみちびきだした。カーターからのメッセージが解けたとき、思わず笑みがこぼれた。そして、ちょっと考えてから、指の関節で壁をたたいたり、指先で壁紙をこすったりして返事を送った。

・ー／ ー ・ー／ ・・・ ・・・・ ・・／ ーー ーーー／

ーー・・ ・・ー／ー ー ーーー／

ーー・・／ー・ー ・ー／ー・ー／ー・ーー ーーー

※解読文は三六九ページ

HOW TO…

・・・・ ・－／－－・・ ・・－／・・・ ・・－
・－・・ ・・／－・／－・・ ・－／・・・ －－－－／
・・・・ ・・／－－－－／－・－・／・－／・－・／・－／

手品をやってみよう

いや、もうしわけない！　前章の終わりにすっかりモールス符号（ふごう）にハマってしまって、そのまま、つづけて書いてしまった。きみがまだモールス符号（ふごう）をおぼえてないなら、この本の後ろのページ（三六八ページ）をたしかめてみて。

というわけで、またべつの夜の、べつのマジックのレッスンだよ。どう、やってみたい？お、そうこなくっちゃ。じゃあ、リーラの脱出（だっしゅつ）わざのひとつを身につけよう。始めるよ！

用意するもの

＊まず、長そでのシャツを着ること。
＊ある程度（ていど）の長さのひも、または細いロープ（困（こま）ったときは予備（よび）の靴（くつ）ひもでもだいじょうぶ）
＊紙一枚（まい）
＊ハサミ（刃物（はもの）を使うときは、大人にそばにいてもらったほうがいいって前にもいったけ

ど、おぼえてる？　刃物と大人、このふたつはトーストとジャムみたいにピッタリの組み合わせだ。つまり、安全のために、ひとりはそばにいてもらおうってこと）

＊黒系のハンカチか、小さいタオル

＊観客からひとり、手伝ってくれる人を募集する

事前準備

紙を切りぬいて、まったく同じ形のリングを二個作る。

大きさは、ひも（かロープ）がリングの中心を通るくらい――最大でも直径五センチ程度――が望ましい。このとき、ついでに同じリングをもう何個か切りぬいて作っておくといい。そうすれば、それを使って何度も何度も練習できるからね。ただ、この手品そのものは、リングが二個あれば足りる。

マジシャンのかくれた動作

観客があらわれる前に、紙のリングのひとつをそでの内側にかくす。

手順

❶ 観客からひとり、手伝ってくれる人（アシスタント）を選ぶ。

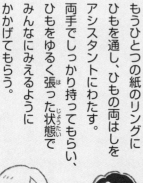

❷ もうひとつの紙のリングにひもを通し、ひもの両はしをアシスタントにわたす。両手でしっかり持ってもらい、ひもをゆるく張った状態でみんなにみえるようにかかげてもらう。

❸ 「これから、このリングをひもからはずします。リングも、ひもも、ハンカチも、ひもを持ってくれている人の指もいっさい傷つけずに……すべてを10秒のうちにやってみせます」と説明する。

❹ ひも(とリング)をハンカチでおおい、
カウントダウンを始める。
「10、9、8……」といったぐあい。
両手をハンカチの下に入れる。

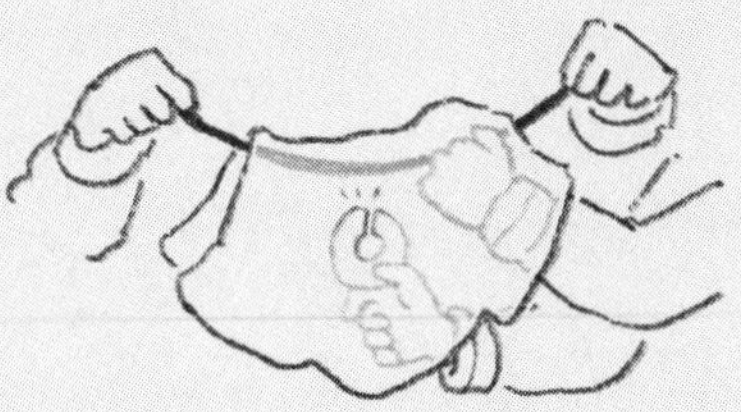

マジシャンのかくれた動作

慎重に紙のリングを破って
ひもからはずし、
何もないほうのそでのなかにおしこむ。
それから、もういっぽうのそでから
かくしておいたリングを取り出す。

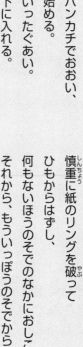

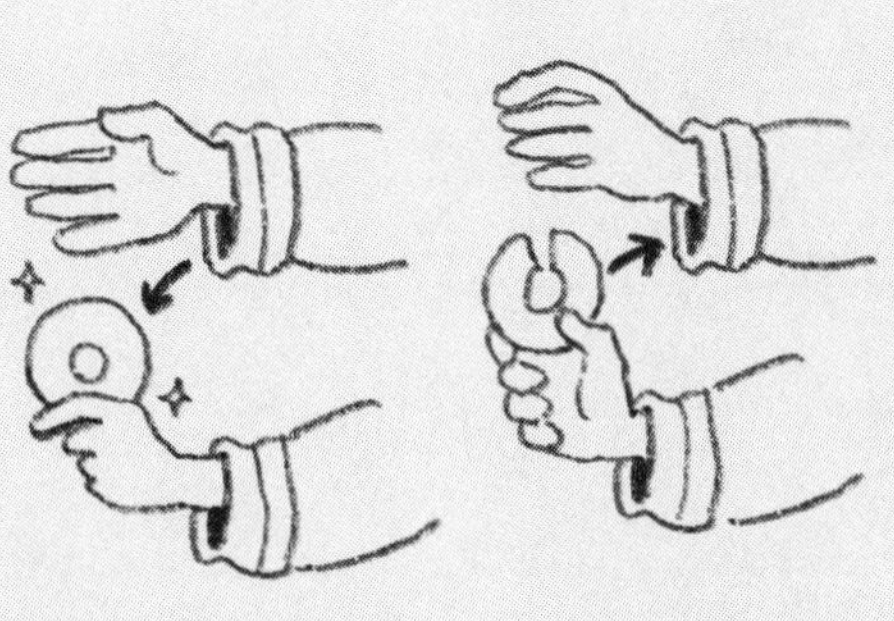

❺
1までカウントダウンを
行いながら、
無傷のリングを持った手を
ハンカチの下からぬき出す。
ジャーン！

❻
もういっぽうの手で
ハンカチをひもから引きはなし、
観客にひもが切れていないことや、
アシスタントがひもの両はしを
一度も放さなかったことをみせる。
やったぁ！

❼
おじぎを
忘れずにね！

23

TWENTY-THREE

翌朝は晴れて、すみきった空が広がっていた。リーラがカーターとふたりのヴァーノン氏といっしょに弁護士事務所に着くころには、さんさんと照りつける太陽に、緑豊かな低地は元気をなくし、周囲の丘のあいだをくねくね流れる川はしだいに温まってきていた。

事務所はレンガ造りの二階建てのビルだった。両どなりは空き地で、その先は低木やイバラの茂みが広がっている。遠くで汽笛が鳴りひびき、あたたかい風があたりの木々をゆらしている。ドアに表示された名前は、どうみてもペンキでぬったばかりで、ヴァーノン氏の片方のまゆがつりあがった。

もうひとりのヴァーノン氏がドアを引き開けると、奥行きのあるせまい空間の一番奥に、大きな机がひとつと、その手前にいすが何脚か、半円状にならべておいてあった。左側の二脚にはすでにヴァラリカ夫妻が座っている。夫妻は今にもふるえ出しそうな様子で立ちあがった。ふたりのヴァーノン氏は子どもたちといっしょに近づいていった。

机のむこうに、かた苦しい灰色のスーツを着た長身の男が座っている。ブロンドの髪はきれいに後ろになでつけられ、鼻は高く、ワシやほかの猛禽類のくちばしを連想させる。

「ヴァーノン家の方たちですね」長身の男が立ちあがって片手をさし出したが、手を取ってあくしゅしたのはヴァーノン氏だけで、それもひどくしぶしぶだ。

「わたしは弁護士のサミー・ファルスクです」男はそう名乗り、射るようなまなざしをリーラにむけた。その顔に笑みがうかぶと、リーラは身ぶるいした。男の歯はカナリアと同じくらい黄色かった。「こちらの若いお嬢さんがリーラですね？　ヴァラリカ夫妻からすでに、そちらのつらい状況についてはうかがっています。どうぞ、お座りください」

そのとき、背後の玄関ドアのそばで音がした。リーラがふり返ると、そこにもうひとつ机があって、べつの男――かなり背が低く、ぶあつい黒い口ひげを生やして、黒い山高帽をかぶっている――が古めかしいタイプライターを一心にたたいていた。どうやら、ファ

23

ルスク氏の共同経営者か同僚らしく、リーラには目もくれない。

もうひとりのヴァーノン氏が硬いいすのひとつに腰かけ、ほとんど何もない部屋をうさんくさげにながめている。「まだ引っ越しがすんでないようだが」とぶつぶついった。

「ああ、そうなんです。この町に来たばかりでして。いいところですな」サミー・ファルスク氏はこたえた。

リーラもいすに腰かけながら、ヴァラリカ夫妻の顔に自分を思わせる部分をさがした。どこかに似ている特徴がないだろうか？　女の人の小鼻はなんとなくなじみがある気がする。男の人の耳たぶはうすく、引きしまっていて、あたしのと似ている。だけど、それくらいだ——実のお母さんの小鼻と実のお父さんの耳たぶ。子どもは必ずしも親に似るわけじゃないけれど、どうみてもヴァラリカ夫妻との遺伝的なつながりはあまり強くなさそうだ。それじゃあ、なんのなぐさめにもならない。

リーラはこれまで、人前でガチガチに緊張するようなこともなく、自分の演技をやりこなしてきた。けれど、今、だれかに何か質問されたら、きっとくちびるが動かなくなって、口のきき方がわからない子どものようにみえてしまうだろうと思うと、こわかった。決して脱出できないワナにかかったみたいに感じる。カーターと目が合い、カーターがウィンクする。それでちょっとほっとした。ああ、カーターに救われた。

サミー・ファルスク氏は大きな机の前に腰をおろし、まわりにいる全員にも座るよう手でうながすと、さっそく大げさな演説を始めた。「わたしは記憶するかぎり、ずっと家族法の専門家としてやってきました。要するに、とても長いキャリアがあるということです。最初の事例は、わが子の親権を取りもどそうとする夫婦の弁護でした。親権を失ったきっかけは、ふたりとも旅行中に行方不明になって……」ダラダラと話しつづけている。

リーラの頭のなかにあるのは、ただただ、このどんな人かもわからない人たちといっしょに暮らさなきゃならなくなったら、どうしようという思いだった。大学教授と銀行員の家って、マジックショップの上で暮らすのとどれだけちがうんだろう？

「……その後」弁護士の話はつづいている。「わたしは三番目の妻とマドリードですばらしい休暇をすごしました。妻の正式名はフランセスカ・ドマング・デ・ルイーザ・マリア・ベネディクティン・マージパンといいまして、育ったのは……」

リーラは弁護士の話についていこうとしたけれど、あまりにもつまらなくて、ついつい注意がそれた。視線が物悲しい小さな事務所のなかをめぐっていく。気づくと、入口のドアのそばにいる弁護士が小声で鼻歌を歌っていた。まじめな法律上の話し合いの最中に、

23

鼻歌を口ずさむなんて、ひどく変わった人だな、とリーラは思った。部屋はほこりっぽく、新聞紙をはった窓から入ってくる朝の光がものうげな琥珀色にそまっている。リーラのふたりの父親は礼儀正しく話に耳をかたむけてはいるが、どちらもいかめしい表情だ。まゆは下がり、口はすぼまり、両手はひざの上で組まれている。反対に、ヴァラリカ夫妻は笑みをたやさない。

弁護士はまだいたずらに話しつづけている。

「というわけで、話を元にもどしますと、とにかく飼い猫は信用できない――」

ヴァーノン氏がさえぎった。「話の途中で申しわけないが、取り急ぎの要件にかかってもらえませんか？」

サミー・ファルスク氏は身を乗り出した。「要件？　ああ、そうそう、そうしましょう」机の上にあるマニラ紙のファイルをパラパラめくる。「ここに事実関係を説明する名前と日付がすべて入った出生証明書があります。パミー、ボブ、リーラ。ヴァラリカ家。すべて公式のものです」

ドアのそばにいる男は相変わらず鼻歌を歌いつづけている。リーラはその曲が古い民謡の『いとしのクレメンタイン』だと気づいた。その歌声に、背骨をつめでひっかかれたような悪寒が走った。

ヴァーノン氏が手をさしだす。「さしつかえなければ、じっくりみたいんですが」サミー・ファルスク氏が文書をヴァーノン氏の手のひらに乗せた。すると、とつぜん、紙の真ん中に黒い点があらわれ、みるみる放射状に広がって、紙がほとんど黒にそまってしまった。そういえば、お父さんは前にマジックショップで、手のひらの形をしたスタンプ台を使って、同じような手品をやろうとしたことがあったな、とリーラは思い出した。

ヴァラリカ夫人が悲鳴をあげた。

「おっと、いけない」ヴァーノン氏が肩をすくめた。「大変申しわけない。わたしのミスだ。もう一枚あると助かるんだが」

23

「たまたま」弁護士は顔を赤くして、ファイルからべつの紙を取り出した。「もう一枚ありますす。ただし、これにかんしてはもっと慎重にあつかわせていただきます。みるのはかまいませんが、文書にふれることはできません」

リーラはその紙に近づく気にはなれなかった。リーラの不安を察したかのように、カーターがリーラの手を取る。リーラはため息をついた。もうひとりのヴァーノン氏が立ちあがり、机のほうにかがんで出生証明書をじっくりみている。そのほおががっくりとたれ落ちた。「どうやらほんものらしい」

ヴァーノン氏がもうひとりのヴァーノン氏の背中をつついた。「ほんものらしいのは、ほんものということではないと、マジシャンなら知っている」

鼻歌はまだつづいている。「オーマイダーリン、オーマイダーリン……」リーラはカーターも男の鼻歌にイラついているらしいと気づいた。

「今日、われわれをここに呼んだ目的はいったい何ですか？」ヴァーノン氏がヴァラリカ夫妻にたずねた。

「いうまでもないでしょう？」夫人がこたえた。「わたしたちはわが子を連れて帰る方法をなんとしてもみつけ出したいんです」

　リーラは顔から血の気が引いていくのを感じた。部屋がかたむく気がして、とっさにいすの片側をつかんでたおれないようにこらえる。もうひとりのヴァーノン氏がリーラの腕をぎゅっとつかみ、カーターがリーラとつないだ手に力をこめる。

「それは興味深い要求ですね」ヴァーノン氏がにっこり笑っていった。

　お父さんはなんでうれしそうなの？　リーラは不思議に思った。いや、ちがう。うれしいんじゃない。ちょっとみょうな目つきだ。あれは……何？　何かたくらんでいる？　自信のあらわれ？　お父さんの頭のなかに入りこめる方法があればいいのに。お父さんの考えていることがわかれば、体をロープでぐるぐる巻きにされるような無力感にさいなまれることもないはずだ。

「今回の手続きはそうかんたんにはいかないだろうということはわかっています」弁護士はつづけた。「ですが、今日この日をきっかけに、何らかの話し合いを行い、リーラがヴァラリカ夫妻と過ごす時間が取れればと、わたしは考えています。ご夫妻のことを知ってもらうために。ゆっくりと、時間をかけて話しましょう。こちらとしても、急な変化を求めるつもりはまったくありません」

「当然です。いきなり変えるのは変化のなかでも最悪の部類ですからね」ヴァーノン氏は

23

力強くうなずいている。「特に、何の音沙汰もなくずいぶんたってからひょっこりあらわれ、ひとりの少女の世界をそっくり変えてくれと求めるようなことは」

「よせ、ダンテ」もうひとりのヴァーノン氏が静かにたしなめてから、リーラのほうをむいた。「決めるのはわたしでも、きみのお父さんでもなく、きみだ。わたしたちはきみがどんな決断をしても、それを支持する。だから、教えてくれ。きみもそうしたいかい、リーラ？」

「あ、あたしは……」リーラはさっきから、自分のなかに自然と答えがうかぶのを待っていた。どう感じるかを自分に問いかけていたんだ。今、感じているのは、とてつもない不安と、怒りと、とまどいと、雷と、稲光と、強風と、ありえない！という思いと、ほんのちょっとだけ、ドロシーが美しい声で歌う『虹のかなたに』の一節。虹のかなたこそが、まさに今、リーラのいたい場所だ。肌が熱と痛みで赤くなる。思わずシャツの下にある鍵をつかむと、鍵がリーラを現実に引きもどしてくれた。

　そのとき、カーターがリーラとつないだ手をおかしなぐあいににぎり始めた。リーラが目をむけても、鼻歌を口ずさむ弁護士からあえて目を離さない。すぐにリーラはカーターの意図に気づいた。にぎり方に規則性がある――あたしにモールス符号でメッセージを送ってきてるんだ。

・・・　ーーー　・・・／・・・　ーーー　・・・／・・・　ーーー　・・・／

SOS、SOS、SOS。万国共通の遭難信号だ。

リーラもカーターの手をにぎり返して、メッセージを送った。

ー・・　ーーー／・・ー／・・・　・・・・　・・／ー　・ー／ー・　ーーー

弁護士はどちらもリーラとカーターがモールス符号で会話をしていることに気づいていないらしい。ファルスク氏は〈次の段階〉はどうだとか、法律は自分たちの味方だとか、くだくだとしゃべっている。

そのあいだに、カーターはさらにモールス符号でメッセージを送ってくる。リーラは時間をかけて解読した。

23

・－／－・　－－－／・・－／－　・－／－・　・・／－・　・・／

－・－　・・／－・－　・・／－－－／－・・・　－－－／・／－－・　・－／

・－／・－・　・・－

・・／－－　・－／・・－／－　・－／－　－　・／・－・　・・－／

・・・・　・・／－　－－－

－・・・　－－－／・・・　・・・　－－－／－・　－－－／

・－－・　・・／・／・－・　－－－

※解読（かいどく）文は三六八ページ

リーラはショックを受けて、思わず立ちあがった。

全員がいっせいにリーラをみた。「リーラ？」ヴァーノン氏が問いかける。「どうしたんだ？」けれど、リーラは返事ができなかった。頭のなかでいろんなことが起こっていて整理ができない。

いや、そんな、ありえない。ボッソのかつてのサーカス団員が、いったいここで何をしてるの……そのとき、ハッと気づいた。この人たち……ヴァラリカ夫妻も、ひょっとして……実の両親じゃないとしたら？

「鍵のことは何か知っていますか？」リーラはやっとのことでかん高い声をしぼり出した。

ヴァラリカ夫人はとまどっているらしい。「鍵？」

これにはふたりのヴァーノン氏もとまどいをみせた。カーターだけがなるほどというまなざしをむけてくる。

ドアのそばにいる小男が鼻歌をやめ、ギラリと目を光らせて、こちらをにらんだ。

「はい、鍵です。というか……ある特定の鍵のことです」

何かがヴァラリカ夫妻の目にあらわれた。「よくわからないわ」ヴァラリカ夫人はこわばった声でこたえた。「鍵は錠のかかったものを開ける道具でしょ。ドアとかそういう？」

それでじゅうぶんだった。リーラは確信した。本当なら、あたしの鍵の話はこのふたりにとってかけがえのない思い出のはずだ。ここにいるのは、あたしをマザー・マーガレット児童養護施設の階段におきざりにした人じゃない。そんな人たちに、どこであろうと連れていかれるわけにはいかない。そのとき、リーラの頭にさらにゾッとするような考えが

23

うかんだ。この人たちはあたしの実の両親でないなら、いったいここで何をしているの？

なぜウソなんかつくんだろう？

　カーターのメッセージがリーラの頭のなかでチラチラとよみがえった。ボッソのピエロ。もし、今、この町に、かつてのボッソのサーカス団員がまだ複数いるとしたら？　この人たちが全員そうだとしたら？

「あ、なんでもありません」リーラはのどがつまる感じがした。「ちょっと……頭が混乱してて。ごめんなさい」リーラはいすに座るとすぐに、ひじかけをコンコンとたたき始めた。ヴァーノン氏が注意をむける。

－・・・　－－－／・・・　・・・　－－－／－・　－－－／
・－－－・　・・／・／・－・　－－－

※解読文は三六八ページ

　ヴァーノン氏は娘の意味することを理解したとばかりにうなずいた。「おお、そうか、すばらしい！　お会いできて、とてもよかったです。わが家の電話番号はごぞんじですよね。では、また電話をください。きっと、すべて解決できるでしょう。ですが、今日のところは、うちは全員、帰らせてもらいます」

「まだ待ってください」ニセ弁護士がいった。「まだ調べなくてはならないことがたくさんあるんです」

「またの機会に！」ヴァーノン氏はいうと、もうひとりのヴァーノン氏に行こうというようにうなずいた。どちらのヴァーノン氏もためらうことなくひとりずつ子どもの手を取ると、細長い部屋の先にある出口にむかってすたすたと歩いていく。ところが、ヴァラリカ夫妻が急いで四人を追いこし、ドアの前に立ちふさがった。鼻歌を歌っていた男も席を立ち、夫妻に加わる。通せんぼうをする三人はだれひとり、にこりともしない。

　サミー・ファルスク氏も仲間に加わり、出口の前に立った。男三人は全員、上着の内側に手をつっこんで、黒いこん棒を取り出した。人ひとりを気絶させられるくらい、太くて長いこん棒だ。しかめ面をしたヴァラリカ氏がいった。「おたくらもガキどもも、ここにいてもらう」

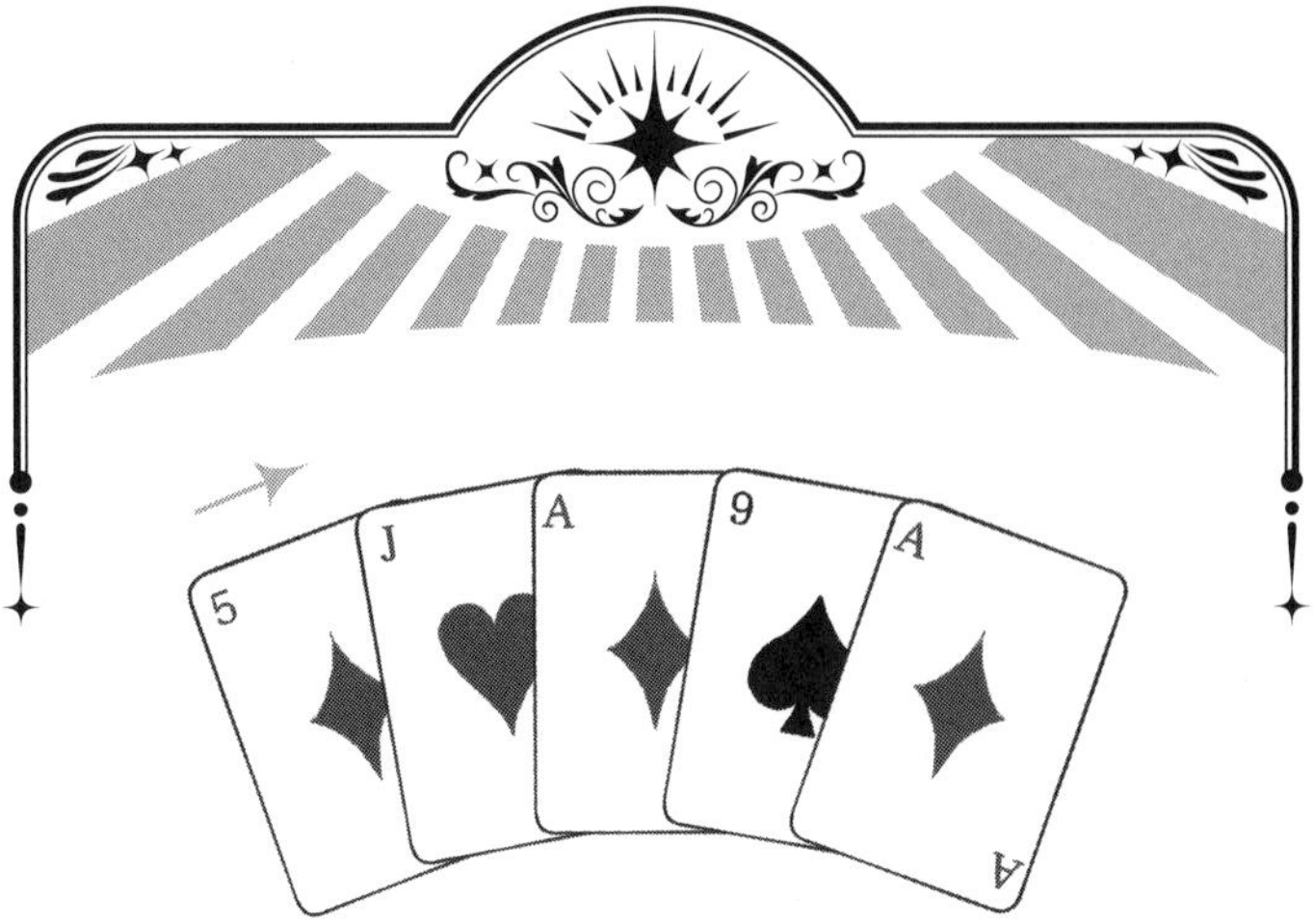

24

TWENTY-FOUR

「この人たちはみんな、ボッソのサーカス団にいたしかめ面のピエロだ！」カーターがさけんだ。「あの鼻歌で気づいた！」

「それに、そのふたりはあたしの実の両親なんかじゃない」リーラがヴァラリカ夫妻をあごで指しながらつけ加えた。「あたしの鍵のことを知らなかったもの」ふたりのヴァーノン氏はどういうことかわかってはいなかったが、娘を信じていた。ふたりは子どもたちの前に出て、ニセ弁護士たちとむきあった。

四人の悪者は目をみあわせ、うすら笑いをうかべている。

「やけに賢い子どもたちじゃないか」鼻歌

を歌っていた小男があざ笑いながら、黒い口ひげを鼻の下から引きはがすと、ポイっと投げすてた。

「トミー、だまってろ」ヴァラリカ氏がいった。「そいつらをつけあがらせるな」はげた頭からカツラをつかみ取りながら、さらにいう。「ああ、もう。こいつがムズムズする」

「どいてくれ」もうひとりのヴァーノン氏がいった。両手をにぎりこぶしにして、ぐっと力を入れている。「だれもケガさせたくない」

「あまり早く帰してしまうと、わたしたちがボスに殺される」ヴァラリカ夫人が自分のバッグから小ぶりのこん棒を取り出し、一歩ずつこっちにむかってくる。ヴァーノン家の四人はしかたなく事務所の奥へと後ずさった。

「ボス？」カーターがきいた。「もしかして、ボッソが刑務所から脱走したってこと？」

「ボッソだと？」ファルスクが笑い声をあげた。「あの老いぼれ道化なんぞ、何を取りしきっていたわけでも、だれを動かしていたわけでもない。いや、あんたたちは、われらの本当のリーダーにまだ会ったことがないはずだ」

「本当のリーダー？」リーラは相手の言葉をくり返した。急にいつもの自信が体にみなぎってきた。目の前にいる人たちがサギ師だとわかれば、がぜんいい返しやすくな

る。「それってだれのことよ？」
四人の元しかめ面のピエロは含み笑いをするだけだ。
ヴァーノン氏が片手をさっと頭の上にあげ、すぐにすばやくおろした。とつぜん、床から煙が立ちのぼり、ヴァーノン一家を包むように回転しながら、悪者たちにみえないようおおっていく。「早く！　わたしについてくるんだ！」けれど、動く間もなく、リーラは体が後ろにぐいっと引っぱられるのを感じた。

リーラは悲鳴をあげ、煙ごしにさけんだ。「お父さん！　パパ！　助けて！」

ニセ弁護士の声がひびいた。リーラの両腕を後ろに回してつかんでいる。「娘の無事を守りたいなら、今いる場所で止まれ！」

煙が消えていく。ヴァーノン氏は両手をあげて降参の意思を示した。ヴァラリカ夫妻がその両わきに立った。ニセ弁護士が部屋の奥の出入り口のほうを頭で示す。「さっさと行け。おまえたち全員だ。地下におりろ。おとなしくいうことを聞いてもらおう」

ひとつづきの階段が暗がりへとのびている。ファルスクが四人全員をおしやった。リーラは最後に階段をおりながら、マザー・マーガレット児童養護施設の収納部屋を思い出して、なつかしい気分になった。いじめっ子たちに収納部屋に閉じこめられるほうが、たちの悪い元ピエロに手荒なあつかいを受けるよりもはるかにマシだ。階段でつまずきかけたリーラを、ふたりの父親が抱きとめた。階段の一番上からニセ弁護士が呼びかけてくる。

「おまえたちをしばることも考えたが、リーラなら結び目をかんたんにほどけるだろうからな。とはいえ、地下室から脱出できるかどうかは、みものだ」

悪者四人は手をふり、ドアを閉めた。ほどなく、そのドアがふるえた。ドア枠にハン

24

マーでねじを打ちこんでいる。階段の一番下にいたリーラの視界が影でおおわれた。ふたりの父親がすぐにそばに来て、暗闇のなかでひざをついてリーラを抱きしめる。ヴァーノン氏がたずねた。「だいじょうぶか、リーラ？　ひどいことをされてないか？」

「あたしはだいじょうぶ」リーラは小声でこたえた。「みんなは？」

「わたしたちのことは心配するな」もうひとりのヴァーノン氏がいった。「あんなやつらの求めに応じて、きみたちふたりを連れてきてしまってすまない。ひどいあやまちをおかしたものだ」四人は身をよせあった。リーラの目がようやく暗闇に慣れてきたとき、カーターが肩かけカバンからたのみの懐中電灯を取り出し、スイッチを入れた。

「オー、マイダーリン、クレメンタイン」カーターはささやきながら、あたりを照らしたが、何も目に入らない。壁まで距離がありそうだ。「この町に来た日に、ボッソの手下の警備員に連れられてサーカスのトレーラーハウスに行ったとき、しかめ面のピエロがこの歌を歌ってたんだ。ふたつを結びつけるのに少し手間取っちゃったけど」

「ふたりとも、モールス符号をみごとに使いこなしているな」ヴァーノン氏がいった。「わたしが店にいろんな種類の本をおいているのには理由がいくつかあるが、大半は売るためじゃない」

「お礼ならリドリーにいって」リーラが返す。「ここから脱出できたらだけど」

ヴァーノン氏が片方のまゆをつりあげた。「できたら、ってどういう意味だい？　おまえはリーラ・ヴァーノンだろう？　何からだって脱出できる！」

頭上で靴音がする。元ピエロたちが歩きまわっているらしい。「あの人たち、何をたくらんでるのかな？」カーターがきいた。「ぼくらを痛めつけるつもりなの？」

もうひとりのヴァーノン氏が静かにするよう合図した。「耳をすまして」

くぐもった声が何かいっている。「……あの店で、ほかの仲間と合流して、例の帳簿をさがそう……」足音が入口のほうに移動していく。キーッという音がひびいてドアがバタンと閉まった。それっきり、古びた事務所にはきみょうな静けさがただよっている。

ふたりのヴァーノン氏はそろって階段をかけあがると、一階につながるドアをおした。

「ついてない。釘づけされている」もうひとりのヴァーノン氏がいった。

ふたりはしかたなく階段を引き返してきた。「少しだけ明かりを借りられるかい？」

ヴァーノン氏がカーターにたのみ、懐中電灯を受け取ると、部屋のなかを調べた。「窓もないし、ドアをつき破るのに使えそうなシャベルもハンマーもバールもないな。大きな斧をこっそり用意しておくんだった」

24

そのとき、懐中電灯の光が空っぽの本棚を照らしだした。ヴァーノン氏が調べにいき、その本棚をわきにどけると、奥にさびたドアがあらわれた。石の土台にはめこまれている。

リーラとカーターは息をのんだ。

もうひとりのヴァーノン氏が暗闇に目をこらしている。「どうした？　何かみえるのか？」

カーターは緊張してゴクリとつばをのみこんだ。「このドア、二日前にぼくらがグランドオークホテルの地下室でみつけたドアと似てる。鍵穴の上のマークが――」

リーラはギクッとして、あわててさえぎった。「ホテルでみつけた地図が、この町の地下にはりめぐらされた密輪トンネルを示していたの」それから目をぱちくりさせてヴァーノン氏をみた。「でも、お父さんはたぶん、知ってるでしょ。だって、お父さんの地図だったんだから」

「わたしの地図？」

「ホテルの閉鎖された翼棟の、床下にうめてあった金属の箱のなかにあったんだ」カーターがいった。

リーラがつけ加える。「しかも、暗号コインで解読できるようになってるの。うちの店に魔法のごとくあらわれたアルファベットが刻まれたコインよ」

一瞬、感心したような笑みがヴァーノン氏の顔にあらわれて消えた。「だが、それはわたしの地図ではない」

「だったら、エメラルドリングの地図だ」とカーター。「そのドアの鍵穴にリーラの鍵がはまると思ったんだけど、だめだった」

リーラはとつぜん、こめかみを留め金でぐいぐいしめつけられる気がした。カーターの手首をぎゅっとつかんで、だまってちょうだいと伝えたかったけれど、もう手おくれだ。リーラのふたりの父親はおでこにしわをよせて、とまどっている。「鍵？」ヴァーノン氏がたずねた。「なんの鍵だ？」

カーターがハッと口に手を当て、青ざめた顔でリーラをみる。リーラの秘密をうっかりもらしたことに気づいたんだ。

「さっき、上の部屋できみが話していた鍵のことかい、リーラ？」もうひとりのヴァーノン氏がたずねた。「あのサギ師たちが知っているかどうか知りたがっていたが――」

リーラはため息をついてうなずいた。このことを秘密にしておくのにもつかれてしまった。もういいかげん、ふたりの父親にうちあけてもいいころだ。ずっと長いあいだ自分だ

24

けの秘密にしてきたこと——自分の素性のあかしであり、実の両親が形見として残すに足ると考えた証拠であり、自分の出生の手がかりであり、自分が本当はだれで、どんな人間なのかがわかる手がかり。

リーラは首にまわしていたひもを引っぱり、ようやくふたりの父親に鍵をみせた。ヴァーノン氏は驚きをかくせなかった。ステージのせりみたいに口があんぐり開いている。

リーラは自分の口から出てくる言葉が、夢のなかで語っているように聞こえた。「お父さんとパパに会うずっと前よ。赤ん坊のあたしをだれかがマザー・マーガレットの家の階段におきざりにしたとき、この鍵を携帯ベビーベッドに残していったの。それ以来、ずっとあたしはこれを大切にしてきた。ただ、そのことを今までふたりにだまってたのは……その……あたしが元の生活につながれてないとだめなんだって思ってほしくなかったからよ。だって、ふたりのことが大好きだから。でも、やっぱりこの形見を手放すことはできなかった。この鍵が……身を守る手助けをしてくれるように感じることもあるから」

ふたりの父親は両手をぎゅっと組み合わせてから、リーラをもう一度抱きしめた。リーラは涙が出そうになった。

「たしか、エメラルドリングの仲間がこの古い合鍵を使って、ミネラルウェルズじゅうの地下トンネルを行き来したり、ほかの鍵のかかったドアを開けたりしていた」ヴァーノン氏はいった。「鍵はマジックショップのかくし場所に保管してあったから、全員が使いたいときに持ち出せていたんだ」

ヴァーノン氏の発言に、リーラの頭のなかでベルが鳴った。「それってつまり……エメラルドリングのだれかがあたしの実の父親か母親ってこと？」

ヴァーノン氏は少しのあいだリーラを一心にみつめ、返事を考えるかのように、頭の歯車を動かした。「リーラ、それはわたしにはわからない」ヴァーノン氏はようやくまじめな顔でこたえた。とりあえず、この疑問は後まわしだとリーラは思った。「その鍵がまだ使えるかどうかためしてみよう」ヴァーノン氏は、ほかの三人の先に立ってさびたドアにむかった。

「昨日、グランドオークホテルのドアでもためしたんだ」カーターがいう。「けど、だめだった」

リーラがドアの鍵穴に鍵をさしこんだ。予想どおり回らない。

「ああ、そうか」ヴァーノン氏はいった。「これは特別な錠だ。そして、リーラは特別な鍵を持っている」

24

リーラは全身がざわめくのを感じた。まるで父親から最もなぞに満ちたマジックわざの秘密を明かされようとしているみたいだ。「でも、この鍵じゃ動かない」

「鍵は使い方を知っていれば、動かせる」とヴァーノン氏。「それに、マジシャンの鍵はあやまったほうに誘導している可能性がある」

「ミスディレクション」リーラはつぶやいた。

リーラは鍵をみつめた。なかでも、こったデザインがほどこされたクラブのマークの先端をじっとみる。これは飾りじゃないのかもしれない。ひもをはずし、鍵を――反対に持ちかえて――鍵穴にさしこんだ。今度は手首をまわすと、さびついた古いドアから――いかにも満足そうな――カチッという金属音がして、大きなドアが勢いよく開いた。

25

TWENTY-FIVE

ヴァーノン一家は暗闇のなかを急いで進んだ。ヴァーノン氏が懐中電灯を持ち、前方に明かりをむけている。カーターはトンネルの地図をつかんだまま、四人の現在地を正確につかもうとしていた。

四人がいるトンネルは一メートル半くらいの幅で、高さは一メートル八十センチあるかどうかだ。かなり古い地下水脈によって削りとられてきたようなところもあれば（天井近くの壁が、ホタテ貝のふちみたいな波形の、なめらかな石でできている）、酒の密輸者たちが、岩盤を直接斧で切り開いてできたらしきところもある。なかには、頭上を木の梁がいくつか弧を描くようにわたされ、土の重みにたえている部分もあっ

25

たけれど、長年のあいだに構造が弱くなり、天井から石がくずれ落ちた部分もあって、四人は落石の山をまたいでこえなくてはならなかった。リーラは地面に横たわっていた棒につまずいた。トンネルにはいたるところに鉄のレールがのびていて、木のうす板が二本のレールのあいだにわたされ、鉄道の線路みたいだ。

「お父さん、エメラルドリングはどこでこの合鍵を手に入れたの？」リーラはたずねた。声が暗闇のなかにひびきわたる。

「うん？　話さなかったかな？」ヴァーノン氏はきき返したあと、だまりこんだ。

「聞いてないわ、お父さん」リーラはこたえた。「その話はまだしてくれてない」

「それはすまなかった」ヴァーノン氏は静かにいった。その背中をもうひとりのヴァーノン氏がさする。「正直にいうと、わたしはエメラルドリングがその合鍵を手に入れた方法を恥ずかしいことだと思っている」

「恥ずかしいこと？」カーターがきく。「どうして？」

ヴァーノン氏は思わず口をすべらせた。「サンドラの親父さんから盗んだからだ」その発言があたりにひびきわたった。

ヴァーノン氏の言葉はゆっくりとリーラの心にとどまり、意味するものがさざ波のようにくねくねと全身をかけめぐった。頭のなかがたちまち疑問であふれかえる。それまでずっと、自分が何よりほしいのは答えだと思っていた。けれど今、ついにその答えがわかり始めたとたん、こわくなった。トンネルがくずれかかっていることよりも強い恐怖を感じる。

　それでもリーラはたずねた。「そもそもどうして……なんでサンドラのお父さんがこの鍵を持っていたの？」

「ミネラルウェルズの錠前屋だったんだ」ヴァーノン氏はかんけつに答えた。「サントスさんは当時のミネラルウェルズ町長のために、特別に合鍵を作った。それだけでなく、町の地下にできた密輸用のトンネルをふさいでおく金属のドアを組み立てたんだ。なかを行き来する人々を案じ、通路の崩壊を心配した町長が、サントスさんをやとって信じられないくらい強力な錠を作って、部外者を入らせないようにしたんだよ」

「部外者ってエメラルドリングみたいな人たちってこと？」カーターがきく。

「そのとおり！」

　リーラとカーターはうろたえた顔で目を合わせた。一行はヴァーノン氏のあとについて慎重に歩を進めながら、ミネラルウェルズの中心部だと思うほうへむかった。そこに、

リーラの鍵で開けられるかもしれない、べつのさびついたドアがあるはずだ。

「運悪く、町長の恐れていたことが現実になった」ヴァーノン氏はつづけた。「そのとき、ただひとり犠牲になったのが、この町を守ろうとした人だった。サンドラの親父さんはトンネルのひとつがくずれ落ちたときに、その下じきになって亡くなったんだ。サンドラはショックに打ちのめされていた」

「なんてことだ」とカーター。

リーラは顔が熱くなるのを感じた。「気の毒に」

ヴァーノン氏はうなずいた。「ひどく取り乱したサンドラは、エメラルドリングの仲間からトンネルの地図も鍵もかくしてしまった。もう二度とこのトンネルのなかで犠牲者が出ないように。きみたちミスフィッツは賢くもサンドラがしかけたなぞを解いて、長く埋もれていた秘密をみつけ出したんだ」

「だけど」カーターがまゆをひそめている。「今の話はどれも、リーラが特別な鍵を持っている理由の答えにはなってないよね」

ヴァーノン氏がもうひとりのヴァーノン氏のほうをちらりとみる。

「小声で話したほうがいい」もうひとりのヴァーノン氏があわてていった。「ニセ弁護士

25

たちが事務所にまいもどって、わたしたちが地下室からぬけ出したことを知ったら、ここの居場所がばれるかもしれない」ヴァーノン氏はうなずき、トンネルの壁にぽっかり開いた、影におおわれた穴のほうを指さした。

もうひとりのヴァーノン氏が先頭をきって穴に入っていった。肩を丸め、低い天井に頭をぶつけないように注意しながら、危険な気配はないか耳をすましている。

リーラはカーターのあとについていきながら、息を殺し、暗闇のなかを切りぬけることにひたすら気持ちを集中した——光のなかにもどれたあかつきに何が起こるのか、不安を感じながらではあったけれど……。本当にサンドラのお父さんがこのトンネルで命を落とした唯一の人だったのかな？　リーラの頭のなかはうずを巻いていた。もし、今、このなかでガイコツ——今度はほんもの——をみつけたら？　もし、それがホテルの地下室でみたガイコツみたいにおどり始めたら？　それに、ゆうべサンドラが劇場に招いた幽霊たちは？　あの幽霊たちがまだミネラルウェルズの町をうろついていたらどうしよう？

天井のわれ目から小石がポロポロ落ちてきて、全員がこおりついた。そこから一歩でも動けば、危険な連鎖反応を引き起こしかねないと、みんなうろたえている。はりつめた数秒がすぎ、落石が止まると、四人は慎重に歩を進め、われ目の下を通りすぎた。

一行がトンネルの分岐点にやってきたとき、ヴァーノン氏が暗い小道を指さした。「こっちだ——と思う」

「思う？」もうひとりのヴァーノン氏がきき返す。

カーターが懐中電灯の明かりの前に密輸用の地図を広げた。「ヴァーノンさんのいうとおりだ。ぼくらは正しいほうにむかってる」

「ありがとう、カーター」

「密輸者たちのおかげだよ。それに、マジックショップは以前、ジャズクラブだったから」

四人はさらに歩きつづけた。先頭を行くリーラのパパがちょっと立ちどまる。「何かみおぼえのありそうなものはあるかな？」

「どこも全部同じにみえるよ。きみがそういう意味でいっているのなら」とヴァーノン氏。

「ちょっとした迷路だな」その言葉にも空気はなごまない。リーラがずっと不安な顔をしているのに気づいたらしい。「だが、人生は迷路以外のなにものでもない。わたしたちは目かくしをして、かじ取りをしなければならないんだ。そうじゃないか？」

「いささか鼻につくが」リーラのパパが返した。「そのとおりだ」

25

リーラは「しーっ」といって、ふたりの父親を静かにさせた。急に親のような気分になり、いらだっていた。

「あそこだ！」カーターがさけんだ。リーラはカーターの視線をたどり、懐中電灯の光が石の階段のようなものを照らしているのに気づいた。その階段の一番上にさびたドアがある。どうか出口でありますように。

リーラはとたんに慎重さをかなぐりすてると、鍵をぎゅっとにぎりしめながら、勢いよくかけだした。ドアの鍵穴を手さぐりし、それから鍵のおしりのほうをさしこむ。カチッと音がして、かけ金がはずれた。ドアをおすと、キーッという音を立てて開いた。

26

TWENTY-SIX

ほこりをかぶったビロードのカーテンをおしのけ、暗い部屋に入ると、リーラはなじみのあるにおいをかいだ——かびくさいけれど心地よく、自然とやさしく幸せな感情がわきおこってくる。懐中電灯の光に、石壁に立てかけられた折りたたみ式のテーブルがうかびあがる。そこらじゅうにダンボール箱が山積みになり、黒いインクで書かれたラベルがはってある——レントゲンメガネ、しゃべる頭蓋骨、大きいインプボトル、ラバーペンシル。みんなマジックショップの地下室にあるものだ！

「やったぁ、たどり着いた！」カーターはいいながら、トンネルからくっつけてき

26

た、ぬれたクモの巣を肩からふきとった。ところが、それ以上だれも口を開く間もなく、階上から衝突音が聞こえた。

べつの衝突音も下までひびいてくる。ヴァーノン氏が静かにするようほかの三人に身ぶりで示してから、階段のほうへ手招きした。きしんだ音を立てないように用心しながら、階段をのぼっていく。

一番上までのぼると、四人はマジックショップのなかにとびこんだ。みると、だれかがカウンターの後ろに身をかがめている。

「だれだ？」ヴァーノン氏が強い口調でたずねながら、一歩前に出ると、ほかの三人をかばうように両腕を左右に広げた。

低く、かすれた声がした。「ダンテ？」

「サンドラさん？」リーラがかけよっていく。サンドラはカウンターのそばにしゃがんでいた。こい紫色の部屋着のワンピースを着て、片手に水晶玉の刺しゅうがほどこされた大きな赤ワイン色のハンドバッグをつかんでいる。サンドラはリーラをみてショックを受け、立ちあがった。「びっくりしたわ！」それからほかの三人に目をむける。「四人とも、どこから来たの？」

カーターが地下室につながるドアのほうを指さした。

サンドラは息を切らしていた。「てっきり……幽霊が追いかけてきたんじゃないかと思ったわ」声が一気にうわずる。サンドラは片手を額に当てた。

リーラは店のなかをみまわした。どこもかしこもめちゃくちゃだ。本は棚から投げ出され、引き出しは乱暴に開けられ、マジック用品がそこらじゅうに散らばっている。

「サンドラ、ここで何をしている？」ヴァーノン氏の声はきびしかった。

もうひとりのヴァーノン氏がヴァーノン氏のとなりに立った。「ドアには鍵がかかっていたはずだ。どうやってなかに入った？」

サンドラのほおが真っ赤になる。「ああ、ちょっとリーラの様子をみに来たの。ゆうべのことがあったから、だいじょうぶかたしかめに。そうしたら、ドアが開いていて、店のなかがひどいことになっているじゃない。てっきり、どろぼうに入られたのかと思ったわ！」サンドラの声はふるえている。「ちょうど二階にあがっていこうとしたときに、あなたたちが地下室からあらわれたの」

ヴァーノン氏は首をふった。「きみは今日、わたしたちがあの夫婦と、弁護士と名乗る男と会うことを知っていただろう？」

26

「会うことはまったく知らなかったわ」サンドラはとまどった顔をしている。「どうしてそんなに早く弁護士をみつけられたのかしら？」

「そこが問題でね」もうひとりのヴァーノン氏がいった。「みつけたわけじゃなかった」

リーラはまゆをひそめてサンドラをみつめながら、目の前の女性のふるまいの裏をさぐろうとした。自分でも驚いたことに、リーラの発した声は、こおった湖の底の、氷におおわれた石みたいにつめたかった。「あの人たちは名乗っていたような人たちではありませんでした……実際はボッソの下で働いていたピエロでした。ただ、ボッソに仕えているわけじゃなくて、ほかの人の指示で動いています。あたしたちが事務所を去ろうとしたとき、あの人たちに地下室に閉じこめられたんです。それで、古い密輸用のトンネルを通って脱出し、この店までもどってきました」

サンドラはショックを受けた顔で首をふった。「あなたたちが無事でよかった。まったくひどい人たちね」

「わたしがやつらを評するとしたら、いい方はいろいろあるが」もうひとりのヴァーノン氏が声を荒げた。「ひどい人たちは、一番品がいいだろうね」

カーターがカウンターに近づき、その上に何冊か積まれた大理石もようの帳簿に指を走らせた。「これって、この前、サルがヴァーノンさんの仕事部屋から持ち出そうとした帳簿にそっくりだ。いつもはカウンターの裏にきれいにしまわれて保管されているよね。だれかが店に強盗に入ったのなら、帳簿をわざわざここに積みあげたりする？　そんなことするのは……」カーターの目が大きく開いた。あることがひらめいたんだ。「侵入者がまだあの帳簿をさがしてるとしか考えられない。ヴァーノンさんの仕事部屋にあるやつ」

サンドラがカーターからすばやく身を引いた。けれど、その前にカーターがべつの大理石もようの帳簿をサンドラの水晶玉の刺しゅうの入ったバッグからひったくって持ちあげた。サンドラは息をのみ、それからリーラをみた。リーラはぎょっとしている。四人全員がショックにだまりこんだまま、サンドラをひたすらみつめた。

少しして、サンドラはそっといった。「これにはわけがあるの」

リーラははげしい目まいに頭がくらくらした。本棚にしがみついていないと床にたおれてしまいそうだ。ちがう……まさか……そんなはずない……目の前の女性をあこがれのまなざしでみていたことすべてが、くずれていく……。お願い、とリーラは思った。お願いだから、この人にいわせないで。何をいうつもりかはわかっている……自分も悪いやつらの仲間だというつもりだ……。

26

「あの人たちは、あなたがたに危害を加えてはいけないことになっていた」サンドラはつづけた。「どんなことがあっても、それはだめだとわたしがいったの。約束させたのよ」ヴァーノン氏はもうひとりのヴァーノン氏の肩をつかんだ。声をつまらせながらいう。「サンドラ……なんだってこんなことを？」

「こうするしかなかったの」サンドラはいった。「ダンテ、あなたはわかってない。カラガンにやらされたの。彼の手の内はわかるでしょ。だれであろうとなんでもさせてしまう人よ」

リーラはその名前をきき返している自分の声に驚いた。「カラガン？」

サンドラが目を大きくみひらく。「催眠術師よ。いろんな力があるの……恐ろしい力が」

「カラガンが持っていたのは、人をあやつる力だけだ」ヴァーノン氏は吐き捨てるようにいった。「あんなのはほんものの才能じゃない」

「ほんものといえるくらいのものよ」とサンドラ。「あなたが信じているかどうかは関係ない……とにかく彼は、自分が支配できないものに対して、どこまでも破壊しようとする。そして、一度支配してしまえば、支配する相手に信じさせたいことを信じさせてしまうのよ」

カーターがたずねた。「カラガンってだれなんですか？　いったいなんの話をしてるんですか？」

ヴァーノン氏がセピア色の古い〈エメラルドリング〉の写真を取り出した。そこに写っているメンバーはみんな若く、すがすがしく、元気いっぱいで、おたがいへの愛情に満ちていた。サンドラは水晶玉を持ち、ボビー・ボスコヴィッツはいたずら好きな目でニヤリと笑っている。メガネをかけた少年がひざに人形をおいて座っている。その後ろではライル・ロック――カーターの父親――が大笑いしていて、ダンテ・ヴァーノンは一点をみつめて物思

26

いにふけっている。そして、グループのはじっこの影のさす位置に、マントとシルクハットに身を包んだ人物が立っていた。まるで光から後ずさり、ほかのメンバーからかくれようとしているみたいだ。リーラの心はいつしか、グランドオークリゾートホテルの閉鎖された翼棟にまいもどり、壁に書かれたメッセージやしるしや、ポスターや地下室の床石を思い出していた。あれは全部ここに写っている子どもたちが生み出したものなんだ。このグループはかつて、とても親密だった。けれど、もう終わってしまった。バラバラになって風に散ってしまった。ボッソは悪の親玉になり、今度はサンドラが……。

リーラはうわずった声できいた。「ホテルの翼棟で、壁にイニシャルが彫ってあるのをみました。KとAって。カラガンと……もうひとりはだれですか？」

サンドラは重苦しい息を吐いた。「わたしの正式名はアレッサンドラ・サントスよ。あの部屋の落書きに何度バツをつけたり消したりしたかしれない。でも、カラガンもしつこく彫りつづけた。わたしに夢中だったの」サンドラは思いつめたような絶望的な目をしている。

ヴァーノン氏は写真のなかの影のさす人物を軽くたたいた。「これがカラガンだ」リーラは想像の世界から引きもどされ、われに返った。ヴァーノン氏がサンドラをちらりとみる。その目には苦悩の色がうかんでいた。「彼が原因で、エメラルドリングはずいぶん前にバラバラになってしまった。ホテルで火事が起こって……ロウソクの火が……あのトリックをやらないでくれとカラガンにあれだけたのんだのに……」

リーラはドキッとした――やっぱり、お父さんは閉鎖された翼棟で何があったか知っていたんだ。しかも、カラガンのしわざだったなんて！　カーターがリーラにさっと視線をむけ、納得がいったというメッセージをこっそり送ってきた。

ヴァーノン氏はため息をついた。「サンドラ、きみは彼に何をたのまれたんだ？」

サンドラの目に涙があふれ、まつ毛からマスカラのにじんだ黒い筋が一本、ほおにできた。まるでピエロのメイクをしたみたいだ。「きっかけはあのサルよ」

ひどくとぼけた答えに、いつものリーラなら大笑いしていたかもしれない。

「そうじゃないかと、うすうす感じていた」ヴァーノン氏はわかったという顔でうなずいている。「サルはふつう、真夜中に住居侵入などしない」

サンドラは鼻で笑ってから、今度は鼻をすすった。「サルはふつう、頭のおかしなカーニバル経営者の命令にしたがったりもしないわ。でも、なぜかボッソはあのサルを手なずけて、いいつけどおりに動かしていた。ボッソが逮捕されると、手下のピエロのなかには

26

逃げ出した者もいたわ。もっとも、あの人たちは実際にはボッソの手下でもなんでもない。結局は、ずっとカラガンの要求に応じていただけ。彼らの本当のリーダーよ。カラガンがピエロたちに命じて、あのサルをあなたの仕事部屋へ侵入させたの。あなたが書いていた帳簿をさがして持ってこさせるために。だけど、それ以来、あの小さな裏切り者はいっこうにもどってこない。そこで……サルの任務を肩代わりさせるために、カラガンはだれを送りこんだと思う？」

「サンドラさんはそれでミネラルウェルズにもどってきたんですか？」カーターはびっくりしてたずねた。サンドラから取りあげた帳簿をわきの下にしっかりはさんでから、カウンターの上に重ねておいてある帳簿の上に両手をおく。「ヴァーノンさんのものを盗むために？」

サンドラはうなだれた。カーターの質問に答えられない。「食事会をしてもらった夜、途中でトイレに立ったあと、こっそりダンテの仕事部屋に入って帳簿をさがしたの。だけど、みつからなかった。店のほうに移したのかもしれないと思って、おりていったら、あのサルがキーキー鳴きわめいて、本当にこわくて死ぬかと思ったわ。すっかりあわてて転んでしまったの。わたしがつかまるように、サルが望んだみたいになった」

ヴァーノン氏は下くちびるをかんだ。「何かあるな、とは思った」

「あのとき、ミネラルウェルズを去らなければとかくごしたの。もう二度ともどることはできないと」サンドラは鼻をすすり、それから身ぶるいした。「でも、カラガンが許してくれなかった。彼はグランドオークリゾートの支配人が必ずわたしにショーを申し入れるよう、しむけたの。わたしが考えたのは、リーラがわたしのショーで芸をひろうすることになれば、あなたたち家族が全員、この店をしばらく空けるだろうから、ピエロたちがしのびこんで帳簿をみつけられるんじゃないかってことだった」

「つまり……あたしに才能があるとは本当は思っていなかったってことですか？」リーラは疑問をぶつけた。サンドラに花びらをつみとられ、床に投げすてられたあげく、かかとでふみつぶされている気がした。

「あなたの才能にかんしては、まったく疑問の余地はないわ。ただ、そのことはわたしの頭の中心にはなかった」サンドラは首をふり、手をのばしてリーラにふれようとしたけれど、リーラがひるむのをみて、思いとどまったらしい。「ここからは、ちょっと話しにくいことだけど……ダンテがどうしてもショーをみに来ようとしなかったので、カラガンはわたしが決してやりたくないことを強要した。それをするくらいなら死んだほうがマシだ

26

と思うようなことを……でも、結局、わたしはやった。ヴァラリカ夫妻の演出よ。あのふたりをリーラの両親だと告げるという」そこでサンドラはリーラのほうをむいた。「わたしが命令にしたがわなければ、カラガンの手下のピエロたちがあなたを傷つけるといわれて……わたしはあなたと、あなたのお父さんを守るためにやるしかなかった」サンドラは手で顔をおおい、わっと泣き出した。「とても……恥ずかしい」

リーラの心の痛みがとつぜん、怒りに取って代わった。そして、風船に空気を入れるみたいにどんどん、どんどんふくらんで、しまいには怒りで体が破裂するんじゃないかと不安になった。「あたしはすごく傷ついた！　あの人たちはあたしの両親だってウソをついたのよ！」

「ええ、たしかにあなたを傷つけたことはみとめる。でも……あなたは、こうしてちゃんと生きている！」

サンドラをここから追い出したい。この店から。ミネラルウェルズから。自分の人生から、記憶から、全宇宙から！　けれど、リーラは静かにたずねた。「ただ、帳簿を貸してほしいとたのむことはできなかったんですか？　真実をうちあけることは？」

ヴァーノン氏はただサンドラをみつめて、返事を待っている。

　サンドラはカーターのわきの下にしっかりはさまれている帳簿にちらりと目をやった。

「ダンテは相手がだれであれ、その帳簿をわたそうとはしなかったはずよ。特にカラガンにはぜったいにわたさない。そんなの霊能力がなくたってわかる。だって、名前がのって――」

「もういい！」ヴァーノン氏は強い口調でいって、無理やりサンドラの口をつぐませた。それから急に元気よくいった。「そろそろサンドラは帰る時間だ……立ちよってくれてありがとう！　もう二度と来ないでくれ！」

「でも、お父さん！　まだ知りたいことがたくさんある。カラガンって人のことはどうなの？」リーラは恐怖と不安をおさえて、サンドラとむきあった。「サンドラさん、昨日の午後、ホテルのラウンジでひとりごとをいってましたけど……その人が近くにいたんじゃないですか？　ああしろこうしろって指示されていたんですよね？　そのあとも、ショーの最中に、ステージの裏とか、カーテンの後ろとかにいて……だけど、サンドラさんは聞こうとしなかった」

「わたしは――その……」サンドラは口を開きかけたけれど、それ以上は何もいえないらしい。

26

「わかりました。じゃあ、あとひとつききたいのは――」リーラはいいかけた。

そのとき、大きなエンジン音が店の外から聞こえた。赤い小型車が歩道のふちに横づけされ――前にピエロがぎゅうぎゅうづめに乗ってた車だ――パンッという破裂音が通りじゅうにひびいた。どうやら車のマフラーがバックファイアを起こしたらしい。助手席のドアから、パミーとボブのヴァラリカ夫妻がとび出し、つづいてトミーと呼ばれていた男と、さらに子どもがひとりと大人の男女がひとりずつ、出てきた。最後に登場したのは、背が際立って高く、いじわるそうな笑みをうかべたニセ弁護士、サミー・ファルスクだった。

27

TWENTY-SEVEN

ヴァーノン一家がドアに鍵をかける間もなく、七人の元ピエロが店に入ってきた。全員がこん棒を持ち、威嚇するような目つきをしている。だれかひとりに棒でひとたたきされるだけで、頭に卵くらいの大きさのたんこぶができそうだ。いや、もっとひどいことになるかもしれない。サミー・ファルスクがカーターの手首をつかんで引っぱり、ヘッドロックをかけた。

「カーターをはなして!」リーラはさけんだ。

「全員、落ちつけ」ニセ弁護士は大声をはりあげてから、ヴァーノン氏に目をむけた。「あの地下室からどうやってぬけ出したのか、聞きたいところだが、うちのリーダー

27

に、あんたはマジックをもてあそぶから用心しろといわれたよ」

「その子をはなせ」ヴァーノン氏がいった。

「だめだ」悪党はうなり声で返した。

「あんたたちは何者だ？　何が目的なんだ？」もうひとりのヴァーノン氏がきく。

「おれたちは元ピエロさ」サミー・ファルスクが鼻で笑った。「ジミー、ティミー、トミー、タミー、サミー、パミーとボブと呼んでくれ」

「名前もマヌケだ」カーターがうなるようにいった。

「だまれ、小僧！」サミー・ファルスクがかみつかんばかりに返した。

リーラは侵入者たちをじっくり観察した。すぐに七人の悪者のほとんどがグランドオークリゾートで行われたサンドラのショーでステージにあがった人だと気づいた。ミスフィッツの仲間のいったとおりだ——サンドラの芸さえも、本人と同じインチキだったわけだ。

「みてわかるとおり、こっちは数でまさっている」サミー・ファルスクがいう。「だから、協力したほうが身のためだぞ。われわれがほしいのは帳簿だ。サンドラ、目的の帳簿はみつけたか？」

サンドラは首をふった。「いいえ。でも、そんなことは問題じゃない。この人たちはぜったいにわたさないわ。だから、このままにしておくべきよ」

「あなたはいったいどっちの味方なの？」ヴァラリカ夫人が問いただす。

「帳簿をわたせ、ダンテ」ボブ・ヴァラリカがおどすように声高にいいながら、こん棒をカーターの頭の上にふりあげた。「それまではだれもここから出すわけにいかない」

ヴァーノン氏が両手をあげた。「わかった、わかった！　望みのものをわたすから、とにかく……その子をはなせ。だれひとり傷つけるな」

「帳簿をわたして」ヴァラリカ夫人がいった。「今回はトリックはなしよ！　わたしはスモークや舞台用のフォグにアレルギーがあるのよ！」

「秘密にしておきたい大事なものなんでしょう？」リーラがささやくようにいう。

「心配いらない！」ヴァーノン氏は大声をはりあげた。「わたしは何もかくし持ってなどいない」

「マジシャンはいつもそういうのよ」ジミーという太った女が声をとがらせた。「必ずいったとおりにしてちょうだい」

リーラは身ぶるいした。もうこんなことは全部終わってほしい。リーラはサンドラに店

27

から出ていってほしかった。こんなにひどいウソつきがそばにいるなんてたえられない。たとえ今は自分たちのことを助けようとしてくれていても。そして、もしかしたら……かもしれないとしても。

ふと目をやると、窓のむこうにシオとリドリーとゴールデン家の双子が公園をぬけて店にむかってくるのがみえた。マズい！　弁護士事務所に行ったあと、みんなと店で会う予定になっていたことをリーラは思い出した。シオもリドリーもオリーとイジーも、通りをわたったら危険が待っているとは思いもしていないだろう。リーラはなるべく無表情をよそおい、悪者たちが後ろをふり返って、ミスフィッツの仲間に気づいたりしないよう気をつけた。パパの手をぎゅっとにぎると、パパもにぎり返してくる。やはりシオたちに気づいていた。

「帳簿は店の奥にあると思う」ヴァーノン氏がいった。「全員、わたしについてきてくれ」

「ちょっと待て」サミー・ファルスクが警告した。「全員はついていかない。ヴァラリカ夫人、あんたが行け。用心しろよ。この男は手の動きが速い」

「心配なんてしてないわ」とヴァラリカ夫人。「パンチのすばやさなら負けてないから」

それを聞いてリーラはびっくりした。この人、昨日とは別人のようだ。今となっては、あたしを産んだお母さんかもしれないなんて本気で思ったことが信じられない。パミー・ヴァラリカが足をふみならしてヴァーノン氏の後ろをついていく。ヴァーノン氏は店のテーブルや陳列品のあいだをすべるようにぬけていった。まるで床に足がふれていないみたいだ。

リーラはシオたち四人が店のドアに近づくのを恐怖の思いでみつめた。店内で起こっていることに気づいてほしいけれど、店の外が明るすぎて、四人にみえるのは窓に映る自分たちの姿だけだろう。ドアベルがカランと鳴って、四人が入ってきた。ドアがサミー・ファルスクにドンッとぶつかり、長身のサミーが小柄なトミーにつっこむ。

そのひょうしにサミーの腕からのがれたカーターはダッシュで店の奥にかけこみ、悪党たちから離れた。リーラが入ってきた仲間に呼びかけた。「気をつけて！　この人たちはしかめ面のピエロよ！」

シオ、リドリー、オリーとイジーはさっと右に動いて、ティミーとジミーの手をのがれると、カウンターの後ろのせまい場所に逃げこんだ。

ドアがバタンと閉じるとすぐに、大混乱が巻き起こった。

「そこのガキどもをつかまえて、帳簿をみつけろ！」サミー・ファルスクが大声で命令

27

する。

残りのピエロたちが勢いよくせまってきた。オリーとイジーはすばやいボックスステップをふんでおじぎをし、ボブ・ヴァラリカの行く手をはばんだ。双子がボブのほうへ身をかがめると、二匹のネズミがふたりのベストのポケットからとび出し、ボブのジャケットのえりに乗った。ボブは真っ青になり、ゾッとするような悲鳴をあげると、サミー・ファルスクの胸に正面からぶつかった。なぐりあわんばかりにもがくふたりの元ピエロの体を、ネズミが障害物競走みたいにかけまわりながら、平手打ちしようとする手や、立てたひざや、けろうとする足のあいまをぴょんぴょんとんでいる。

双子が声をあげた。「やったぁ！」ふたりとも自分たちのネズミがついに芸をしたことに感心しきりだ。一度も訓練したことのない芸ではあるけれども。

「行け、オジー！」オリーがさけんだ。

「イリー、やっつけちゃって」イジーが歓声をあげる。

（ふう！　ようやく二匹とふたりの名前をちゃんといえた！）

ところが、そのあと、二匹のネズミは姿をくらましてしまい、取り残されたふたりの男はきまり悪そうな顔で双子をみおろした。サミー・ファルスクが顔をしかめてうなるようにいった。「おまえら、ただじゃおかない」

双子はしっかり腕を組むと、オリーがイジーの背中の上を横回転しながら両足を宙につきだし、裏に金属板をはった革のタップダンス靴の光るつま先で、ふたりの男の顔をけった。男たちの体が大きくゆれ、ぜんまいじかけの歯のおもちゃの山をひっくり返した。歯のおもちゃは床にくずれ落ちると、ぴょんぴょんとびながら男たちの足にパクッとかみつこうとする。オリーはみごとな着地を決めると、店の片側にむかってかけだした。イジーは反対側にむかってダッシュする。男たちは顔をけられた衝撃をふりはらい、ふたりのあとを追ってかけだした——サミーはオリーのあとを、ボブはイジーのあとを。

いっぽう、シオとリドリーは店の奥にむかって移動していたものの、どちらもまだそれほど奥には行っていなかった。タミーという女の子が商品をならべたテーブルの下からはい出てきて、リドリーの前に来ると、車いすの車輪のあいだにこん棒をはさんだ。車いすがガクンとゆれ、リドリーは床にふり落とされそうになった。「あたしの車いすにさわらないで！」リドリーは大声をあげてから、ほほえみをうかべてつけ足した。「そうだ、すごい手品をみせてあげようか？」女の子はとつぜんの申し出にびっくりしてしまい、パタッと動きを止めると、目をまん丸にしてリドリーをみあげた。

27

リドリーは商品の陳列テーブルから真ちゅうのリングを三つ引きぬいた。「ほら、みて！　全部バラバラだし、どれも固くてものは通さない！」三つのリングを手のなかで回転させてから、カチャンと音を立てて重ねあわせる。タミーはその音に顔を青くした。リドリーがリングをふたたび広げると、なんと、三つがつながっている。「物事はみた目どおりとは限らないのよ、おチビちゃん」そういうと、リドリーはもう一度リングを重ねあわせ、小さな女の子の頭と肩を通りぬけるように、ほうり投げた。リングは女の子の肩をすべり落ちて両腕を体にくぎづけにした。タミーは悲鳴をあげ、身もだえして転んだまま、動けない。リドリーは車いすからこん棒をぬきにかかった。

その近くで、トミーがこん棒をふりまわしながらシオのほうにズンズンせまっていた。シオは後ずさりながら、単独でおかれた陳列テーブルにとび乗ると、ならべてあった本を足でわきによけ、ズボンのポケットからマジック用のバイオリンの弓を取り出した。魔法使いがつえをあやつるように持ち、ニヤニヤしている小柄な男のほうにむける。「それ以上、近づくな」シオはいった。「いっておくけど、ぼくには秘密の力がある。みたら後悔するぞ」すると、トミーはシオの立つテーブルの下にひょいと引っこんで、姿をかくした。「しまった！」シオは小声でいうと、テーブルのはしからのぞきこんで男をさがした。

店の真ん中あたりでは、リーラともうひとりのヴァーノン氏が、騒動にあぜんとしながら身をよせあっていた。そんなふたりをサンドラが店先の窓の近くでこおりついたまま、みつめている。そのとき、ウサギのシルクハットがフェザーフラワーをつめこんだガラスビンの後ろからとびだしてきた。サンドラはぎょっとしてヒィーッと声をあげると、床にひざと手をつき、はいながら本棚のわきをまわって逃げていく。リーラはあとを追いかけようとしたけれど、パパにしっかり抱きとめられた。

店の奥では、ヴァラリカ夫人がヴァーノン氏のひじをつかんだ。長い指のつめをジャケットにつきさし、ヴァーノン氏の皮ふに食いこませようとする。と、とつぜん、後ろの壁の本棚が勢いよく開いて、カーターがとびだし、ヴァラリカ夫人を驚かせた。カーターはこれみよがしに両腕をゆっくりあげると、ヴァラリカ夫人が悲鳴をあげるすきもないほど、大量のトランプカードを手のひらからとばして、はげしく攻撃した。トランプカードの鋭い角がヴァラリカ夫人の顔をチクチク切りつける。

それだけでヴァーノン氏にはじゅうぶんだった。リーラがまばたきするあいだに、ヴァーノン氏はヴァラリカ夫人のそばからいなくなっていた。早くもバルコニーの下の太い円柱にはめこまれたエレベーターに乗り、手すりをこえて二階にあがっていく。

トランプカードの連打をあびたヴァラリカ夫人は立っていられず、たおれて本棚にぶつかった。そのひょうしに棚の一段がはずれ、支えを失ったヴァラリカ夫人がバタンと床に横たわると、その上にとりわけずっしりしたぶあつい本が何冊も音を立てて落ちた。

その直後、ヴァーノン氏がバルコニーの手すりにあらわれた。白いロープを持っている。

「これを！」ヴァーノン氏が呼びかけながら、リーラにロープを投げてよこすと、リーラは片手でキャッチした。

ティミーという男がリーラのほうに突進してきた。両腕を広げ、リーラをつかまえて人質にするつもりらしい。リーラはすばやくロープの一方のはしをパパにわたすと、もう一方を自分で持ってピンとはり、男にかけよりながら、ロープを相手の首に引っかけた。ティミーは後ろにふっとび、床に背中をぶつけた。

「パパ、だいじょうぶ？」リーラは声をかけた。ところが、返事を聞く間もなく、ティミーが体を起こして立ちあがり、リーラのパパを床にたたきつけた。両方のこぶしをふりあげ、思いきりなぐろうとする。リーラは一瞬でロープを投げなわの形に結ぶと、男のにぎりこぶしをとらえ、力いっぱいロープを引いて、男を後退させた。そして、男の手が今度はリーラにのびてくると、その両手首にロープを二重に巻きつけてから、ロープの先を

27

持ったまま男の両足のあいだにとびこみ、片足にそのロープを巻いてピンと引っぱった。ティミーが床にドスンとたおれたところで、リーラはすかさずロープを結んだ。これは最高のワナだ。ティミーが引っぱれば引っぱるほど、ロープはきつくなっていく。両手首と片足はひとつの解けない結び目でしっかりしばられている。「サミー！」ティミーがさけんだ。「この娘にやられた！　もうだめだ！」

　サミー・ファルスクはあいにく取りこみ中だった――オリーのえり元をつかんで、ようやくつかまえたところだ。オリーはあわれっぽい声を出しながら、きょろきょろとイジーをさがしている。「動物の風船は好きかい？」サミーはジャケットに手をつっこんで、明るい色の風船をいくつか取り出した。「必殺キリンを作ってやる」そういうと、プロなみの速さで一気にふくらまし、オリーの耳のそばに持ってきて、一つずつおしつぶしていく。風船はたちまち破裂して、小さな店のなかで花火のような音を立てた。オリーは身をすくませると、床にたおれこんで、両耳をぐっとおさえている。サミーは店のなかをみまわした。「だれか、帳簿をみつけたか？」

「今、やっているところ」耳ざわりな声がらせん階段から聞こえた。ジミーと名乗る女がゆっくりとだけれど、着実な足取りで階段をのぼっていく。

「リーラ！」ヴァーノン氏がバルコニーから大声で呼んだ。「外へ行って、助けを呼んできてくれ」

「こんな人たちといっしょにみんなをおいてはいけない」リーラがいう。

「ぼくらが助っ人です、ヴァーノンさん！」シオが陳列テーブルの上でバイオリンの弓をかかげながらさけんだ。ふりむくと、トミーがこっちにむかってとびかかろうとしている。シオは気持ちを落ちつけると、足元にあるメキシコトビマメの箱の上で弓をかまえた。箱がポンっととんでテーブルから落下し、小さい豆が大量に床に転がって、何かの大きなかたまりのようにピクピクうごめいたり、とびはねたりしている。トミーはニヤリと笑うと、うごめく豆をけちらし、テーブルのはしをつかんでゆらし始めた。シオのバランスをくずすつもりだ。

リーラはレジ台を一気にとびこえ、カウンターのなかにしゃがみこむと、箱をはじからあさった。家族と仲間を全員助けられそうなものが何かないだろうか？　そうだ、手錠！

「警告したよね」シオはいいながら、バイオリンの弓をトミーの頭上にかまえた。手首をひとひねりしたとたん、小柄な男の体がとつぜん床から十センチほどうきあがった。男は

27

驚いて悲鳴をあげている。シオは両足でしっかりふんばりながら、バイオリンの弓をテーブルのはしから遠ざけ、トミーにつかまれないようにした。トミーは自分ではどうすることもできず、床のちょっと上で体をぶらぶらさせている。シオは交響曲を指揮しているみたいにゆったりと弓を動かした。「何をもくろんでいるのか知らないけど、やり方がお粗末すぎる！」

サミー・ファルスクがさけんだ。「ジミー！　ヴァラリカ！　急げ、ヴァーノンがよからぬことをたくらんでいるぞ！」

けれど、そのとき、よからぬことをたくらんでいたのはジミーも同じだった。ようやくバルコニーにたどり着いたジミーは、ヴァーノン氏を追いつめながら、着ている緑のワンピースのポケットから特大のピエロ用の化粧コンパクトを取り出し、パカっと開けた。けたはずれに大きい粉おしろい用のパフがあらわれた。ジミーは太い指でパフをぐっとつかむと、白い粉がこぼれるのもかまわず、ヴァーノン氏に突進しながら、パフを顔めがけて投げつけ、むせかえるほどのちりの雲で包もうとした。ヴァーノン氏はゴホゴホとせきこみ、片手をあげてはばもうとしたが、ジミーは直進の線路を走る蒸気エンジンのごとくせまってくる。

リドリーはボブ・ヴァラリカが帽子かけのそばまでイジーを追いつめているのに目をとめた。ボブは大きな剣をにぎっている。あれはたしか、入口カウンターの下のガラスケースに入っていたものだ。イジーはボブが近づいてくるたびに、複雑なせっせっせの手遊びをして、相手に平手打ちを食らわしているけれど、ボブはなかなかあきらめない。

リドリーは最後にもう一度車いすを手で強くたたいて、ようやく車輪にはまったこん棒をはずした。そのひょうしにこん棒が床をかすめるようにとんで、タミーのかわいい鼻のすぐそばを通りすぎた。相変わらず転げ回ることしかできないタミーは怒って金切り声をあげた。

リドリーは車輪をつかむと、ありったけの力で前進した。車いすは勢いを増し、ボブ・ヴァラリカのももの裏側にまともにぶつかって、ひざがガクッと折れた。リドリーがすぐさま車いすをくるりと回して男から離れると、ヴァラリカは床にくずおれ、痛みにのたうちまわった。剣がカタンと大きな音をひびかせて床に落ちる。

イジーは歓声をあげたものの、すぐに目を大きくみひらいた。壁に大きな影がさすのにリドリーも気づいた。だれかが車いすの背後にぬっとあらわれ、せまってくる。リドリーは片方のひじかけにひじをおくと、秘密のボタンをおした。そのとたん、操作レバーから

27

水がふき出し、サミー・ファルスクの目に命中した。サミーはいらだたしげにうなりながら、よろよろと後ずさる。リドリーは車いすをくるりと回転させると、足乗せ台で男のすねを思いきり打った。サミーは痛みに悲鳴をあげ、よろめきながらリドリーから離れていく。「女の子と車いすを甘くみないで！」リドリーは吐き捨てるようにいった。

イジーは店の反対側の床にうずくまっているオリーに気づくと、かけよって弟の頭をかきいだき、そっとなぐさめた。

リーラはヴァーノン氏がバルコニーでジミーの化粧パフと格闘しながら、鋭いひじ鉄で相手の攻撃をかわしているのに一瞬、目をとめたが、とにかく気持ちを集中して、カウンターのなかの引き出しをはじから調べていった。ああ、もう、手錠はどこにいったの？

「たのむから……それを……やめて……くれ！」ヴァーノン氏がジミーの粉おしろい攻撃のあいまに必死に声をしぼり出している。ジミーはヴァーノン氏のひじをよけて、ちがう角度から攻めかかったところで、バランスをくずし、よろけて手すりにぶつかった。バキッという音がして木がくだけ、ジミーの体が手すりをすりぬけ、バルコニーから落ちていく。ドンッというすさまじい音とともに、ちょうど下にいたボブ・ヴァラリカの上に着地した。

ボブはジミーの下からやっとのことではい出ると、双子のそばにだれもいないのに気づいて、必死に立ちあがろうとした。ところが、立った瞬間、もうひとりのヴァーノン氏が目の前に立ちはだかった。ボブをみおろしてくる。「だめだめ、ここは通せない」そういうと、ズボンのポケットからていねいに折りたたまれた小さな紙の包みを取り出した。破ってなかの赤い粉末を手のひらに移す。「スパイシーなのは好きかい？」そう声をかけ、相手の返事を待たずに赤い粉末をボブ・ヴァラリカの顔に直接ふきつけた。ボブはうめき声をあげ、また床にたおれこんだ。くしゃみをしたり、ヒリヒリする目をこすったりと忙しい。

サミー・ファルスクは自分たちが劣勢になってきているのをみてとると、あたりに目をやり、床に落ちている剣をひろおうとかけよった。

ヴァーノン氏は大声で注意をそらしにかかった。おなじみのミスディレクションだ。

「さがしているのはこれか？」大理石もようの表紙のついた帳簿を手すりの上にかかげている。それをみたサミー・ファルスクは剣を手に階段をかけあがり始めた。

「こっち、こっち！」カーターがスタンド式本棚の裏から出てきた。ヴァーノン氏が下にいるカーターに帳簿を投げわたすと、サミーはきびすを返し、急いで帳簿を追いかけた

27

が、手がとどく前に、カーターの手から消えていた。

「ほら、みつけた！」シオが陳列テーブルの上から呼びかけた。なんと、今度はシオが帳簿を持っている。そして、シオがその手を離しても、帳簿は目の前でういたままだ。催眠術にかけられたみたいに、ゆっくり回転している。その少し下では、トミーが帳簿と同じく、催眠にかかったみたいにゆらゆらゆれている。

　そこへ今度はリドリーが勢いよく近づき、思いきり背伸びをして宙にういている帳簿をひったくったかと思うと、サミー相手にチキンレースをけしかけるように、通路を車いすで走り出した。サミーはあわてふためいて、むかってくるリドリーをよけたが、すれちがいざまにリドリーが帳簿でサミーをみごとに引っぱたいた。

「もうたくさんだ！」サミー・ファルスクは大声をあげた。床に立っているのはもう自分しかいない。サミーは剣を握ったまま、きびすを返してリドリーの前にまわりこむと、片足を出して車いすを止めた。リドリーは勢いよく前にかたむき、またしても、いすから転げ落ちそうになった。

　サミーはリドリーの手から帳簿をひったくると、急いで表紙を開いた。なかみをみた瞬間、怒りに青筋を立てた。かんたんな手品が紹介されたイラスト入りの解説書だ。開いたページの頭にタイトルが書かれている。『とんまむけのマジック！』リドリーはクスクス笑いながら車いすを後退させようとした。ところが、そのとき、サミーが本を床にほうり投げたかと思うと、片足を車いすの車輪のあいだにはさんでふみつけ、リドリーをその場にとめおいた。剣をふりあげ、リドリーの胸に剣先をつきつける。「いいか、今から三秒以内にこの店の帳簿をわたさなければ」サミー・ファルスクはヴァーノン氏にむかって声をはりあげた。「あんたはひどく後悔することになる」

リーラがカウンターのむこうから顔を出した。ようやくさがしていたものがみつかったんだ。

「いち！」サミーが大声で数え始める。ミスフィッツはこおりついた。「に！」リーラはバルコニーにいる父親をみた。ヴァーノン氏は動かないでくれというように首をふる。

「さん！」

サミー・ファルスクがリドリーの胸に剣をつこうとしたとき、背後で何かがすばやく動き、ドンッという大きな音が店じゅうにひびきわたった。サミーが床に倒れてだらんとのびている。

サンドラが気絶したサミーの頭上に立っていた。手にきらきら光るものを持っている。

27

大ぶりのハンドバッグだ。水晶玉の刺しゅうがほどこされている。サンドラがバッグのなかに手を入れると、ほんものの水晶玉が出てきた。

サンドラはジミーに目をやった。体を起こそうとしていたジミーは、サンドラをどなりつけた。「とうとつな行動は、十中八九ろくなことにならない」

プレストが飛んできて、こわれたバルコニーの手すりにとまった。「ろくなことにならない！」

サンドラがリーラのほうに手をのばしてくる。リーラはあまりにいろんなことが立てつづけに起こって、頭がついていかなかった。ほかにどうすればいいかもわからず、さし出された手を取ると、引っぱってサミーの手に近づけ、ふたりの手首に同じ手錠をかけてから、横に転がって姿を消した。

ようやくサンドラが自分に手錠がかけられていることに気づいたときには、すでにリーラはべつの二組の手錠を小さなタミーとトミーの足首にかけていた。そして、またべつの一組をカーターに投げわたすと、カーターがそれをヴァラリカ夫妻にかける。最後の一組はパパにわたり、パパがジミーとティミーの手首をその手錠でつないだ。まだ目をはらしたままのボブ・ヴァラリカがあわれっぽくさけんだ。「今すぐ、わたしたちを解放しないと、おまえたち全員をひどい目にあわせるからな」

リドリーが床に落ちている剣をひろいあげた。剣先を自分の手におしつけ、刃が引っこむしくみをみんなにみせる。「あたしはだいじょうぶ！　剣はニセモノよ！」そういって、額の汗をぬぐってから、もう一度小声でひとりごとをいった。「剣はニセモノよ……」

カーターとシオとリーラがリドリーのそばに集まり、だいじょうぶかと声をかける。もちろん、とリドリーは不満そうに返事をした。「だから、だいじょうぶだっていったでしょ！」イジーがオリーといっしょによろよろ歩いてくる。オリーは風船の破裂のショックからしだいに回復してきているようだ。リドリーは車いすのひじかけの下の物入れに手をのばし、小さな滅菌ガーゼのついたばんそうこうを何枚か取り出した。「あんたたちこそどうなの？　仲間の助けが必要な人はいる？」

それからすぐに、両方のヴァーノン氏がやってきて、リーラとカーターを抱きあげた。ピエロの白い粉おしろいが、戦いのあとの煙みたいに空中をただよっている。

耳をすますと、店の外でパトカーの音がしだいに近づいてくるのがわかった。

28

TWENTY-EIGHT

リーラとカーターはそっと階段をおりて、もう一度地下室に行った。カーターがビロードのカーテンの後ろにあるさびついたドアをおして閉め、リーラがクラブのマークをかたどった合鍵のおしりのほうを使って最後にもう一度、鍵をかけた。

翌朝は不意打ちみたいにやってきて、リーラはハッと目をさました。

リーラはヴァーノン氏に、町の留置場にいっしょに行ってもらえないかとたのんだ。どうしてもサンドラ・サントスと直接会って話がしたい。

警察署と留置場は公園をぬけて、二ブロック町役場のほうへ行ったところにある。リーラはあえてきびきびと足を動かし、あごを高くあげて歩いた。通りを行く人たちに変な目でみられたってかまわない。著名なマダム・エズメラルダに起こった事件については、もうとっくにうわさになっているはずだ。

「おはようございます！」リーラはすれちがう人たちに元気よくあいさつしながら、いつもの調子を取りもどそうとがんばった。電気のスイッチを入れるみたいな感じだ。といっても、肝心の電球は点滅しているけれど。

　ヴァーノン氏はリーラとならんで歩きながら、すみきった空や、鳥のさえずりや、町のむこう側から聞こえるゴトンゴトンという汽車の音が心地いいという話をしている。リーラは、ヴァーノン氏がふたりのあいだの沈黙をうめるために話してくれているのだとわかっていた。今はそれでいい。だって、もし、お父さんに重要な話を持ち出されたら、あたしはきっと、自分がうすうす気づいていることや、こうしようと考えていることをうっかりもらしちゃうだろうし、これまでの自分にもどるにしろ、新しい自分になるにしろ、まだ心の準備ができていない。

　留置場の入口の階段で、リーラは父親に、面会室にひとりで入ってもいいかとたずねた。ヴァーノン氏は驚いた顔をしながらもうなずき、白い手袋をはめた手を前にさしだして、お先にどうぞとリーラをうながした。保安官代理に案内され、長い廊下を進んである小部

28

屋に着いた。ひどく小さい窓からほんのわずかに光が入ってくる。窓のむこうには、太くて黒い鉄格子が石壁にはまっていた。

「サントスさん。あなたに面会人です」

サンドラは壁ぎわにおかれた簡易ベッドから立ちあがった。白い星形のイヤリングが長いちぢれ毛にからまっている。サンドラはだれが会いに来たのかに気づくと、両手で顔をおおい、首をふった。「リーラ」サンドラは指のすき間からつぶやいた。「帰ってちょうだい。ここはあなたのような女の子が来る場所ではないわ」

「あたしのような女の子？　それ、どういう女の子のことですか？」リーラの声は落ちついていて、力強かったが、内心では今にもかすれそうだと自覚していた。「あたしはただニコニコして、たよりになる友だちっていうだけの存在じゃありません。見た目以外の面だってあるんです」

サンドラが保安官代理に目をやり、うなずく。保安官代理はきびすを返して部屋を出ていった。

「今日、来たのは答えを聞くためです」リーラはいった。「ただし、霊能力を使った無意味な占いのことじゃありません——あたしの内面をのぞかれて、とっくにわかっていることを指摘されるとかじゃなく、事実について話がしたいんです」

サンドラはため息をついた。「どんな事実を知りたいの？」

「本当のことをいうって約束してくれますか？」

「できるだけ努力するわ」

「なぜ、こんなことをしたんですか？　どうして、この町に来たんですか？」

「それは全部、昨日説明したはずよ」

「そうですね。カラガンとかいう人にいわれて……お父さんの帳簿を」リーラは横目でちらっとサンドラをみて、表情を読み取ろうとした。今日はなんだか途方にくれているみたい。ざせつ感がにじみ出ている。それも、マジック・ミスフィッツに負けたというだけじゃなくて……ほかにも何か心にうずまくものがありそうだ。もっと……深い何か。心の奥に閉じこめて、鍵と鎖をかけてしまっているもの。それこそ、リーラが掘りおこすためにやってきた秘密だ。「カラガンは催眠術師だっていってましたよね？　本人がやりたくないことをやらせるのに長けてるって。なら、もし、そのカラガンって人がいなければ、サンドラさんはミネラルウェルズにもどってはこなかったんですか？」

サンドラの目からぬくもりが消えた。「ええ、もどってくることはなかったと思う」こ

28

の人は何かをかくしている。むきあいたくない何かを。

「じゃあ、カラガンっていう人に催眠術をかけられたんですか？」

「かもしれない」サンドラの声は小さくなり、しわがれた。

「そんなの信じられません」リーラはいった。「サンドラさんはずっとミネラルウェルズにもどりたかったんだとあたしは思います」サンドラはだまっている。「自分の目でたしかめたいことがあったはずです……カラガンやかつてのエメラルドリングとは関係なくすでにサンドラはこっちに背をむけ、両腕で体を抱いてうなだれている。「だれも傷つけたくなかったんでしょう、サンドラさん。特にあたしを傷つけたくなかったんですよね。あれだけのたくらみやくわだてがあっても、あたしは自分がサンドラさんにとって重要なかかわりがあるんだって信じてます。会った瞬間に、サンドラさんの目つきでわかりました。サンドラさんがくれたヒントは、最初はよくわからなかった。あたしに伝えようとしたけれど、はっきりとはいえないことだったから——最大のヒントは、あたしの鍵が近いうちに重要になるっていう、食事会の席でのあの〈予言〉です。地下トンネルを通って逃げるのに、あたしの鍵が必要になるかもしれないってサンドラさんは知っていたんですよね？」リーラはカラカラののどをゴクリとした。「問題は、そもそもなぜ、あたしがその鍵を持ってることを、サンドラさんが知っていたのかです」

サンドラは顔をあげずに答えた。「わたしは霊能者よ。忘れたの？」

「霊能者かどうかはともかく……サンドラさんが鍵のことを知っていたのには、ほかに理由があると思います」リーラはふるえる手で、首にかけたひもを持ちあげると、独房の鉄格子の前で鍵をぶらぶらさせた。「その理由は、そもそもあたしにこれをさずけたのがサンドラさんだからだとあたしは思っています」サンドラが身をこわばらせる。それから首をゆっくり回してリーラの視線を受けとめた。その目は真っ赤でうるんでいる。リーラは下くちびるをぐっとかんでふるえをこらえた。このことで泣くのはごめんだ。今はだめ。いや、これからだってぜったいに泣くもんか。「サンドラさんはあたしを産んだお母さんですよね。ちがいますか？」

サンドラは一分ほど無言だった。

リーラにはその時間が永遠のように感じられた。

ついにサンドラはうなずいた。立ちあがって檻のとびらまでやってきて、手をのばしてリーラの手にふれようとする。けれど、リーラが手をさし出さなかったため、急いで引っこめた。

28

「あたしがここにいることを知っていたんでしょう？　ヴァーノン家の娘として」リーラはたずねた。

「ダンテがあなたを養女にしたと聞いたの。それは……願ってもないことだった」

「どうしてあたしをマザー・マーガレットの家におきざりにしたの？　あたしを望んでなかったの？」

「もちろん、あなたがほしくて産んだのよ。でも、育てられなくて……カラガンが……」

「カラガンが何？」リーラは思わずさけんでいた。「そのころも、カラガンに催眠術をかけられていたの？」

　サンドラは体をふるわせている。「ゆうべのショーでヴァラリカ夫人がステージで話したことをおぼえている？　あのセリフはわたしが彼女に何度も練習させたものよ。だって、あれはわたしの身の上話だから」

「ど、どう考えたらいいのか、わからない」

「あのころ」サンドラはつづけた。「わたしは生活が苦しくて、あなたに必要なものすらあたえてあげられなかった。そうしたら、信頼していた人が――」

「カラガンね」リーラがささやく。

「あなたを手放すようにと……。わたしは手放したくなかったんだけれど、それがあなたにとって最善の方法だと信じこまされて……。あれがわたしの人生最大のあやまちよ」

リーラは鼻で笑った。「それって全部ほんとなの？　それともウソ？　まだ、あたしを相手に遊んでいるの？　昔、エメラルドリングの仲間と遊んでいたみたいに」

「わたしたちが下す決断は、年を取るにつれて白か黒かはっきり分けられなくなっていくのよ、リーラ。巧妙に人をあざむくしかけがあって、かんたんにまどわされてしまうことだってある。カラガンみたいな人たちは、そうした混乱につけこんで自分の利益にすることに長けている。わたしはずっと……あなたがどうしているだろうと毎日考えていた」サンドラの目が大きく開き、くちびるがふるえている。「その鍵をあなたの携帯ベビーベッドのなかに残したのは、いつかあなたもわたしのことを考えてくれればと期待したからよ」

リーラは後ずさった。「サンドラさんのいうことは何を信じていいかわからない」

「むりもないわ。わたしはあなたにずっとウソをついていたものね。信じるには相手への信頼が不可欠よ。相手を信用できなきゃだめよね。わたしがいつかここを出られたら」いいながら、サンドラはじめじめした独房を示した。「あなたに信じてもらえるようになれるといいんだけれど」

28

「そんなにつらい状況なんですか？」リーラはたずねた。サンドラがうなずく。「警察ともめているのか……それともカラガンとですか？」

「さすが、わたしの賢い子。いろいろな角度から物事をみているわね。わたしたちもエメラルドリングの集まりでよくその訓練をしたわ。観客の心理を読むにも、危険を判断するにも、思わぬ事態にそなえるにも、方法はたくさんある」

リーラはつい顔がほころんだ。「あたしの質問に答えてもらっていません」

サンドラはゆっくり目をしばたたいた。「ええ、たしかに問題をいろいろ抱えている。けれど、あなたが心配する必要はないわ」

「カラガンは今、ここミネラルウェルズにいるんですか？　警戒したほうがいいでしょうか？」

するとサンドラはみょうな反応をした。口を開けて話そうとしたものの、言葉が出てこない。不意打ちを食らったかのようにリーラをひたすらみつめる。「ごめんなさい……わたしには……」

サンドラの心を支配する催眠術師の力のせいなのか、それともサンドラの抱える恐怖が舌を動けなくさせているのかはわからないけれど、その日リーラが、カラガンの実像を知るのは無理そうだった。

(そして、これを読んでいる好奇心おうせいなきみも、申しわけないけれど、知ることはできない……今のところはまだ)

「さようなら、サンドラさん」リーラはささやいた。「いつか、また……」声が小さくなった。この人はまだだれかに支配されている。それが解かれるまでは、本当の意味でおたがいを知ることはできないのだとリーラは理解した。

リーラのにぎった手から下がる合鍵がゆれている。ゆらゆら、ゆらゆら。催眠術師のふりこのようだ。リーラは小声でいった。「うちのお父さんが、サンドラさんのお父さんはこの町じゅうの鍵を作った錠前屋だったっていってたけど」サンドラがうなずく。「てことは、たぶんこの留置場の部屋の鍵も作ったよね」

サンドラは自分の父親を思い出してほほえんだ。「ええ、おそらく」

リーラは持っていた鍵をサンドラの手のなかに落とした。

「じゃあ、もしかしたらそれでこの部屋の鍵が開くかもしれない。正しいと思うことをして」リーラは後ずさりながらささやいた。「ただ、お願いだから……あたしがいなくなるまで待って」

29

TWENTY-NINE

リーラは独房を出たところで、すぐ先にヴァーノン氏が待っているのに気づいた。「全部聞こえた？」たずねるリーラの手をヴァーノン氏がぎゅっとにぎる。それで、聞こえていたんだとわかった。

帰り道、ふたりは本音で話した。もう秘密や恐怖にしばられることはなかった。

「あの鍵をサンドラにわたしたのはまずかったかな？」リーラは問いかけた。

ヴァーノン氏は一瞬考えた。「もともと彼女のものだ。どうするかは本人にまかせよう」

「ボッソとちがって」リーラはいった。「サンドラには良心がある。心配することはないと思う」

「サンドラは心配ないとは思うが……」ヴァーノン氏は小声でつけ足した。少しのあいだ無言で歩く。それから、また口を開いたとき、リーラは初めて父親が言葉につかえるのを聞いた。「リ、リーラの考えていることはわかる」

緊張したリーラは、場の空気をやわらげようとからかった。「ちょっと、お父さんまで霊能者になったなんていわないで！」

「いうわけがないだろう」ヴァーノン氏はちょっとだまると、リーラに笑みをむけた。

「少なくとも、わたしは霊能者ではないと思う。未来を知ることは、マジシャンにとってあまり役に立つわざとはいえないからな」そこで、上着のポケットに手を入れ、（両はしの白い）黒いつえを取り出した。ヴァーノン氏が両手を左右に離していくと、つえがそのあいだでうき始める。「物をうかせるのとはぜんぜんちがう」今度は両手をパンッと打ち合わせると、つえが黒く太いこん棒に変わった。それを手でぐっとにぎる。「物をほかの物に変えるわざともちがうし」そこで、こん棒の先に息を吹きかけた。すると、リーラがまばたきする間もなく、こん棒は消えていた。「消失のわざともぜんぜんちがう」ヴァーノン氏は空っぽの手をリーラにみせた。

「脱出わざとも！」リーラはそういってスキップすると、はしゃぎながらくるりと一回

29

転してヴァーノン氏から離れた。「じゃあ、答えて、お父さん。あたしが今、考えてることは何でしょう？」

「ああ、わかるよ」ヴァーノン氏は指を一本あげた。「わたしが初めてマザー・マーガレットの家でおまえに会ったとき、おまえがだれか知っていたんじゃないかと疑っている」

「そう考えたこともあったかな」とリーラ。「それで？」

「答えは……ノーであり、イエスでもある」

リーラはとまどった顔で首をふった。

「あのころ、マジックの巡回公演を行っていてね。その一環で、マザー・マーガレットの家で子どもたちのためにチャリティーショーを開いた。そこで、部屋の奥から熱心にみつめるおまえに目がとまった。ショーのあと、ふたりで話をしたとき、おまえのキラキラした目にかつての友を思い出した」

「サンドラを？」リーラはにぎった父親の手を大きくふりながら、ふたりで通りをわたった。

ヴァーノン氏はうなずいた。「ただ、わたしはそれまでずっと、あちこちをとびまわって、新しいマジックのわざを身につけたり、友人を作ったり、できる場所ならどこででもマジックをひろうしたりしながら、世界のよいものをみいだそうとしていた。だから、あのころにはもう、サンドラとは連絡がとだえてずいぶんたっていた。彼女が女の子を産んでいたとはまったく知らなかったし、その赤ん坊を他人にあずけてしまっていたなんて知りようもなかった。おまえに会ったとき、わたしのなかでサンドラの記憶がよみがえって、よけいに興味を持ったことは否定しないが、おまえの気立てのよさが——何よりもその前向きな姿勢が、おまえのパパとわたしの心をつかんだんだよ、賢くたくましいお嬢さん。おまえのパパとふたりでおまえを家に連れてきた日のことはわたしの大切な思い出だ。これればかりはミネラルウェルズで最大のパイのひと切れとだって、交換するつもりはないね」

リーラは片方のまゆをつりあげた。「レモンメレンゲパイでも？」

「レモンメレンゲパイでも」

「ふうん」リーラはいった。「でも、パイ食べたくなっちゃった」

そのひと言で、ふたりはメインストリート・ダイナーに立ちよって、スイーツを食べることにした。

✦
✦
✦

29

ふたりがマジックショップの目の前までもどってきたとき、リーラは目をみはった。カーターが歩道にしゃがんで、白いひものようなもののはしをにぎっている。反対側のはしはブロンドの毛の小ザルの体に巻きついていた。カーターはどこからともなくバタークッキーを次々に取り出しては、サルに手わたしている。サルはうれしそうに受け取ると、一枚ずつ大きく開けた口につっこんだ。

リーラは通りを行きかう人や車にしっかりと目を配りながら、かけ足でわたると、横すべりして止まってから、両ひざをついた。「どこでこのサルをみつけたの？」

「公園のあずまやの床下さ」カーターは答えた。「あのなかをはいまわりながら、クッキーで外へ誘い出して、きみが作ったハーネスをそうっとまわしてつかまえた」

「このサル、すっごくかわいい！」リーラは黄色い声をあげた。サルを目にして、午前中のいやなことも忘れてしまえそうだ。

ヴァーノン氏は額に両手を当てている。「動物管理局に電話をしてくれたわけじゃないんだな、カーター？」

「ねえ、お父さん、このサル、飼っちゃだめ？」リーラがせがむ。

ヴァーノン氏は目をつぶってため息をついた。どうやら、この先のなりゆきが読めているらしい。

　カーターも会話に加わり、青い目を大きく開いて、無邪気なまなざしでうったえた。

「ボッソもしかめ面のピエロたちも、ほかのサーカス団員もみんな閉じこめられてる。このサルは孤児なんだ」

「以前のあたしたちといっしょよ」リーラもいう。「そんな子を追いはらうなんてできるわけない。このサルもあたしたちと同じように愛情をもらったっていいよね？」ヴァーノン氏は耳をかたむけている。リーラは父親が折れようとしているのを感じた。「それに！　ほんものの生きたサルがいれば、今よりどれだけ多くのお客さんが店に来るか、考えてみて！」

29

ヴァーノン氏はため息をついた。「おまえのパパに相談しないと。まあ、だが、ためしに飼ってみてもいいかもしれない」

「やったぁ！」カーターがさけんだ。「ぼく、もうぴったりの名前を思いついたんだ」

「え、ほんとに？」リーラがきく。「どんなの？」

「この家にはすでにプレストって名前のインコがいるよね。プレストにサルのきょうだいができるなら、チェンジオーって名前がふさわしいよ（ちなみに、プレスト・チェンジ・オーは、マジシャンが使う呪文の言葉で、早く変われ！っていう意味なんだ）」それを聞いたとたん、サルが三人のほうをみあげて、その名前はやめてといわんばかりにプルプルと首をふった。カーターは大声で笑ってから、リーラが出かけていた件を思い出し「どうだった？」とたずねた。

「家に入ろう。そしたら話す」

30

THIRTY

一週間後、マジック・ミスフィッツはふたたびマジックショップに集合していた。ヴァーノン氏がカウンターのなかの定位置から六人をみまもっている。

　プレストは専用の止まり木に止まり、サルのチェンジオーは、もうひとりのヴァーノン氏がボウルに用意してくれた種やナッツのよせ集めを手でつかんでは、せっせと口に運んでいる。カーターが最初に店のなかに連れてきてから、もうすっかり落ちついて、新しい胴輪とリードにも慣れた。今はバタークッキーを手のなかに取っておくという発想を、カーターが教えようとしている。

　もちろん、チェンジオーはすぐに食べて

30

しまうけれど。

「またこうしてみんなで集まれてうれしい」とリーラ。

カーターがつけ足した。「何より、ぼくらをたたきのめそうとする暴漢ピエロたちがいなくなったしね」

「親だって、あたしたちを離してはおけないわ」とリドリー。

「マジック・ミスフィッツなしでは、ミネラルウェルズはどうにもならないだろうね」とシオ。

「イジーとおれは来ないわけにいかなかったんだ！」とオリー。

「そうなの」とイジー。「オジーとイリーをみつけなくちゃならなかったから」双子はそれぞれのベストのポケットからペットのネズミを引っぱり出すと、二匹をならべてみせた。

「この子たちったらもう、新しいわざをおぼえたのよ！」

「ほんとに？」リドリーは疑わしげな声だ。「どんなわざ？」

「おたがいの心を読むの！」

四人がクスクス笑うなか、双子はつづけた。「がんばれ、オジー！」

「集中よ、イリー！」

二匹のネズミはみつめあいながら、空気をクンクンかいでは、チューチュー鳴いている。

「二匹ともかなり上達してる」オリーがいう。「ただ、何をいいあってるのかがわかればなあ！」

「そういえば、サンドラが留置場からいなくなったって聞いたけど」シオがリーラにいった。「またあらわれるんじゃないかって心配じゃない？」

リーラはヴァーノン氏をちらりとみて、助けを求めた。サンドラとのことをみんなにうちあけるかくごはまだできていない。カーターがリーラをみた。その目が、秘密を知っていることをさりげなく伝えている。リーラがほほえむと、一瞬の間のあとカーターもうなずいた。この秘密はリーラのものであり、リーラだけのものだとわきまえるカーターの思いやりが伝わってくる。ほかのメンバーはだれも気づいていないようだ。リーラはただ笑みをうかべていった。「いいえ、もう平気よ」

「あの暴漢ピエロたちと対決してよかったことがあるとすれば」とリドリー。「あたしたちのわざの練習になったことね！」

「ぼくが知りたいのは」とシオ。「サンドラがあんなにもほしがった帳簿に、何が書いてあるのかってこと」

30

「その帳簿って、どこにかくされてたの？」イジーがたずねる。

ヴァーノン氏がにっこりした。「じつは、最高のかくし場所は、ありふれた風景のなかなんだ」

「ありふれた風景？」オジーがきき返した。「それって、いなかのことですか？」イジーがオリーのわきにひじ鉄を食らわし、弟をだまらせた。

ヴァーノン氏は首をふってから、カウンターの内側に手をのばすと、帳簿の一冊を取り出した。しかめ面のピエロたちとの乱闘中に、ミスフィッツのあいだで投げわたしたのと同じものにみえる。大理石もようの表紙はうすい段ボール板でできていて、ちっとも重要そうにみえない――それこそ犯罪組織が躍起になって手に入れたがるような代物にはとうていみえなかった。ヴァーノン氏は表紙を開くと、パラパラとページをめくった。商品説明と値段と販売日――そのすべてが何列にもわたって、うんざりするほど正確に書きこまれている――は、チェンジオーが盗もうとした夜に、初めてヴァーノン氏がリーラとカーターにみせてくれたのと同じだ。

「これは何？」カーターがたずねた。

ヴァーノン氏はカウンターから少し後ろに下がると、子どもたちが帳簿のまわりに集まれるよう、場所をゆずった。「じっくりみてくれ。いうまでもないが、物事というのは必ずしもみためではわからないってことだ」

「これにも暗号がかくされてるのよ」とリドリー。ヴァーノン氏はかぶっているシルクハットのつばをリドリーにむかってかたむけた。

「どういうこと？」シオがたずねる。

「サンドラのいっていたとおりだ」ヴァーノン氏は話をつづけた。「この帳簿にはある名簿がかくされている。カラガンがそれを知るためならなんだってするだろうと思われる名前だ」

「だれの名前？」カーターがきく。「ヴァーノンさんの親類？」

「当たらずとも遠からずだな。まあ、どっちかというと……クラブだ」

「またべつの秘密のクラブに入ってるんですか？」とイジー。「話を聞かせてください！」

ヴァーノン氏はハハハと笑いながら、帳簿の最後のページを一枚破り取った。「現代マジックを手がけるマジシャンの組織だ。きみたちのマジック同盟と同じように、メンバーは慈善を目的とする場合にのみマジックを使い、決して悪意や私利私欲のためには使わない。しかし、最近、そのメンバーの名前を秘密にしておくことが、きわめて重要だと身に

30

しみてわかった」そこで、破り取ったページをさらに半分に、それをまた半分に、さらにと三度破ると、片手でくしゃくしゃにつぶした。「理由は、べつのクラブが存在していて、この国のどんな町にもメンバーがかくれているからだ。彼らはマジックを自分たちの利益をはかるために使っている。その悪徳クラブがわたしたちのクラブの名簿を手に入れたがっている。名前がわかれば、善良なマジシャンに近づいて、考えを変えさせることも不可能ではないからだ」

「カラガンがその悪徳クラブの一員なの？」リーラがきく。「実際のリーダー？」

ヴァーノン氏はうなずくと、真剣な表情でつけ加えた。「いずれ、この件についてはくわしく話そう。だが、当面は……」そこで目をしばたたき、せきばらいをした。「とりあえず今は、全員練習をつづけることだ。マジックは人々を笑顔にするために使われるべきだよ。ただし、いつきみたちのわざが……ほかの理由で必要になるかは、だれにもわからない」

「人を助けるためとか」とカーター。

「人を助けるためとか」ヴァーノン氏がくり返した。いい方がちょっとプレストみたいだ。それからにぎっていた手を開いて、くしゃくしゃに丸まった帳簿の紙をカウンターにおいた。ところが、ヴァーノン氏がその紙のしわをのばすと、いつの間にかまた元のきれいな一枚の紙にもどっている。オリーとイジーがひどく驚いて、ひっくり返りそうになった。

リーラが父親の耳にささやいた。「話してくれてありがとう。とてもうれしい」

「どういたしまして」

もうひとりのヴァーノン氏がバルコニーにあらわれた。シェフの服装だ。「ああ、仕事に遅れる」大声でいってから、階段をかけおりてくる。

リーラは、パパがかがんでいってきますのキスをするのを受けると、ふたりの父親の手を引いて両方に抱きついた。「ふたりがあたしの親になることを選んでくれて、本当にうれしい」小声でいう。

ふたりの父親は背をそらし、驚いた顔でたがいをみてから、どちらもひざをついてリーラのおでこにキスをした。「リーラ」パパがいった。「それはちょっとちがう」

リーラのお父さんも首をふった。「わたしたちは全員がおたがいを選んだんだ。こんなに幸せなことはない」

もう一度、短くぎゅっと抱きあうと、パパは立ちあがって全員に手をふり、リーラに投げキスをして、マジックショップをあとにした。

30

ミスフィッツのメンバーは早くも店の奥にある秘密の部屋にむかっている。サルのチェンジオーもリードを引っぱられてついていく。シオが声をかけた。「リーラ、早く！ずっと練習してきた成果をみせたいんだ。次の実演に組み入れられたらと思って」

「次の実演？」カーターがたずねる。「それっていつ？」

「さあね」とリドリー。「大事なのは、全員が準備できてるってこと」五人は本棚にできた入口のむこうへ姿を消した。

ヴァーノン氏はリーラを追い立てた。「ほら、行きなさい。わたしも仕事がある」

リーラは秘密の部屋にむかいながら、首にかけたひもに手をのばして鍵をさがした。そこでようやく、自分はもう持ってないんだと気づくと、胸の真ん中にみょうなうずきを感じた。それは決してサンドラがそれらしくみせた霊的な予感のような、なぞめいたものではなく――むしろ、かすかな希望の光のようなものだ。いつか、自分の一番大事な宝がもどってきてくれたらうれしい。

もちろん、ちゃんとわかってる。今、一番大事なものは、この先の秘密の部屋にあるってことも。

HOW TO…

切っても切れないロープマジックをやってみよう

もちろん、ここでシオの大好きなロープマジックのひとつを紹介せずに、きみを解放したりはしないって、わかってたよね？　じつは、マジシャンにできる何よりうれしいことのひとつは、何かをこわしてだめにしたようにみせて——そのあと一瞬で、笑顔とともに、すべてが元どおりになっているのを観客にひろうすることなんだ。

そう、ちょうどこの物語といっしょだね！　前のページで次々とリーラに問題がふりかかって、もうだめだって思うくらいに事態が悪化してたのに、こうしてハッピーエンドに行きつくなんて、だれも予想できなかったでしょ？

え、きみは予想してたの？　だったら、いさぎよくあやまりをみとめよう。

さて、今回の手品は、ロープを半分に切ってから、元のサイズに復活させて、みている友だちを驚かせるというものだ。これを正確に、ちょっぴり手ぎわよく行えば、きっと友だちは口をぽかんと開けてこっちをみながら、こんなにすごい魔法の力をいったいどこで手に入れたんだろうって不思議がる。そしたら、ぼくからもらったって話せばいい。ぜんぜんかまわないから。

用意するもの

＊ある程度の長さのロープ
（一メートルくらいがおすすめ。手に入らなければ、ひもを使ってもＯＫ）

＊ハサミ

＊アシスタント（有志者）一名

マジシャンのかくれた動作

手品を始める前に、ロープをくるくると小さく丸めて左手のなかにかくす。

手順

❶ ロープの先をにぎった左手の親指からつき出し、反対側のはしを下にたらす（一メートルのロープなら、五十センチほどたらす）。

❷ 右手でロープのたれた先をつかんで上にあげ、左手に持っているロープの先と同じ高さにならべる。ロープはUの形にたれた状態。

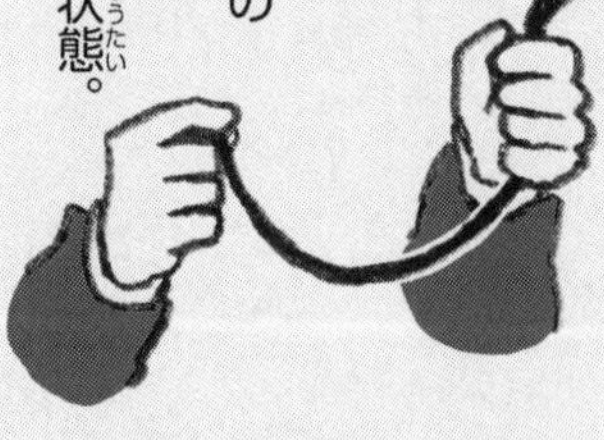

❸ 観客のなかで手伝いを
買って出てくれた人に、
ハサミを使って
Uの形にたれた
ロープの底の部分を
切ってくださいとたのむ。

❹ 両手を左右に離し、
観客に同じ長さと
太さにみえるロープを
一本ずつ持っているの
をみせる。

（マジシャンの秘密――
ただし、同じ長さじゃないことは
おぼえてる？
まだ、きみの左手のなかに
ロープが――四十センチほど――
かくれてる！）。

❺

観客にむかって、
これから
この二本にわかれた
ロープを元にもどします、
と伝える。

❻

両手をくっつけ、
短いほうのロープを
右手のなかにおしこむ。

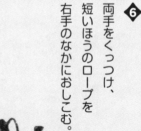

❼

ロープの復活(ふっかつ)を
うながすような呪文(じゅもん)をとなえる！
アラ・カ・ブラブ・ラ！
でも、アブ・ラ・カ・ダブ・ラ！
でもなんでもいいよ！

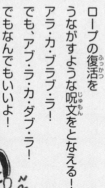

❽
短いほうのロープを
右手のなかにかくしたまま、
右手の人さし指と親指で
左手からロープをつまみ出し、
ゆっくり引きのばして、
左手のなかにかくしていた部分を
全部あらわにする。

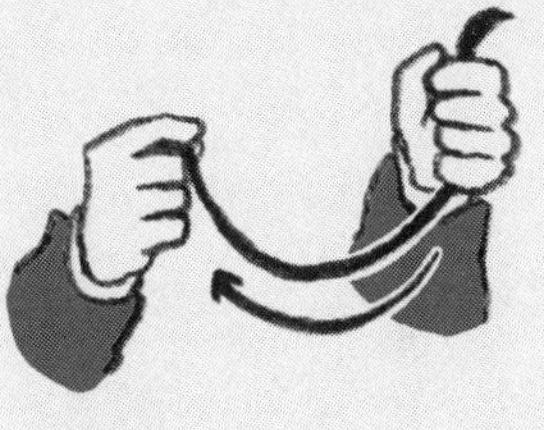

❾
左手をあげて、
観客に最初の長さに
もどったかのようなロープをみせる。

マジシャンのかくれた動作

右手を観客からみえない場所に
おろすか、みんなが長いロープに
注目しているあいだに、
短いロープをポケットのなかに
さっと入れられれば、いうことなし。
ミスディレクションで
またも観客の目をごまかすってわけ！

⑩

何度も練習を重ねたんだから、
すでに増（ふ）えつつあるきみの
十八番（おはこ）に入れる手品が、
またひとつ、身についてると思う。
がんばった自分への
おじぎを忘（わす）れずにね！

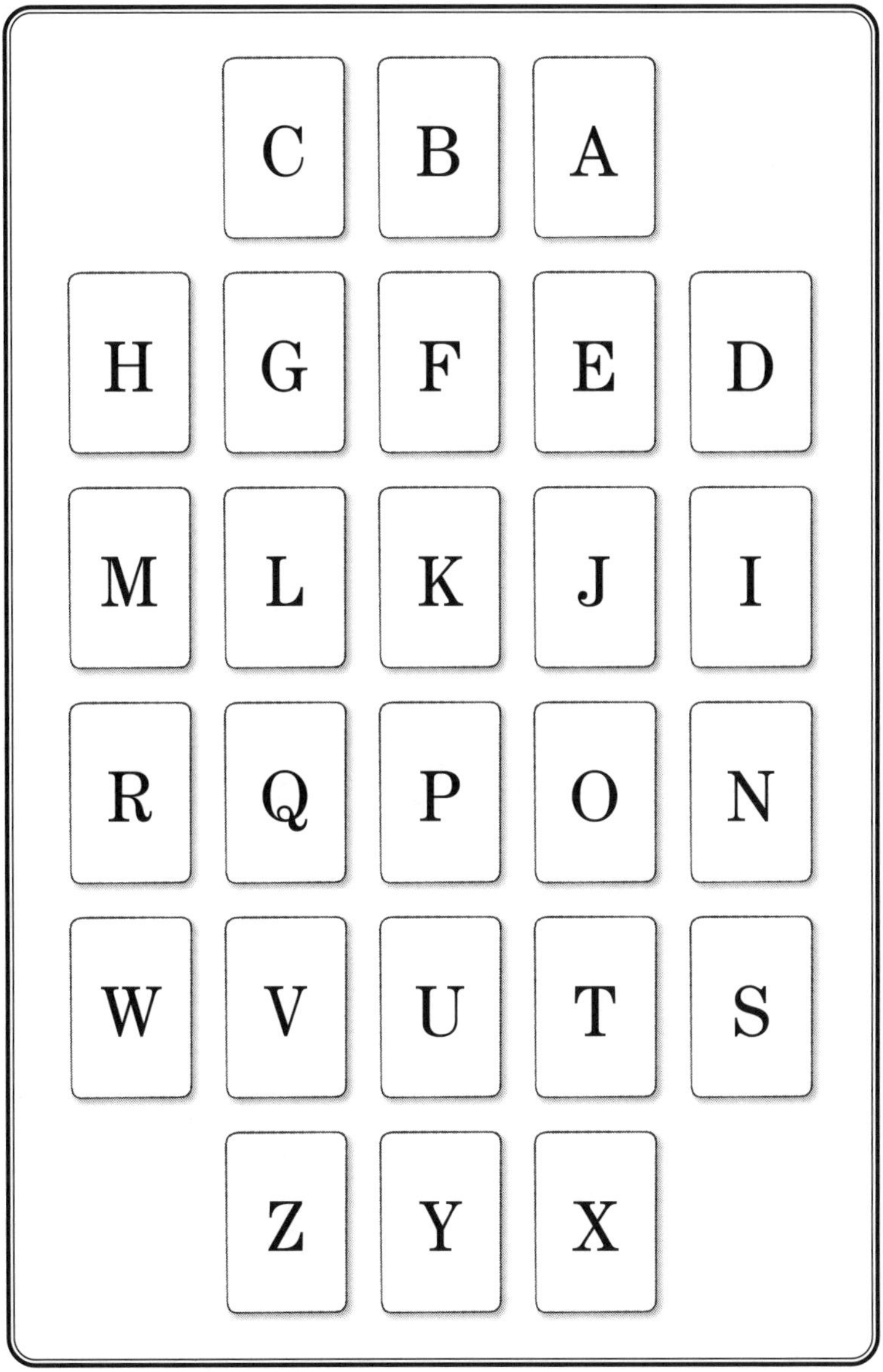
C B A
H G F E D
M L K J I
R Q P O N
W V U T S
Z Y X

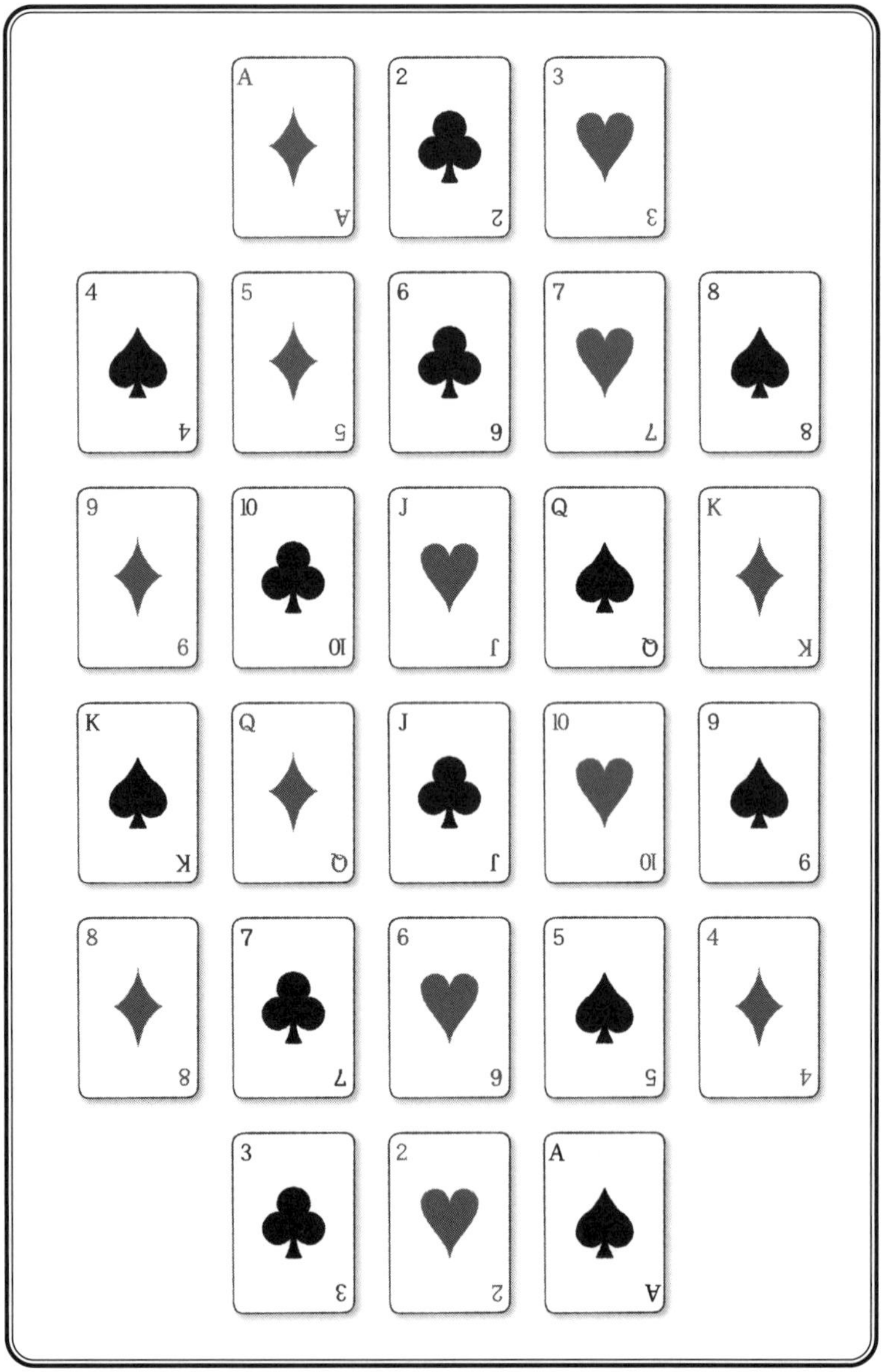

モールス符号一覧

モールス符号は、文字を符号化した伝送方式です。
ミスフィッツのみんなが練習している
モール符号の解読に、きみも挑戦してみよう!

A	・－	N	－・	0	－－－－－
B	－・・・	O	－－－	1	・－－－－
C	－・－・	P	・－－・	2	・・－－－
D	－・・	Q	－－・－	3	・・・－－
E	・	R	・－・	4	・・・・－
F	・・－・	S	・・・	5	・・・・・
G	－－・	T	－	6	－・・・・
H	・・・・	U	・・－	7	－－・・・
I	・・	V	・・・－	8	－－－・・
J	・－－－	W	・－－	9	－－－－・
K	－・－	X	－・・－		
L	・－・・	Y	－・－－		
M	－－	Z	－－・・		

ピリオド(.)	・－・－・－
コンマ(,)	－－・・－－
クエスチョンマーク(?)	・・－－・・

260ページ

・・・・　・・／――　―――／―・―　・―／・―・　・―／
・―・　・・／―・／――・　・・―／・――　―――／
・・・・　・―／――・・　・・―／・・・　・・―

HIMOKARA RINGU WO HAZUSU（ひもからリングをはずす）

274ページ

・・・　―――　・・・／・・・　―――　・・・／
・・・　―――　・・・／

SOS SOS SOS

―・・　―――／・・―／・・・　・・・・　・・／―　・―／
―・　―――

DOUSHITANO（どうしたの）

275ページ

・―／―・　―――／・・―／―　・―／―・　・・／
―・―　・・／―・―　・・／―――／―・・・　―――／・／
――・　・―／
・―／・―・　・・―

ANO UTA NI KIKIOBOE GA ARU（あの歌に聞きおぼえがある）

・・／――　・―／・・―／―　・―／―　―　・／・―・　・・―／
・・・・　・・／―　―――

IMA UTATTERU HITO（いま歌ってる人）

―・・・　―――／・・・　・・・　―――／―・　―――／
・――・　・・／・／・―・　―――

BOSSO NO PIERO（ボッソのピエロ）

277ページ

―・・・　―――／・・・　・・・　―――／―・　―――／
・――・　・・／・／・―・　―――

BOSSO NO PIERO（ボッソのピエロ）

各ページのモールス符号の答え

50ページ

—— ・・/—・/—・ ・—/—・・ ・/
—・—・ ・・・・ ・・/—・— ・—/・—・ ・—/
・—— ———/
・—/・—— ・—/・・・ ・

MINNA DE CHIKARA WO AWASE（みんなで力を合わせ）

105ページ

・・・・ ———/—・/— ———

HONTO（ほんと）

165ページ

—・— ———/—・— ———/—・ ・・/
—・—— ・・—/・・— /・—・ ・/・・/
・・・・ ・— /
・・/—・ ・—/・・

KOKONI YUUREI HA INAI（ここに幽霊はいない）

———/—・—— ・—/・・・ ・・—/—— ・・/
—・ ・—/・・・ ・—/・・

OYASUMINASAI（おやすみなさい）

258-259ページ

・・・ ———/—・・・ ・—/—・ ・・/
・・/・—・ ・・—/—・—— ———

SOBANI IRUYO（そばにいるよ）

・—/— ・—/・・・ ・・・・ ・・/—— ———/
——・・ ・・—/— — ———/
—— ・・/—・— ・—/— ・—/—・—— ———

ATASHI MO ZUTTO MIKATAYO（あたしもずっと味方よ）

再会の約束

この本の最後までぼくにつきあってくれて、ほんとにありがとう。ただ、マジック同盟ミスフィッツの冒険はまだまだつづくって、たぶんきみも知ってるよね。次のおはなしでは、主人公たちが新たな危険に遭遇する。その危険が大混乱を引き起こし、ちょっとした惨事まで起こってしまうんだ！　いったい何が起こるんだろうって興味をおぼえたなら、ぼくといっしょに忘れずにミネラルウェルズにもどろう。おはなしの途中で、さらに新しい手品もいくつか学べるよ！　ただ、とりあえず今は、すでに学んだものの練習、練習、練習だ。

それで思い出したんだけど、最後にひとつ、ちょっと変わったレッスンをしよう。

もし、「脱出するってどういうこと？」ってだれかにたずねられたら、きっときみは賢いから、鍵を開けるとか、ロープのわざとか、悪者から逃れることとかだけじゃないよって答えると思う。そう、そのとおりだ。

おぼえておいて。物語は日常生活からの脱出になるし、幸せな記憶はいやな気分からの脱出の役目もはたす。友だちとのゲームは退屈からの脱出のようなものだ。そして、チームやクラブの一員になることは孤独からの脱出だ。マジック同盟ミスフィッツはそれを身をもって知っている。次は……きみの番だ！

さあ、外へ出て、話をしよう。

思い出を語るもよし。

ゲームをするのもよし。

何かのクラブに参加してみてもいいね。

消滅、変換、浮遊、脱出……友だちにきみのできる手品のわざをひろうしてみて！

どうなるかは、やってみてのお楽しみ。ひょっとすると、友だちがきみに刺激を受けて、ちょっとしたマジックをするかもしれないよ。

各章のトランプ暗号の答え

おかえり！ —— MAJIK
1 —— KU HA, M
2 —— ITEIR
3 —— UHITO
4 —— WO EGA
5 —— ONISH
6 —— ITE, NI
7 —— CHIJOU
8 —— KARA N
9 —— UKEDA
10 —— SASET
11 —— E AGER
12 —— UKOTO
13 —— KOSO G
14 —— A, HIRO
15 —— USURU
16 —— ICHIB
17 —— AN NO M
18 —— OKUTE
19 —— KI DAY
20 —— O. SORE
21 —— WO WAS
22 —— UREZU
23 —— NI, KOR
24 —— EKARA
25 —— MO MAJ
26 —— IKKU H
27 —— E NO TA
28 —— NKYU W
29 —— O TSUD
30 —— UKEYOU.

MAJIKKU HA, MITEIRUHITO WO EGAONISHITE, NICHIJOU KARA NUKEDASASETE AGERUKOTOKOSO GA, HIROUSURU ICHIBAN NO MOKUTEKI DAYO. SORE WO WASUREZUNI, KOREKARAMO, MAJIKKU HE NO TANKYU WO TSUDUKEYOU.

マジックは、見ている人を笑顔にして、日常からぬけださせてあげることこそが、披露する一番の目的だよ。それを忘れずに、これからも、マジックへの探究を続けよう。

謝辞

一巻目をご参照あれ。そこにあげた、たよれる人たち全員に、ぼくは変わらぬ感謝の気持ちを持っているし、ここでくり返すのもインクのむだ使いのような気がするので。

訳者あとがき

アメリカの小さな町に住む、マジック好きな六人の子どもたちが、町で起こる事件や騒動の真相をさぐり、かくされたなぞにせまっていく、全米の人気シリーズ第二弾『痛快！マジック同盟ミスフィッツ2　リーラとリゾートホテルの幽霊（原題：The Magic Misfits-The Second Story）』をお届けします！

このシリーズは、本人もマジック愛好家で、人を楽しませるのが大好きな人気俳優のニール・パトリック・ハリスさんが、思いつくままに解説やコメントをはさみながら、おはなしを語り聞かせるようにして書いた、ちょっとユニークな作品です。一巻目の『カーニバルに消えたダイヤを追え』を読んだ方は、ちゃめっ気たっぷりのハリスさんの語りに引きこまれながら、主人公たちといっしょにハラハラドキドキしたり、あちこちのページにひそむ暗号に頭を悩ませたり、かんたんな手品に挑戦してみたりと、一冊でいろんな楽しみ方をされたと思います。この二巻目も、驚きのストーリーはもちろん、新たな暗号解読あり、手品のレッスンありと、相変わらずハリスさんのこだわりがつまった、楽しい一冊になっています。

ちなみに、すでにお気づきの方もいると思いますが、このシリーズは各巻でトランプのマークのどれかがモチーフになっています。一巻目はダイヤでしたよね？　この二巻目は、そう、クラブ♣です！　日本ではクローバーとも呼ばれますが、アメリカなど英語圏では〝こん棒〟を意味するクラブが正式とされています。それに、マジッククラブのように、同じ趣味を持つ人の集まりのことを指す語でもありますよね？　そのクラブがストーリーのなかでどう活かされているのか、そのあたりにも注目して読んでみてください。

さて、一巻目では、孤児の少年カーターが、身元引受人のサギ師のおじさんから逃げて、汽車にとび乗り、たどり着いたミネラルウェルズの町で新たな居場所をみつけるまでのおはなしが語られました。ヴァーノン氏と運命的な出会いをはたしたカーターは、その娘のリーラや、リーラのマジック仲間のシオとリドリー、さらに町のリゾートホテルでタップダンスをひろうする双子のオリーとイジーと友だちになり、六人で力を合わせて移動遊園地(カーニバル)の主催者ボッソ率いる悪徳集団に立ちむかい、みごとに盗難事件を解決しました。そして、マジック同盟ミスフィッツが結成されます！

二巻目となる今作は、脱出の名人リーラが主人公です。リーラがヴァーノン家の養女であることは、すでに一巻目で明かされていますが、そこにいたるまでのいきさつが最初に語られます。赤ん坊のころから児童養護施設で暮らしてきたリーラは、その境遇にもめげずに、つねに明るく前向きでいようとがんばる女の子でした。ほかの子にいじめられたって、へこたれません。そして、ついにある日、いじわるな子たちに閉じこめられた部屋からの脱出に成功します。施設で開かれるマジックショーをみたいという強い思いが、リーラに勇気をあたえたからでした。それが、ヴァーノン氏との運命の出会いにつながったのです。

それから数年後、ふたりの父親と、新たに家族に加わったカーターと幸せに暮らすリーラに、心悩ますできごとが次々に起こります。ボッソのサルが家に侵入したかと思えば、とつぜん、ヴァーノン氏の旧友で霊能者のサンドラ・サントスが店にあらわれ、リーラの秘密をいいあてたばかりか、なぞめいた予言まで残します。さらに、リゾートホテルで幽霊騒ぎがあり、その建物で昔、起きた火事の原因が、少年時代のヴァーノン氏とエメラルドリングの仲間にあるらしいと聞かされ、リーラはショックを受けます。当時のことを知りたいと、ミスフィッツの仲間といっしょに調べ始めますが、そんなとき、さらなる衝撃が……。リーラの実の両親だという夫婦があらわれ、娘を取りもどしたいといい出します。そこからはもう、怒涛の展開が待っています。いったい、リーラはどうなってしまうのでしょう？　また、一連のできごとにどんな真実がかくされているのか、最後まで目が離せません。

一巻目では、カーターが不安な状況から少しずつまわりにとけこみ、自信をつけていく姿が印象的でしたが、今回は、リーラの内に秘めた心情に焦点が当てられます。いつも明るく元気なリーラですが、じつは繊細で心配性で、考えこむタイプ。みえっぱりでもあり、負けん気も強い女の子です。そんなリーラが次々におそってくる衝撃的なできごとに、何を思い、どう決断するのかが、すなおな言葉でていねいに描かれています。作者ハリスさんがストーリー以上に、主人公たちの多感で複雑な内面を描くことに力を注いでいるのが、とてもよくわかります。繊細かつたくましい主人公たちの活躍が、さまざまな境遇におかれた子どもたちへの作者からのエールなのかもしれません。

このシリーズ、一巻目はカーターに新しい家族ができて、ハッピーエンドだったものの、今回は最後のほうにカラガンという人物の存在が浮上し、ぶきみな影を残したまま終わっています。次の三巻目では、ミスフィッツの六人にその影響があらわれだします。マジックの練習にも集中力を欠き、メンバーどうしがぎくしゃくし始めるなか、マジシャンクラブからの緊急の要請で、ヴァーノン氏までが不在になり、不安な空気に包まれます。そのころ、シオの家ではプロの音楽家として活躍する兄、姉たちが帰省し、シオにバイオリンの練習にもっと身を入れろとさとします。家族と友人とのあいだで心がゆれるシオの前に、エミリーという女の子があらわれ、ほのかな恋心もめばえて……そんなシオを中心に物語は進みます。六人で行うマジックも、探偵まがいの調査もいまひとつしっくりしないまま、事態はどんどんおかしなほうへ転がり、ついにミスフィッツに分裂の危機が……⁉　スリル満点の第三巻もどうぞお楽しみに。

最後にこの場を借りて、今回も躍動感にあふれる魅力的な登場人物たちを描いて、物語を引き立ててくださっているイラストレーターのじろさん、デザイン事務所アルビレオのみなさん、たよれる伴走者である編集の足立桃子さん、そのほか、このシリーズの刊行に尽力くださっているみなさんに心から感謝を申し上げます。

二〇二四年　十一月

松山美保

Bookdesign
ALBIREO

ニール・パトリック・ハリス

Neil Patrick Harris

アメリカの俳優、映画監督、プロデューサー。4歳から芸能活動を始め、映画、テレビ、舞台、ミュージカルに数多く出演。トニー賞を二度受賞するなどマルチに活躍している。本書は、子どものころから得意な手品を題材に子どもたちを楽しませる本が書きたいと手がけた児童書シリーズで、デビュー作でありながら大きな話題作となった。

松山美保

Miho Matsuyama

1965年、長野生まれ。翻訳家。金原瑞人との共訳に「ロックウッド除霊探偵局」シリーズ（小学館）、「魔法少女レイチェル」シリーズ（理論社）などがある。他、訳書に「白い虎の月」（ヴィレッジブックス）など。

じろ

Jiro

関西在住のイラストレーター。2018年よりSNSでイラストの活動を始める。柔らかいタッチと色合いで絵を描く。猫が好き。

痛快！マジック同盟ミスフィッツ

2

リーラとリゾートホテルの幽霊

2025年1月15日　初版発行

作者
ニール・パトリック・ハリス

訳者
松山美保

発行者
吉川廣通

発行所
株式会社静山社
〒102-0073　東京都千代田区九段北1-15-15
TEL 03-5210-7221／https://www.sayzansha.com

印刷・製本
中央精版印刷株式会社

イラスト
じろ

編集
足立桃子

Printed in Japan
ISBN978-4-86389-777-9